15秒の旅

第3巻

吉田博昭

GENTOSHA
幻冬舎 MC

画　早川和良

これまでのあらすじ

一九六七年、高度成長期まっただ中の日本。東京の新興住宅地で暗中模索の青春を過ごす高校三年生・吉野洋行の人生は、テレビCMの制作現場でのアルバイトをきっかけに一変する。時代の最先端を行くクリエイターたちの仕事ぶりに魅了されたのだ。進学した大学を中退し、広告業界入りを目指す洋行の元に、パリで撮影するCM制作チームをコーディネートする仕事が舞い込む。当初三ヵ月の予定だった旅は、様々なトラブルに巻き込まれ、一年間に及ぶヨーロッパ大陸を股にかけた大冒険になっていた。

一九七〇年、日本中が大阪万博に沸き立つ最中に帰国した洋行は、親友の伯父・森山の紹介で三流零細プロダクションに入社する。CMディレクターとしてのスタートラインについたものの、はじめて監督したCMは、スポンサー社長が横領、脱税で逮捕され、お蔵入り。その後、CM制作会社に転職するも、任される仕事は地方商店街のCMづくりだった。行く先に不安を抱えながら、それでもめげることなくユニークなCMを生み続け、現場経験を積んでいく。

そして二年後、やっと大手のCM制作会社・東洋ムービーの経験者採用面接のチャンスをつんだ洋行は、見事難関を突破し、全国ネットで放送されるメジャーなCM制作の海に船出する。そこで、大手広告代理店博承堂のドラキュラと言われるカリスマディレクター、最大手の自動車会社の辣腕宣伝部長といった超個性的な実力者たちと堂々と渡り合い、入社一年後には、見事、日本最大の広告賞・NAL賞を受賞する。その活躍に目をつけた博承堂からスカウトの手が伸びるが、洋行は、大企業のサラリーマンの身分より、フリーとしての独立を選ぶ。

目次

第一章

往復一八〇〇キロ

1

雲の動きが速い。

昼過ぎまで降っていた雨はいつの間にか上がり、雲間から強い透明な陽光が差し込む。

オレはベッドのリクライニングを少し起こして、窓から海の様子を見た。

五月下旬のこんな空模様の日には南西風が吹いて手荒い沖波が立つ。

ディンギーの真白いセールが十幾つも荒れた海面を滑って行き、黄色いマーク・ブイを回航する練習を繰り返している。K大ヨット部だ。あいつらはもう百年近く、この葉山の海でヨットに乗っているんだ。オレもこのホームに入る前は三十二フィートのクルーザーであのあたりを走っていたなあ。

サイド・テーブルのマグを取りコーヒーを啜っていると、枕元のスピーカーから呼び出し音が鳴り、合成音声が聞こえる。「吉野様にお客様です。お顔送ってよろしいでしょうか？」

「いいよ」とオレ。

再びチャイムが鳴って横のモニターにジジイの顔が現れた（オレもジジイだけどね）。

「風早良一《かざはやりょういち》様です。お顔の確認よろしいでしょうか？」

「オーケー。こっちへ通してください」

間もなくドアが開いて、長尾くんと一緒に長い白髪をポニー・テールにまとめた風早が入って来た。「ヒロさーん、しばらく！」とオレの手をぎゅっと握って、「ああ良かったよ！　もっとぐしゃぐしゃかと思ったら、けっこうバリッとしてるじゃないの。これならまーだ死なないわ！」風早の無邪気な笑顔は若々しい。今年七十七歳になるけどね。

オレも笑顔を返して、「昔話やり終わってないし、それに娘のあすかが簡単には死なせてくれないよ」

「六十年前から始まる話だって？　聞いてくれる人がいるんだからラッキーですよ。長尾くん、そういうのも仕事の内なんだろ？」と風早はウインクする。

「まあ、そういう面もありますが」と長尾くん。「でもね、マジ面白いっすよ。仕事ヌキで」

「若い人へ歴史を語る毎日を生きる。ヒロさんらしくてええじゃん」

オレは半世紀もの間、この風早にホメられて励まされて、『ヒロさんらしい仕事』をして来た。最後までやってくれるとは有り難い。「風早、お前元気そうだねぇ。社長やってもストレス全然ない性格だからな。現場の仕事なんかまだあるんか？」とオレ。

「若い連中も、まあ、いろいろと気ィ遣ってくれますからね。何かさせてくれるわ。会長はここで寝っ転がってぶつぶつ言ってればオーケーよ」

「業績は？」

「順調に下がってます。予定通り」風早は長尾くんからコーヒーの紙コップを受け取ると、

「ヒロさんが社長をおれに替わる時言い残した通り『サバイバル・ゲーム』になってます。『すべてにカタがついて次の時代が始まる時に、もしこの会社がまだ生き残っていたなら、それがオレたちの勝利だ』って言ったよね。もうちょいで勝てるかもよ、ヒロさん」

「おお、勝ってくれや。オレはそれ見られそうもないから、風早信じるよ」

長尾くんがクッキーの盛られた皿をサイド・テーブルに置いて、「今日は風早さんもゆっくり聞かれるそうですよ。僕も午後休なんでご一緒します」

「そりゃあ嬉しい。先週あすかとミヤコに一九七三年の終わりまで話して、一週間も空いたから頭の中には結構たまってる。午前中にあのヘンな機械、ＢＴＳＳだっけ、あれやらされたから今は息もラクに出来るしね。すーっ、はぁーっ、すーっ、はぁーっ」

「一九七四年まで来てるんですか」風早がちょっと宙を睨んで、「ええと、おれがヒロさ

んと初めて会ったのが七五年の春だから、その一年前か。おれは金沢芸術大の三年生でまだ就職決まってなかったな。ホラ、おれこういういい男でさ、しかも若かったじゃない。で、鏡を見て『やっぱり役者になるべきだろうか？　人にちんちん見せるのもわりに好きだし』とか迷ってましたね」

「お前は長生きするだろうなあ。よし、じゃあ話を始めるか」

「あ、ひとつ忘れないうちに」と風早はオレに顔を寄せて、「朝倉さんが来たいって」

「え、マサミが！　もう随分会ってないな」

「今までバリバリの現役だよ。うちにも関わってます」

「マサミ、今いくつ？」

「えーと、六十二か三かな」

「ええっ、もうそんなになっちゃうのか！　あの可愛い子が六十過ぎなんて」

「でもまだ若々しくてキレイですよ。でね、今週か来週にでも連れて来ていい？」

「おお、もちろん。マサミの顔は見とかなけりゃ」

「ごめんなさい、話の腰折っちゃって」風早は椅子をベッドに寄せて、「話始めていいよ。

その時、ヒロさんは東洋ムービーにいたんだよね」

「いや、オレは会社を辞めてフリーになるところだ」

＊

一九七四年が明けて一月二十一日。オレは東洋ムービーの社長室で権藤さんと向き合う。年末のあの寒い早朝、赤坂を歩きながら決心したことを実行するのだ。

テーブルの上には白い封筒があり、オレの下手クソな毛筆で『退職届』と書かれている。

「吉野」権藤がオレの前に大きな灰皿をドンと置いて、「煙草吸っていいぞ。ここで」

オレは戸惑って、「い、いや、いいですよ。臭い嫌いなんでしょ」

「吸え！」

「そ、そこまでおっしゃるなら」オレはマルボロを一本くわえ、火をつけた。

「退職届は受理だ」権藤は封筒をポケットに納めると、「お前、御代田から博承堂へ入社を誘われて、それ蹴っ飛ばしたんだって。花畑がしょんべん漏らしそうになっとったぞ」

「蹴っ飛ばしたなんて！　オレ、年明けてすぐに花畑さんと一緒に博承堂へ行きました。御代田ＣＤに、ディレクターとして独立したいとお話しして、納得いただいたと思います」

「業界中がひっくり返ってるこのオイル・ショックの只中にフリーになるか？　ディレクターもカメラマンも誰もが、より大きな会社で安定した収入を欲しがってる時に？」

「こんな時だから、これオレの希望的楽観かも知れないけど、より若くて、金がかからなくて、でも面白いディレクターが必要ですよね。それにオレ、博承堂みたいな超大企業で給料貰うなんてとうてい無理。非常識で、態度デカくて、空気読まない人間には一週間も勤まらない。才能とかそういう問題じゃない、と思います」

「おれもそう思う。賛成だ」

「えっ、なんだ、わかってるんじゃないですか」

「そうだ。博承堂はお前には向かない。だが、ウチの企画演出でなぜいけない？」

「そ、それは……」オレはうつむいて煙草を灰皿でもみ消す。

「お前にも言いにくいことがあるとは驚きだが、まぁ好感持てる。よし、おれが代わりに答えてやろう。お前が社員になりたくない博承堂のその足の下に、我が社・東洋ムービーは這いつくばっているからだ。お前はそんな情けない会社にいたくない。そうだな？」

「……そうです。ごめんなさい」

　権藤はオレを睨みつけて、「吉野洋行は、自分を何サマだと思ってるんだ？」

「……よくわかりません……でもこの会社にいたら、たぶん見当ついてしまいます。自分が何者になれるのか、結末が全然見えない方がドキドキして面白くて」

「映画じゃあるまいし」権藤はふっと嘆息して、「まあいい、食いっぱぐれないようにやれ。

ＣＭ制作がなくなる訳じゃない。うちの仕事フリーで受けてくれ。それとな、吉野」

「はい」

「いつまでも一人でやるんじゃないぞ。せいぜい一、二年にしとけ。お前は八方うまくやれるような要領のいい人間じゃない。お前に出来ないことをやってくれる奴と組むんだ」

オレは権藤を見つめ、「……そうします」

「今月末までに出て行け。退職金はもちろんない。ああそれとな、夕方にヤジさんが戻るから顔見せてやってくれ。お前の話はしてある」

「……いろいろチャンスを頂いて、ＮＡＣ賞まで取らせてもらって本当に幸せです。突然退職なんて言い出して、ほんとに……」

「吉野洋行はやりたい放題やれ！　あっはは、殺されないようにな」

会社を出るところで花畑から声がかかった。花畑はオレの肩を抱くようにしてロビーの隅へ、「ヨッちゃん、僕ほんとに残念だ。でもしょーがない。フリーになれば今の倍は稼げるからなぁ。僕の仕事もやってね。御代田ＣＤもオッケーだからさ。石鹸と洗剤ね」

「もちろんです。よろしくお願いします」

「ブルースカイの秋篇はうちに来る。ギャラはさ、花畑特別割引で頼むよ。ねっ」

その晩、オレはTTV裏の小さなバーで矢島さんと飲んだ。

だが博承堂とのトラブルの件で、ひたすら社長としての判断の誤りを詫び続ける矢島と、そんなに気にしないでください、辞めるのは個人的な理由ですから、と慰めるオレというやりとりになってしまった。

オレには矢島を責める気持ちなんてどこにもない。

矢島がオレを東洋ムービーへ入れてくれた。バーチーから引っ張り上げてもらい、数々のメジャー・スポンサーの仕事を頂き、NAC賞まで取れた。中止になってしまった電広のプロジェクトだって、オレにとっては素晴らしい体験だった。自信もついた。

そんなことを一生懸命話して、何度も感謝の言葉を重ね、ストレート三杯で切り上げた。

外へ出ると凍えるような寒さだ。

雲のない夜空に下弦の月がくっきりと見えた。

矢島が右手を差し出し、オレは両手で握りしめた。

2

翌日は昼過ぎに目覚めた。夕方から関やスギと飲む約束だが、それまでは特に用もない。いつもの店でブランチでも食べることにしよう。

クローゼットを開けてダウンジャケットを羽織った時、何かが床にぽとりと落ちた。ヤマト・テレビの黄色い報道腕章。三年前、三島由紀夫事件の時に松木に貰い、つい先月鞆浦さんの自殺現場で使わせてもらったものだ。

オレは足元の腕章に手を伸ばしながら、何か不吉なものに触れるような気がした。妙な予感。これ持っていると、また何か良くないことが……。

ほとんど考えもせずに、オレの手が動いた。名刺ホルダーをめくりヤマト・テレビ第一報道局の直通電話番号を見つけて迷わずダイヤルする。相手はすぐに出て、松木の名前を告げると呼び出してくれた。聞き覚えのある、やや甲高い声がする。「松木です」

「しばらく。吉野です」

「あ、よしの……」電話の向こうで絶句する松木。

「今日会えるかな？　報道の腕章を返したい」

「わ、腕章だって！　いいよ、あんなものわざわざ持って来なくても」

「返したいんだ」オレは何を言いたいのだろう？

一瞬の沈黙の後、松木の声音がちょっと変わって、「会おうか……じ、実は僕も話したいことがあって……吉野にあやまらないと……」

その言葉を聞いて、オレは電話した理由が実は腕章だけではなかったことに気が付いた。あの週刊誌の写真と記事を見たのはもう一年近くも前のことだ。ナツキと松木だと一目でわかる姿と祖父が亡くなった十月七日という日付、そして出張で行くと聞いていた大阪という場所があまりにもピッタリだったので、オレは記事を鵜呑みにしてしまった。

それ以来、二人のことは頭から追い払って仕事ばかりに熱中して来たけど、考えてみるとあの時、なぜオレはあのいかがわしい記事に疑問を持たなかったんだろう？　何か事情があるはずだとなぜ思わなかったんだろう？　松木にすぐ会って、話を聞こう。

オレはこれから行く、と言って松木と約束を取った。

午後三時過ぎ、ヤマト・テレビ一階ロビーの喫茶室。

オレは松木とコーヒー・テーブルを挟んで向き合っている。

松木はオレから受け取った腕章をポケットにしまうと、「ぼ、僕から話していいかな？」

「ああ」とオレはコーヒー・カップを取り上げた。

「何て言ったらいいのか、僕は渡辺ナツキにいろいろとグチみたいなことを聞いてもらってたんだ。僕が先輩なのにね、彼女優しくて聞き上手だしさ。つい甘えちまって」

オレは黙って煙草に火をつける。

松木はちょっとためらった後、「……僕はもう二年も前に親父に無理やり、三友創業家のお姫さま・楢崎康子と婚約させられちまった。逃げるわけにもいかなかった」

「でもまだ結婚してないんだから、嫌なら破棄すれば」とオレ。

「ああ、普通はそれでいいんだな。でもさ、この僕は松木正純の長男として、民主自由党とヤマト・テレビ、三友グループの、なんちゅーか、共同管理物件のようなもんだからね」

「物件……」オレは松木に少し同情のようなものが湧いて来た。オレだってもし祖父の言うなりに法律家への道を進んでいたら、どこかで似たような事態に陥っていたかも知れない。オレは小さくうなずいた。

「吉野、煙草一本もらっていいか？」

こいつが煙草を吸うとは知らなかった。オレはマルボロの箱から一本出して、松木がくわえると火をつけてやった。松木は一服吹かしてちょっと咳き込み、煙草を灰皿に置いて話を続ける。「メシの時や、酒飲みながらとか、エンエンと彼女に聞いてもらってるうちに、これ吉野には申し訳ないんだが……」と言い澱む。

オレは松木の目を見る。次に出て来る言葉が見えたような気がした。

松木はオレの視線を避けてうつむいたまま、「僕さ……渡辺ナツキが好きになっちまって、悪いんだけどさどうしようもなくて。彼女も僕を慕ってくれてたから、ひょっとしたら気があるかもとか思って。ごめんな吉野、僕の勘違いもいいところなんだ」松木は灰皿の煙草を取ってもう一服。今度はうまく吹かしながら、「あの何日か前に大阪で野球選手の暴力事件があって、僕と彼女の出張がダブることになった。これは誓って偶然のことだ。僕が泊まってたホテルのバーで飲みながら、ごめん……僕はナツキさんが好きだ、と言ってしまった。僕の部屋に来て欲しいって誘った……でも彼女はね」

「ナツキは？」

「『嬉しいです』って言ったけど、でも結局部屋には来てくれなかった。別れ際に彼女はこんなことも。『吉野さんのお祖父さまが今朝亡くなった。わたしこの仕事があって、カレと一緒にいてあげられなかった。かわいそうに……』吉野、僕はみっともないヤツだった。ほんとに悪かった……」松木は深々と頭を下げた。

オレは返答に詰まって、もう一本煙草をつけて深く吸い込み、ゆっくりと吐き出した。

なんと、松木の口を借りてナツキの心からの言葉を聞くことになってしまった。ナツキはオレを裏切るようなことは何もしてなかったんだ！　松木だってここで友達としてオレに真実を話してくれてる。自分の恥を告白してる。

あのくだらない週刊誌に何の疑いも持たず書いてある通り鵜呑みにして、大切な恋人と友達を放ったらかし、一年もの時を過ごしてしまったオレはなんと間抜けなんだろう！

「ありがとう松木」オレはバッと立ち上がり、「行かなけりゃ、今から行くんだ」

「ちょ、ちょっと待て、まだその後の話が……ほ、本当に恥の上ぬりなんだけど」松木はオレを座らせ、十月七日の結果起きたことを口早に語った。

十月十五日も大阪出張で一緒だった。松木はナツキを食事に誘い、先週のことを詫びて、自分は父親の意志に従う決心だ、これからは仕事だけを一緒にやろう、と言ったそうだ。だがその時は二人とも、隠し撮りカメラマン（今でいうパパラッチ）に何週間も前からピッタリとマークされていたことに全く気付いていなかったのだ。

数日後、数枚の写真がそのカメラマン本人によってヤマト・テレビに持ち込まれた。『スーツ姿の若い男はヤマト・テレビ報道局記者・松木純一。民自党・松木正純の長男』『挑発的な服装の美女は同じくスポーツ局・渡辺夏樹』『松木純一の婚約相手について当方は承知』とコメント付きでね。二人が本当は何を話していたか、などどうでもいい。要は何を話しているように見えるか、こそが重要だとテレビマンなら誰でも知るところだ。

写真は総務部長から社長にまで上げられ、結局カメラマンの言い値（かなりの額と松木は言った）で買い取りが決まった。もちろん厳重な口止めが条件だ。松木は社長に呼び出され、『今回は大目に見るが、以後たいせつな結婚を控えた身をわきまえ、軽佻浮薄な行動は固く慎むように』と厳しい叱責を受けた。

だがナツキの方は叱られるくらいでは済まなかった。

臨時の異動が発令され、ナツキは四国のグループ局へ飛ばされた。しかも庶務課だ。

これが言い渡された晩、ナツキはオレの腕の中で泣いた。だがその時は理不尽な左遷の本当の理由が松木の背後にあったことを、彼女も知らなかったんだ。

そして年が明けて二月の末、ヤマト・テレビが買い取ってオクラに入れたはずの写真は〈毎朝ウィークリー〉誌上にデカデカと載った。カメラマンの悪質な〈二度売り〉だが、ヤマト・テレビの立場では『約束が違うぞ』と大きな声で言うわけにもいかない。

「もういい！　わかった！」オレは立ち上がり、「ナツキにあやまりに行く」

「ごめんよ、吉野」松木はもう一度深く頭を下げて、「許してくれ」

「いいよ松木。オレが間抜けだっただけだ。バラしてくれて良かった」

松木と別れると、オレはすぐにロビーの赤電話に飛びつき、東洋ムービーへかける。

関は不在だったがスギがいた。

「吉野です。スギさん悪いんだけど」

「おお、何かあったんかい？」

「今夜の飲み会なんだけど、実はどうしても行かなきゃならない急用が出来ちゃったんで、延期にしてもいいかなあ？」

「ああ、わかった。コレだな？」

「見えないよ」

「女、だな？」

「わかってくれてありがとう。じゃあ」

「ひとつだけご忠告」

「なんだよ？」

「ヤバいと感じたら、すぐ逃げろよ。一目散に、恥も外聞もなく、全速力でトンズラするんだ。いいね？　関さんにはおれから伝えておきます」

電話を切るとオレは地下二階の駐車場へ駆け下りた。

幸いビートルには花畑さんを見習って、常に着替え、洗面具、毛布まで積んである。

今から四国・高知へ行くんだ。行ったことはないけれど、道路くらいあるだろう。

オレはTTV駐車場からクルマを出して、まずは近くのガソリン・スタンドへ寄った。

三台が順番待ちをしており、『一台あて二十五リッターまで』という表示がある。

オレはクルマを列の後尾につけ、「有鉛ハイオク、満タンね」とエンジンを切った。

「二十五で足りるかな？」と若い店員。

「まだ半分以上あるから大丈夫」

「あいよ。ちょい待ってて」

「あのぉ、これから高知へ行くんですけど、東名から名神でいいんだよね？」

「はぁ？　高知って、あの土佐の高知？」

「そう」

「遠ーいよぉ！　ウソだろ！　オイル・ショックだっちゅーのに」

「急用なんだ」そう、妙義山の朝焼けを見に行くんじゃないぞ！

「知るかよ！　ちょ、ちょっと待って、親父さんに訊いてやるから」

スタンドの店主が出て来て、道順を教えてくれた。関西の人らしく、クルマで四国へ渡ったことがあるようだ。オレはまず六百五十円もする〈全国道路地図帳〉を買わされ、それを見ながら説明を受けた。東名から名神へ入り終点まで行く。約六百五十キロ、明日の朝方までには着くだろう。明石から海峡を渡る小さなカー・フェリーがある。それで淡路島へ渡り、島の南端の福良という港まで走ってまたフェリーに載せる。これが約五十キロ（当時、本州と四国を結ぶ橋も高速道路もまだない）。四国側に着いたら、鳴門から徳島市を経てずっと海沿いに、国道55号線を南へさらに西へ走る。高知市まで二百キロほど。合計九百キロ走るんだ。明日の夕方までにはヨサコイ・テレビに着けるだろう。

明日は水曜日、平日だ。

金は？　財布を開くと六万円以上入っている。上城《うえき》がビートルの代金をその場で五万円ほど引いてくれたからだ。この際、心強い！

日没まであと三十分ほど。すぐに出発だ。

3

高速道路上にはもう夕闇が降りていた。

オレは時速百キロ弱でビートルを走らせる。

今、横浜ICを過ぎたところだ。もっと速度を上げたいが先は長い。燃料も節約しなければ。まずは名古屋の手前あたりまで休まずに走ろう。

半分開けた三角窓から入る外気で頭を冷やしながら、オレは考える。

ヨサコイ・テレビに行けばナツキに会えるのだろうか？

会ったらオレは何を言うのか？　そしてどうするのか？

わからない。

でも今考えても仕方がない。その場になればわかるだろう。

東名下り線の流れは順調だ。ビートルの平面フロント・ガラスの先に前車の赤いテールランプがちらほら見える。

ロンドンから北へ上がる〈モーターウェイ・ワン〉を思い出した。同じ左側通行だ。

五年前のあの時はモーリス・マイナーを走らせていた。四百キロ先のカーライルへ。

サー・モンティー・アリントンの館へ浮世絵を納品するためだ。

さて今、オレは九百キロも先まで何を届けるんだろう？

午後十一時。三ケ日サービスエリアでガソリン満タンと夕飯だ。

カレーライスを五分で食べ終わって戻ると、大型バイクにまたがった男がオレのクルマをじっと観察しているのに気付いた。アメリカ国旗のフルフェイス・ヘルメットの下から長髪の先がのぞく。顔はほとんど見えないが、ひょろりと痩せた若い男のようだ。

「何か御用で?」とオレは声を掛けた。

「いや別に。このワーゲン珍しい綺麗な草色だな、と」ヘルメットの下はサングラスだ。

「ありがとう」オレはドアを開けながら、「急ぎなんでお先に」と軽く一礼してエンジンを掛け、すぐクルマを出す。

「気をつけて」と男はオレを見送った。


途中二度の休憩を取りながら、名神高速を西宮まで完走。午前四時頃には、明石海峡に面した入江の道に出た。濃紺の空にはまだ月が残り、無風の水面に青白く映っている。しんと静まり返り、時おり犬の鳴き声がする漁師町を抜けると、港の岸壁だった。オレはフェリーの乗り込み口らしき建物の脇にクルマを停め、壁の時刻表を見た。明石海峡を渡る〈あさぐも丸〉の始発は六時半とある。ここで仮眠しよう。オレはエンジンを切るとシートを倒して体を伸ばし、そのまま目を閉じた。

コンコン、と窓ガラスをノックされて目を覚ます。外はもう薄明るい。

「乗らへんの？　フネ出るで」セーターに船長帽を被った初老の男が海の方を指差した。

目の前の桟橋で〈あさぐも丸〉が煙突から煙を吐いている。

オレは慌ててエンジンを掛け、甲板員の誘導に従って乗船スロープへ。

車両甲板上にはすでに三、四台のトラックと十数台のバイクや自転車が積まれており、オレのクルマが最後だった。〈あさぐも丸〉はアッサリと舫いを解いて出港した。

すぐ目の先に淡路島の山並みが見える。その五十キロ南には鳴門海峡、そして四国だ。


午後三時。国道55号線をエンエンと走って来たオレは、ついに高知市内へ入った。

やがて右前方に夕陽に映える高知城の天守が見えて来た。ＮＨＫ高知放送局も近い。

オレは地図に従って大橋通りを左折。鏡川に向かうと、すぐ左手に目的地が現れた。

低い電波塔が立った六階建てのビル。〈ヨサコイ・テレビ〉の大きな文字が見える。

東京を出て二十二時間。ついにヨサコイに着いた。達成感があるなあ！

だが実は、オレはガソリンを大量に使っただけでまだ何も達成してない。これからだ。

局の前にクルマを停め路上に降り立って、疲れた顔を右手のひらで思いっきりハタく。

さらにもう二発。うん、少し気合いが入ったかな。行くぞ！

奇怪なインテリアのロビーだ。白壁にフランス風の金の縁取り。天井からシャンデリア。そして壁ぎわには極彩色の大漁旗が並び、船太鼓が俵積みにしてある。テレビ局にお決まりの大きなモニターも見当たらない。

奥のカウンターに、昔の喫茶店のウェイトレスみたいな制服の受付嬢が二人。

「すいません」オレは右側の子に、「庶務課の渡辺夏樹さんに面会したいんですが」

「お客様は?」

「あ、吉野と申します。あの、渡辺さんのご家族から頼まれた急ぎの用件で」

「しばらくお待ちを」ファイルのようなものを開いて名前をさがす。

そこへ左側の子が顔を寄せて何か耳打ちした。

右側の子が、「あっ、そやね」とつぶやいて小さくうなずく。

「吉野さま、申し訳ありません。庶務の渡辺夏樹はすでに退職しております」

「え!」

「もしご急用なら、同じ庶務に渡辺を知っている者がおります。お会いになりますか?」

「お願いします! 今すぐに」

午後六時を過ぎた。国道55号線は夕方のラッシュでやや渋滞している。

オレは数時間前に来た道を、徳島市まで百六十キロも戻る破目になってしまったんだ！
庶務課の田辺さんという小柄で丸顔の、ほぼナツキと同年代の女性が、親切にいろいろと話してくれた。彼女も東京からの転勤組で、ナツキとは『よく飲みに行った』という。オレとのこと、松木の政略結婚が絡んだトラブル、スポーツ・レポーターから飛ばされたこと、そしてあの写真と記事について、彼女は全部ナツキから聞かされていた。オレとは『もう会えないだろうな』と言って泣いていたという。職場でのナツキは周囲から色眼鏡で見られ、（今でいう）セクハラのような嫌がらせに悩み、去年の秋にヨサコイを退職してしまったのだ。転職先は徳島だった。

九時前。ようやく徳島市内へ入る。大きな交差点で信号が赤になった。
サイド・ブレーキを引いて、オレはポケットから角の丸い小さな名刺を取り出す。
田辺さんがためらいつつオレにくれた、ナツキが今の仕事で使っている名刺だ。
『ミニクラブ・愛の泉　ひろみ』とある。

新町川に架かるかちどき橋が見えた。オレは橋の手前の信号を左折。ちょっと先の両国橋をまた左折してしばらく走ると目的地付近だ。

オレは路肩にビートルを停め、賑わう通りを歩き始める。思ったよりも風は冷たい。

名刺にある〈第三あほうビル〉は一本入った裏通りぞいに、すぐに見つかった。

〈ミニクラブ・愛の泉〉は一階の正面に派手なネオンを輝かせて、人の出入りも多い。

今のキャバクラのようなもんだ。

オレは店へ入った。

たちまちミラー・ボールの煌めきと煙草の煙、そしてガハハハという笑い声と女の子の上げる嬌声に包まれた。客はざっと二、三十組。大繁盛のようだ。女の子もその位はいるだろう。ほとんどノースリーブの超ミニドレス姿で、客のヒザに乗っている子もいた。

オレは中ほどのボックス席へ案内され、すぐにボーイが来た。

「いらっしゃいませ」とおしぼりを差し出す。言葉にナマリはない。「ご指名のシステムはB、A、Sの三通りになってます。指名料は千五百円、三千円、五千円です」

オレはおしぼりで思いっきり顔を拭きながら、「それ、どこが違うの?」

「優先順が違います。五千円のSならば今すぐ連れて来ます。ご指名はどの子で?」

「ひろみさんを」

「ああ彼女だったら、Sじゃないと明日の朝までムリですね」

「Sで。今すぐ」ちょっとドキドキしてきた。

「ありがとうございます」とフロアを横切って行くボーイをオレは目で追う。オレの席とダンス・フロアを挟んでほぼ向かい側のカウンター席へボーイは行った。小太りのオヤジと大柄なスラッとした女の子の並んだ背中が見える。ボーイが彼女に何か耳うちした。振り向いてうなずいた横顔を見て、オレは声を上げそうになった。

あれはナツキだ！　間違いない。ああ、やっと会えた！

ボーイが戻って来てオレにウインク、「ひろみはすぐに参ります」

オレはナツキから目を離さない。オヤジの太い指がナツキのヒザをまさぐっている。

やめろ！　さわるな！　とオレが心の中で叫んだ時、ナツキが立ち上がり、「失礼します」とオヤジから離れる。そして足早にフロアを横切りオレの隣に腰を下ろした。

「ひろみでーす」とオレに微笑んだ次の瞬間、ナツキは目を見開いた、「ヒロ！」

4

オレたちは何を言っていいかもわからず、ただ見つめ合う。

ナツキの目が潤んで口もとが震える。何か叫び出しそうになり、握りしめたハンケチであわてて口を押さえてうずくまった。

オレは黙ってナツキをぎゅっと抱き寄せ、気持ちを伝えた。ナツキの匂いが懐かしい。

しばらくしてナツキはゆっくりと体を離し、顔を上げてまっすぐにオレを見た。

言うべきことを言う時だ。

「ナツキ」

「うん」

オレは小声で、「帰ろう。今すぐ」

「うん」

「五分後にクルマを店の前につける。そのまま身ひとつでいいから、何か羽織ってバッグだけでも持って出てこいよ」

ナツキはうなずいて、「わかった。クルマ変わってないね」

「あの草色のビートルだよ。誰にも言わないでサッと来てな」

「うん、だいじょうぶ」ナツキは凄く嬉しそうにうなずいた。

オレは一万円札をテーブルの上に置き、チラッと時計をみて、「じゃあ、五分後に」と立ち上がって知らん顔で店を出た。

　クルマに乗り、停めた場所からほんの五十メートルほど走って、オレは店の少し先の路肩につけた。きっちり五分だ。

　オレがクルマから降りるのと、店を飛び出したナツキが駆け寄るのとほぼ同時だった。

　ミニドレスのままだが、バッグとコートを抱えている。ナツキはすぐにクルマに転がり込み、オレも乗った。その一瞬前、バッ、バッと強い閃光のようなものを感じた。何だ？とオレは周囲を見回したが、別段何もない。どこかの店のライトが反射したんだろう。

　オレはクルマをスタートさせた。

　素早く盛り場を抜け出して新町川ぞいに走り、かちどき橋で55号線を左折した。

　あとは鳴門のフェリー乗り場まで二十キロほど。だが今夜はもう便がない。近くで泊まることにしよう。

　クルマもまばらな55号線を走りながら、オレたちはやっと落ち着いて話し始めた。

「ヒロ」

「ん？」

「夢かと思った！　死ぬほど嬉しい！」

「会えてラッキーだった」

「でもさ、ムチャクチャだよね、これ。はははは、ウッソみたい！」

「ナツキさ、店に金とか借りてる？」

「ううん全然。指名料バックとかまだもらってないくらい」

「アパートは？」

「家賃は払ってある。荷物とかはいいよ、後で送ってもらえば」

「厄介事あるか？　男とか」

「しつこく店に来るのが二人いる。一人はアパートまで追っかけて来て」

「ヤクザとか？」

「たぶん。でもまだただの客だから、わたしが辞めちゃえばもう関係ないよ。でもさぁ、ヒロ、こういうことって逃げ出す前に考えるんじゃないの？　ふつうは」

「あ、そういえばそうだな！　じゃ戻ろうか？」

「絶対イヤ！　わたし逃げ出したかったの。ヤマトもヨサコイも愛の泉も最低！　ヒロはやっぱりいいカンしてる。ムチャクチャだけど大好き！　最高」

その時、オレは右側にスーッと並びかけて来た大型のバイクに気が付いた。反対車線にはみ出して並走しながら、ライダーがなんとなくこちらを窺っているように見える。

「ヒロ、どうしたの？」とナツキ。

オレはハッとした。こいつ東名高速の三ヶ日サービス・エリアで会った男じゃないか？

ヘルメットは星条旗柄のフル・フェイスじゃなく、黒のハーフ・サイズでサングラスもしてないけど、ロング・ヘアの感じやレザー・パンツのひょろっとした体型がそっくりだ。

迫って来る対向車を避けるように、バイクは追い越してオレの前へ出る。後部プレートが見えた。足立ナンバー。東京から来てるんだ。偶然ここまで一緒に？　あり得ない。

バイクはさらに加速して、オレから距離を取る。

ふとその先を見ると、〈中山林道〉という左折分岐標識があった。

「ヒロ、何なの？」

「ナツキ、しっかりつかまっててな」

バイクが標識の前を直進通過した一瞬後に、オレは左へ急ハンドルを切って林道へ乗り入れた。舗装道路はたちまち終わり、砂利道に変わる。道巾は対向車と何とかすれ違える程度。もっとも対向車など来はしない。ビートルは真っ暗な山道を突っ走る。

バックミラーの中、ゆるいカーブの背後からライトが閃いた。一灯だけ。バイクだ。

ドッ、ドッ、ドッという野太いエンジン音が追いかけて来る。

「ナツキ」

「ど、どうしたのヒロ？　何が？」

「オレな、ずっとバイクの男につけられてる。たぶん東京を出た時から。今、後ろにいる」

「え、なぜ？　誰がそんな？」

オレはシフト・ダウンしてアクセルを踏み込んだ。ビートルは砂利を跳ね飛ばしながら突進する。いったん遠のいたバイクのライトは、だが再び急加速してぐんぐん迫って来る。

こりゃ逃げ切れない。どうしよう？　そもそも相手が誰かも、目的もわからないんだ。

クルマ止めて話するか？　いやあ、こんな山奥で危ないぞ？　ナツキもいるし。

その時、オレに追いついたバイクが再び右横に並びかけた。

バッと強烈な閃光！　ストロボだ。見ると男の左手に一眼レフ・カメラがあった。

バイクはいったん減速して下がり、バックミラーの視界に入った。男は右手でハンドルを操りながら、左手でカメラのレンズを素早く替える。素人じゃない！

「ナツキ、シート倒してコート頭から被ってくれ。あいつ、例の週刊誌のカメラマンだ」

クルマはゆるい左カーブへ入った。左側は雑木林、右は沼地だ。

バイクが加速して、三たび横に並んだ。

男はカメラを構えて、ぐんぐん間合いを詰めて来る。もう二メートルもない。

オレは目の前に迫って来るカメラと、そこに写っている自分の姿を想像した。

左カーブがぐっときつくなる。

男はさらに接近。車内を覗き込むような位置にカメラを突き出した。

その時突然、前方から眩しいライトの光と悲鳴のような警笛！

目の前に軽トラックが迫る！

衝突寸前、バイクは急ハンドルで右へ避けたが、道路から外れて転倒し、横滑りしながら沼地の中へ突っ込んだ。

オレのビートルも軽トラックも、すれ違った所で急停止。

「ナツキ、そこにいてくれ」と言い捨てて、オレはクルマから飛び出し沼地へ。

軽トラックからも小柄な老人が降りて来る。

バイクは倒れて半分水没し、そのすぐ脇にカメラマンのうつ伏せの体が見えた。

ヘルメットがすっ飛び、顔を水のなかに突っ込んでいる。ヤバイ、溺れ死んじまう！

オレは膝までジャブジャブと泥水につかって男の頭を起こし、口を水面上に出してやる。

両脇を持って下を向かせ強く何度も背中を叩くと、男は急にもがいて口からゲロゲロと水を吐き出した。ハッと我に返ってオレの腕を振りほどき、フラフラと立ち上がろうとするが、たちまち激痛に顔をゆがめて倒れた。脚が折れてるんだ。

ともかく水のない所まで運ばなければ。男の上半身を引くオレに、老人も下半身を持ってくれるが、男は重い上に痛がって身をよじりなかなかうまく動かせない。

「ヒロ」ナツキが冷たい沼の中へ飛沫を上げて入って来た。コートもハイヒールも脱いでミニドレス一枚だ。「わたしもこっちから持ち上げるから」
「ナツキ、それじゃ寒すぎる！　クルマ戻れ！」
「もう水の中よ！　オーラ、行くぜ！」ナツキは男の両脚を揃えて抱え、腕に力をこめて
「体育会バスケ部をナメちゃいかんぜよ」

三人がかりで何とか男を泥沼から引き出すことが出来た。

オレはビートルの助手席を倒して男を寝かせ、ナツキはリア・シートに座る。

この付近に公衆電話などは当然なく、オレたちが救急隊をやるしかない。

老人の軽トラックの先導で近くの〈北新地診療所〉へ向かう。


その三時間後。

オレたちは村の駐在所で調書に拇印を押し、解放された。

男は右脚を複雑骨折しており徳島市で入院が必要だが、命には別条ない。今村幸作という名の三十二歳の〈フリー・カメラマン〉だそうだ。今は全身麻酔で眠ったままなので、明朝まで話は出来ない。オレたちもこれ以上関わりたいとは思わない。

駐在の警官二人による簡単な現場検証は先程終わっていた。

軽トラックの老人は『組合長さん』と呼ばれ、どうも村の顔役のようだった。

バイクの男が走行中のクルマにカメラを向けて車線をはみ出し、前も見ずに無謀な運転をした結果の一種の〈単独事故〉という結論になった。撮影行為は『悪質なイタズラ』とみなされた。オレたちと組合長さんの証言も完全に一致し、警官たちはサッサとこの件を片付けたいようだ。『事故目撃者として、必要な場合には連絡します』で終わった。

現場を去る時にふと水没したバイクを見ると、横の水草の上にひしゃげて裏蓋が開いたカメラが転がっていた。これで写真は感光して全部パーになったけれど、なんとオレたちは隠し撮りの恐喝屋さんを救助してしまったんだ。はははは。

このワルのために、オレもナツキもそして松木純一もサンザンな目に遭った。

でもまあいいや。今村幸作、三十二歳で泥に顔突っ込んで死ななくて良かった。やつが右手でバイクのハンドルを操ってギリギリまでオレのクルマに寄せながら、左手だけで支えたカメラをぐーっと突き出して来た時、正直言って、オレはプロの撮影者の凄い執念と情熱を感じたな。なぜか『オーケー！』と叫びたくなったのを憶えている。バカだね。

『これからは人に喜ばれる写真を撮ってください』という伝言を警官に託した。

オレとナツキは組合長さんが紹介してくれた小さな温泉宿に泊まる。

疲れ果てビショ濡れの二人は風呂でたっぷり温まり、簡単な食事を出してもらった。熱燗の地酒とハム・エッグ。ヘンな取り合わせだが、とても美味かった。

ナツキはオレのトレーナー上下に着替えて畳の上で体を伸ばすと、「ほんとに夢みたい……ヒロ、前にさ『世界のどこでもない不思議な場所』のことを話してくれたよね」

「ああ、ストックホルムの、あの部屋……もう昔のことだけど」

「……今いるこの山の中の旅館ってそんな場所なのかなあ？」

「そうかもね、明日の朝になれば消えてなくなってしまう……」

薄い布団に並んで眠りにつく前、オレはナツキの手を取って、「オレ思ったんだけど」

「なに？」

「オレたちいつも一緒にいた方がいいな、これからさ」

「うん」ナツキは手を強く握り返し、「そうしよう」

5

「新郎新婦のご入場でーす！」

　ワーグナーの〈結婚行進曲〉が鳴り、ドアが左右に開かれた。

　純白のウエディング・ドレスのナッキと黒いモーニング姿のオレは、全開の笑顔を見せて入場する。盛大な拍手で迎える列席者は家族・親戚とごく親しい友人のみだ。双方合わせて三十人ほどのこじんまりした、当時まだ珍しいごくプライベートな披露宴。

　たちまちこういうことになったのだ。

　四国から帰ったオレとナッキは、結婚するぞという大波に乗っていた。わずか三か月あまりで挙式に至るまで、二人の勢いは止まることがなかった。お互いに心のどこかに迷いやためらいはあったと思う。だが『やっちまえ！』という強い直進性がオレとナッキの似たところだった。実は似てないところの方がずっと多いことに二人はこれから気が付くことになるのだが、今は笑顔で腕を組んで拍手の中をメイン・テーブルへ歩む。

　家族と招待客たちの、ここに至るまでの話をしよう。

まず吉野家だ。四国から戻ってすぐ、オレはナツキを実家に連れて行った。

結婚のことはその前夜の電話で母に伝えてある。母はあまり驚いた様子ではなかった。オレたちは応接間に通されて〈桜湯〉を出された。そんなもの初めて見たが、このような挨拶には欠かせないのだ、と母は言った。

予想通り、父・百男さんは「おめでとうございます」の連発のみ。

国立H大三年になっていた弟・クニはナツキを見て「CMディレクターって、水着のモデルさんと結婚出来るんだ！」と口を開けた。

だが肝心の母はナツキをあまり気に入らなかったようだ。

「まあ、洋行の結婚だからね。好きにしなさい」とナツキが帰った後でぽつりと言った。

「ママ、反対なの？」とオレ。

「お目出たいことなのに、ごめんね洋行。でもママねぇ、あの渡辺夏樹さん何となくしっくり来ないのよ。きちんと挨拶してくれたし、容姿もいいんだけど、どこかね……」

「いいよ、はっきり言ってよ」

「体全体から発散する感じがね……ごめんね、あの子〈男好き〉に見えるの。家庭に納まらない気がする。ご両親も裕福でらっしゃるけど、家の格では吉野の方が上なのよ」

当時は今の二〇二七年とは違い、オレの母、つまり姑は嫁に対して上からものを言うのがまだ当然とされていた。ナツキの方から母の機嫌を取り、万事母に合わせることが求められる時代。そして母の好みはもっと繊細で慎み深い嫁だろう。ナツキはそのようには見えない。でもそれは外見だけの問題で、心は誠実な女性なんだとオレは信じていた。

そして渡辺家。

渡辺一樹パパと明美ママは、吉野家と較べて申し訳ないくらいオレを大歓迎してくれた。パパはオレと若い頃の自分を重ねていたし、ママはオレが〈好きなタイプ〉だそうだ。売り出し中のCMディレクターで稼ぎが良いことも、それに何よりもナツキを、大切な一人娘を二度にわたって無事両親のもとへ連れて帰って来た男という事実が大きい。

オレたちは新居として、神宮前にある渡辺家所有の小さなビルの五階をタダで貸してもらった。そしてナツキはパパの会社でイタリア家具輸入販売の仕事を手伝うことになる。

吉野、渡辺両家の間で、いちおう形式的にだが媒酌人をお願いしたのが上城《うえき》ご夫妻だ。親友の両親で、ほとんど親戚のような長い付き合いだったからね。

さて、披露宴には各々の親しい友人も顔を見せた。

ナツキの方はバスケ部時代の仲間が二人。そしてカズコも来た（上城とはごく普通に挨拶していたな）。もう一人、四国からヨサコイ・テレビ庶務課の田辺さん。彼女こそオレとナツキを再会させてくれた人だ。オレと目が合った時にVサインをくれたよ。

オレの友達は五人。上城と啓介は、『海の家以来八年の恋が実った』と揃って喜んだ。

松木純一も来た。『僕は恥ずかしくて気後れするんだけど、それでも出席して二人の前でお祝いを言う義務がある』と言っていた。松木が持っているこの独特の〈義務感〉には、

オレも感心する時があるな。カーライルのレオン・アリントン少年を思い出す。

そして仕事仲間。温井和とその隣でグリーンのドレスのチョッコが微笑んでいた。

四国から帰ってナツキとの結婚に向かって突っ走りながら、オレは考えたんだ。

チョッコには何て言ったらいいだろうか？

オレはチョッコの仕事仲間で友達で、そして恋人なのか？　家族なのか？

オレはチョッコとのこの不思議な距離感を一歩も詰められそうにない。

チョッコはあの世にいる朝倉真さんの忠実な妻だ。オレの妻にはなれない。

でもオレがナツキと結婚するって聞いたら、裏切られたと思うんだろうか？

わからない。ともかく正直に話してしまおう。

二月の第一週にトークリで撮影の打ち合わせがあった。〈ジャンヌ・カバリエ〉の夏物だ。

例によって西舘CD。チョッコAD。オレが（いいギャラを取って）CMをやる。

仕事が済んだ夜更け。窓外に見える庭の樹々は季節外れの夜霧にかすんでいる。

オレはキッチンでチョッコと二人バーボンを飲みながら向き合う。

ラジオから薄く流れて来るのは、イングランド民謡の〈グリーン・スリーブズ〉。

黒っぽく厚い雲と、荒涼としたヒースの丘の連なりが目に浮かぶようだ。

しばらくマサミの絵の話などしながらストレートで二杯飲んで、イイ感じに酔ってきた。

ぼちぼち話そう。オレは煙草を灰皿でもみ消した。

「チョッコ」

「ん？」

「オレ、実は、四国からナツキを連れて帰って来たんだ。その場でクルマに乗せて」

「え、ほんとに？　でもテレビ局は？」チョッコはナツキの話を全部聞いて知っている。

「もうとっくに辞めて徳島で働いてた」

「そうなんだ……」

「それで、オレさ、ナツキと、その、け、結婚しようかと」

「結婚……」チョッコはオレから目をそらせて、しばらく黙った。

やがてバーボンを一口啜ってから煙草に火をつけた。そしてゆっくりと煙を吐きながらオレを見つめると、「おめでとうヒロ。いいと思う。ナツキさんと長い付き合いだもんね。優しい素敵なひとだよ。良かったよ」

「ほんとに？　チョッコ、ほんとに？」

「……わたしさ、やっぱり朝倉真の妻のままでいたいんだ」チョッコはもう一口飲んで
「ヒロとはさ、十年前に出会いたかったな。ははは、ダメだ。ヒロまだ中学生だもんね」

オレもつられて少し笑った。

「ヒロ、結婚式には呼んでね。わたしちゃんと見届けたい。姉貴みたいな立場でいいや」

オレは黙ってうなずく。

チョッコは立ち上がってオレの後ろに来ると、「これからも一緒に仕事したりお酒飲んだりしようね。わたしね、ヒロをCM界のスターにしたいんだ。鞆浦光一《ともうらこういち》を越えるような」

「チョッコ……」オレは六年前の記憶を呼び起こす。

トークリで二晩徹夜のバイト明けの朝、銀座帝都ホテルのあの地下駐車場だ。

出入口のスロープから外の光が差し込むひんやりとしたコンクリートの空間に、オレは資料の段ボール箱を抱えてチョッコと共に亀山さんのクルマを待っていた。

初体験したクリエィテイブな世界の興奮の余韻が、オレの中にはまだ残っている。

チョッコは煙草に火をつけて、オレに言った、『ヒロ、この仕事やりたい？』

オレは感じた通りに答えた、『やりたくなった、かも』

チョッコはうなずいて、『成功するよ』そして吸っていた煙草をオレの口にくわえさせてくれた。……あの朝、チョッコに心を引かれてオレのこの仕事は始まったんだ。

「ヒロ」チョッコはオレの肩にポンと手を置くと、「姉貴でも友達でも恋人でも不倫でも、そんな肩書きみたいなもん何でもいいや。わたしはヒロが好き」

そしてチョッコはオレにキスしてくれた。

新郎新婦の席で微笑みながら、オレはイケナイことを思い出してしまった。

オレの妻はナツキだ。ウエディング・ドレスでキャッキャッとはしゃいでいる。

今までに、こんなに嬉しそうなナツキを見たことはなかった。オレまでやたらに嬉しくなる。ナツキはそういう〈体温〉を持ったひとだ。

上城媒酌人のユーモラスなアメリカ式挨拶に始まって、披露宴は和やかに進んだ。

その晩遅く。

オレとナツキは上城、啓介、それに啓介の妹・友子の五人で〈ユー・ユア・ユー〉にいた。普段着に着替えて二次会ということだ。友子がいろいろ作ってくれる。

オレたちのたまり場であるこの店は、実は先月から森山啓介の所有になっていたんだ。長らくホスピスに入院していたノブさんが、とうとう亡くなった。天涯孤独のノブさんは遺言状に、『私のために働いてくれた森山啓介氏に全財産を譲る』と書いたのだ。この店を含む三階建てのビルと思いの外に高額の預金。

相続税もどうにか支払えるだろう。啓介は晴れてオーナー店長になったのだ。

もちろん森山家は一時大騒ぎになった。啓介の親父さんは一流の銀行勤めだが、しかしサラリーマンだ。事業家でも資産家でもない。小さなビルとはいえ、啓介が赤の他人から相続してしまった財産の価値は森山家のものを越えている。結局、誰も反対出来なかった。

「僕はノブさんのこの店を守る。近頃ここらの古い家が何軒も地上げされて、大きなマンションに建て替わってるけど、僕は絶対に売らない。伝統のナポリを作り続ける」と啓介。

オレたちは啓介と〈ユー・ユア・ユー〉のために乾杯した。今日は目出たいことばかり。

「お前ら、新婚旅行とか行かないわけ？」とロック・グラスを持った啓介。

「クリスマスまで待つ。忙しいんだ今」とオレ。

「わたしもね、パパの会社へ入ったばかりで」ナツキも同様。

「稼ぐんだねえ二人で。愛の方もしっかりね」上城はＮＡＬで研修を終えて、配属先が決まったと話し始めた。「それが何と宣伝部！　マーケティング・アンド・アドバタイジンか？」


グ・ディビジョン！　吉野、お前と同業だぜ！」

驚いた。よりによって宣伝部とは！　「上城、その宣伝部の部長って？」

「中澤殿下であられるよ。ヒズ・マジェスティー・ナカザワと呼ばれてる。知ってるんか？」

「パリでバイトの時ね、五年前。お世話になったというか、いじめられたというか。それでお前は今宣伝部で何をやってるの？」

「新入社員はCMなんかとてもとてもタッチできない。まずは国内線の時刻表をやるんだ。どこどこ発、何便、何時何分と毎週変わる。下請けの制作会社から出て来る原稿の細かいチェック、これがめんどくさいこと！　まあ、インドの行者が予言した『ビューティフル・ワイフ』に出会うのが楽しみですね」

上城が広告主の立場になるとはビックリだ。嬉しいけど、多少ビミョーな気持ちかな。今の仕事は時刻表でも、何年か経つうちには新聞・雑誌やポスター、そしてテレビCM担当ということにもなるのだろう。

NALは半官半民の巨大な国策航空会社。広告主としてはトップの一社だ。

そしてオレはCM屋。

士・農・工・商・代理店のまた下から、遥か上空にNALの翼を仰ぎ見る立場だな。

6

フリーのディレクターとして、ナツキの夫として、オレの新生活も三か月目に入った。

八月十二日月曜日。レオンの洗剤〈ブルー・スカイ〉秋篇CMの打ち合わせだ。

オレはフリーになって初めて東洋ムービーに姿を現すのだ。

この日のためにアメ横で買った四十年代のアロハにカール・ツァイスのファインダーをブラ下げて、どうでもいいような無雑作な態度を気取ってふらりと会議室に入った。

誰もいなかった。まだ時間が早すぎる。

「ヨッちゃんいらっしゃい！」声に振り向くと花畑がいた。「キマってるねえ。何かこう、売れっ子のディレクターっちゅう雰囲気漂ってるねえ」

オレは少し照れ笑いする。相変わらず花畑は察しがいい。オレたちは九階の応接室へ。

「ニッセンのこと、聞いてる?」コーヒーを啜りながら花畑が小声で、「鞆浦監督が亡くなった後、かなりターイヘンみたい」

「え？」オレは何も知らない。

「社内で反乱起きてるって。ホラ、あそこ嵯峨長次郎《さがちょうじろう》社長の独裁経営じゃないの。売れてるディレクターにはいい給料払って、その代わり寝る間もないくらいコキ使う。それ以外の社員はメチャメチャ安月給。社長は通称サガチョウって呼ばれてる。専務で経理の責任者をやってる奥さんの八重さんと、夫婦そろってケチで有名なんよ」

「で、でも、ニッセンはクリエィテイブのトップ・ブランドで」

「何もかも鞆浦さんの力だったんだねぇ。それとトモさんが育てた若手ディレクターたち。もう三十代後半かな。ピン張れる奴だけでも七、八人いるね。外へ出れば一本Ｅ十、Ｆ十（三十万円、四十万円）取れるのにニッセンを離れなかった。社長のサガチョウのやり方は皆が嫌ってたけど、副社長でクリエイティブの神様・トモさんがいる限りは絶対に誰も辞めなかった」ここで花畑は声のトーンを落として、「ニッセンの社内じゃあ『トモさんは疲れ果てて燃え尽きた』って言われてるんだって。サガチョウの金儲けのためにね」

「そんな……」オレは絶句した。

「社内では組合みたいなもんを作る動きもあるみたいだ。でもさヨッちゃん、自信がある若い連中はサッサと見切りつけるよね。先月ディレクターが二人も辞めた。美生堂やってた谷俊一《たにしゅんいち》と磯部守《いそべまもる》。磯部は僕が大好きな〈愛のスカイレーン〉をやってる。さっそく電話して、来週会うんだ。でもヨッちゃん、それだけじゃない。ビッグ・ニュースが先週入った。三田村宏だ。ＮＡＣグランプリの三田村があと二人のディレクター山城徹《やましろとおる》と中村信二《なかむらしんじ》を連れて新会社設立！　もうオフィスも構えてるぜ」

「ええっ、新会社！」

「〈ＣＭキングダム〉って名前だそうだ。豪華メンバーだよ。ニッセン式のディレクターズ・プロダクションだけど、プロデューサーや制作部も優秀なのを集めて連れ出した。こりゃ博承堂の仕事持ってかれないようにせんとね。おーっと、もう時間だ」

第一回打ち合わせはほんの挨拶ていどで終わった。企画はまだこれから、という段階。花畑に御代田ＣＤ、工藤さん、杉ＰＭ、関カメラマンという馴染みのメンバーたちだ。フリーの人間にとって、ホーム・グラウンドがあるのは実に有難い。

オレはトップスでチョコレートケーキを買って、ビートルで青山通りを渋谷方向へ走る。花畑に教わったＣＭキングダムの住所は神宮前の近く、オレの新居からも遠くない。表通りには面してないが、コンクリート打ちっ放しの小ぶりでおシャレなビルの三階だ。エレベーターの扉が開くと、ヨーロッパの高級ホテルのようなカウンター・デスクで、白人系のハーフらしき受付嬢が優雅に微笑んだ。

オレはなるべく寛いだ態度で、「ディレクターの吉野です。三田村さんお願いします」

「え！　社長ですか」受付嬢はちょっと緊張して、「お約束ですね？」

「い、いや特には……でもいらっしゃるんですよね、三田村さん。吉野洋行と伝えてもらえれば」

受付嬢は一瞬ムッとしたが、内線電話を取って社長秘書らしき相手を呼び出す。だが、ごく短いやりとりで電話を切った。そしてオレを睨んで「三田村は外出中とのことです。ともかくアポイントメントを取っていただかないと」

その時「吉野じゃないか！」背後からの大声に振り返ると、三田村宏本人が食べかけのハンバーガーを手に持って立っていた。「ああ、やっぱり吉野だあ！　パリ以来五年ぶりかな。ＣＭの演出やってるんだって？　ＮＡＣ取ったとかいろいろ聞いてるよ。なつかしい」

「ごめんなさい、アポもなしにいきなり来ちゃってご迷惑を」オレは受付嬢に目をやった。

「なーに、そんなのは全然オーケーよ」三田村は彼女に、「お嬢ちゃん、この人の顔よーく憶えといてな。僕のダチだからよ」

「はい社長」

三田村はオレの腕を取ると、「よーし、おれの部屋行こう。まだ引っ越したばかりだけど、旨いコーヒーくらい出せるぞ。そのチョコレートケーキでおやつにしよう」

「いやあ、ニッセン辞めちまったよ！　十二人も連れてなあ」三田村が持ったコーヒー・マグは、まだニッセンのロゴ入りだった。「トモさんのいないニッセンなんてサガチョウの養鶏場みたいなもんだ。コケッコッコー、なんて毎日卵産まされて、そのうちに殺される。僕は乱暴なことは苦手な性分なんで悩んだけどさ、結局やっちまったよ！」

「おめでとうございます。社長ですね！」オレにも三田村のハイな気分が伝わって来る。

「社長なんて器じゃないよ。僕、経理の数字なんて見たこともないし、銀行の支店長と何を話したらいいのかサッパリわかんねえなあ！　取りあえずプロデューサーの郷や伊藤の言うなりにやってるさ。でも作品作りの方はまかせとけ！　主だったスポンサーも仕事を振ってくれることになった。サガチョウは必死になって妨害したけど、スポンサーの方が僕や山城、中村の実績を買ってくれたのさ。サガチョウ泣き寝入り！　ザマ見ろや！」

「そりゃ豪勢だ！　NAL、コトブキ・ウイスキー、後はカメラのアジア光学ですね」

「そう、その三社から直で発注があるから充分メシが食えるって郷は言ってる。ああっ、そうだった！　吉野に謝まらなきゃいけないことが。そのNALのグランプリ受賞の時」

「それもういいよ、三田村さん」オレが割って入る。「オレのためにいろいろ言ってくれたって聞いてます。もう五年も前のことだし、オレはただのコーディネーター助手。たまたまアイデアを出しただけです。素晴らしい作品を実際に作るってどれだけ難しいことか、あの後いろいろ勉強して今は少しはわかってるつもり」

三田村がなるほどとうなずいた時、段ボール箱の上に置かれた内線電話が鳴った。

「はいよ」三田村は受話器を取って、「……わかった。ハンコ押すから持って来てや」

「すいません。お忙しいのに」

「いいの、いいの」三田村は立ち上がりかけたオレを制して、「郷副社長・プロデューサーのおでましだよ。ちょうどいい、紹介しとこう」

間もなくドアが開き、三田村と同年代のスーツにネクタイの男がずかずかと入って来た。がっしりとした中背で、あご髭を生やしているが髪はちょっと薄い。三田村に書類を渡しながらオレをちらっと見て、「ミタさん、こいつ誰?」

「郷ちゃんよ、『こいつ』はねえだろうが? ディレクターの吉野くんだ」

「ああそう、郷です。きみ、フリーか何か?」

「はい。東洋ムービーから独立したばかりで」オレは一礼。

「東洋ムービーねえ」郷は目を細めてふんと鼻を鳴らし、「博承堂の下請け工場だな。きみ、我がCMキングダムは博承堂だの電広だの代理店ごときは相手にしない方針です。奴らの役目は放送枠を買うだけ。CM企画制作はすべて直扱いでやる。お得意さんの直接指名で仕事が来るディレクターがうちには三人。プロデューサーも三人。代理店にシッポ振るのが達者なだけの演出家なんてお呼びじゃない、無用なのよ」

「おい、失礼だろ！」三田村がちょっと声を荒げて、「吉野は仕事もらいに来たんじゃない。五年ぶりに僕に挨拶しに来てくれたんだ。友達なんだよ」

「ああ失敬した」郷が口をゆがめて笑い、「このオフィスがオープンしてから毎日のように、クリエイターの売り込みが殺到してましてね。ついきみもその手合いかと」


CMキングダムにはあまり長居も出来ず、オレはクルマで五分の新居へと帰路についた。ビートルを走らせながら、オレは三田村さんのことを考えた。

相変わらず気さくで感じのいい先輩だ。でも今日の印象はパリで一緒に働いた彼とは、どこかが違っていた。あの時の三田村カントクには、どこか『自分を笑っている』ような寛容なユーモアがあったと思う。でも今はもっとピリピリした、攻撃的な感じがする。

新会社を設立したんだ。大冒険に乗り出す高揚感、と思えばいいのかな？

などと考えているうちにたちまち新居に着いた。

その小さなビル〈カサ・ワタナベ〉は青山三丁目と原宿駅の中間の裏通りに面しており、徒歩では意外に不便な所だ。一階は〈モンテ・ローザ〉という輸入雑貨を並べた店で、ちょうど〈ユー・ユア・ユー〉のビルを五階建てに伸ばしたような感じ。エレベーターはなく、五階の住処まで階段を上がらねばならないが、体育会バスケ部にはあまり苦にならないようだ。オレたちの部屋は五〇一号室と表示されている。五階には他に部屋はないのだが、『その方がビルが大きいと思われる』というパパの考えだそうで納得した。

「ただいま」オレはドアを開けた。ナツキはまだ帰っていない。パパの会社で営業を手伝うようになって三か月だが、結構楽しそうに見える。ナツキはスポーツ・アナでもミニ・クラブでも、イタリア家具のセールスでも自分をうまく仕事に合わせて行ける人だな。

靴を脱いで上がると、いきなり十五畳のＬＤＫになっている。ダイニングテーブルを兼ねたキッチン・カウンターと窓際に置かれたキャンバス地の低いソファー・セット。その奥にユニット・バスとトイレを挟んで八畳ほどの寝室がある。床はフローリングだ。

当時の若夫婦の住まいとしてはかなりデラックス。これがタダとはありがたい。だが古いビルの最上階だ。真夏の一日の熱気がこもってムッとする。オレは壁に取りつけられた業務用の強力過ぎるクーラーのスイッチを入れ、服を脱いでバスルームへ。

シャワーを出して、ハリウッド女優のようにふんふんふんと体に石鹸を塗っていると、表で玄関ドアが開く音がした。

「ただいまーっ！」ナツキの声と、重い買い物袋をバサッと置く音がする。

ふつうの新婚生活だ。オレは体重がちょっと増えて六十四キロになりました。

7

秋の終わりまでに七本の仕事をやった。フリー一年目としてはまずまずだな。

やはりオイル・ショックは、オレのような若手にとっては仕事を取るチャンスだった。

代表作はチョッコとやっているアパレルの〈ジャンヌ・カバリエ〉かな。

今年は『死霊の盆踊り』というホラー・タッチでまとめた。

谷中の古い墓地の中を鬼火のライティングに照らされて、幽霊のモデルたちが練り歩く。

モリスのサルさんが再びプロデューサー兼カメラマンで大活躍。もちろん今回はちゃんと撮影許可を取った。

チョッコとオレが確立したこの『ファッショナブルな悪ふざけ路線』はスポンサーのフランス人たちにも大ウケで、本国でも放送されることになった。予算に余裕があり、トークリにもモリスにもこの仕事は美味しい。

博承堂仕切りの洗剤〈ブルー・スカイ〉秋篇はオレにはレギュラー三本目だった。

オイル・ショックの世の中で、あえて、島根でガソリン・スタンド経営に頑張る一家を選んだ。逆境でも朗らかな生活者のタフさを出したい。

これはオレのアイデアだったが、どうも企画倒れの結果になってしまったようだ。

この地域には他にスタンドがなく、店は撮影に苦労するほど朝から晩まで大繁盛だった。いつもながら家族も仕事で疲れており、カメラを向けると不機嫌な表情が目立つ。

編集でどうにかまとめスポンサーのオーケーは得たが、御代田CDからは、『イマイチ。そもそも何をやりたかったのかなあ?』とキビしいお言葉を頂いてしまった。

「御代田さんの『イマイチ』は怖いよ」久し振りに〈やまむら〉で飲みながら花畑に忠告された。「フリーはねぇ、一本一本大切にしないとね。ヨッちゃん『いつまでもあると思うな人気と仕事』ある日突然、電話がかかって来なくなる。ああー、ゾーッとするなぁ!」

オレも少しはゾッとした。何が間違いだったのかに気付いたからだ。

『オイル・ショックを逆手に取る』などと安易に面白がってはいけないんだ。

最近オンエアされヒットしたニッセンの作品にM石油の〈のんびりやろう〉というのがあり、クリエイターたちにも好評だった。

黄色い花が咲き乱れる野の一本道を、ガス欠になった旧式の黒いセダンを体で押してのろのろと進んで来る二人の若者。ちょっと休んではまた押す。

♪のんびりやろうよ　オレたちは　急いでみたって　なんになる、と歌が入る。

そして『クルマはガソリンで走りまーす』とふんわりしたナレーションでキマる。

このCMは美しい。やさしい。何も逆手になんか取ってない。でもオイル・ショックという大波に無理なくキレイに乗っている。

もし朝倉さんがこのCMを見たらこんな風に言うだろうな。『吉野、こんな時代に世の人たちが癒されるのはこんな作品だよ』

鞆浦さんを失っても、やはりニッセンはいいモノを作るなあ！

十一月二十六日。〈日本列島大改造計画〉の田内首相が資金疑惑問題で辞任した。

おりからの大不況の中で数々の土木プロジェクトが中止となり、新宿西口の大規模再開発もオクラ入り。〈思い出横丁〉の多くの店は立ち退きをまぬがれた。

オレは〈菊水〉へ顔を出し、楠《くすのき》さんや満《みつる》さんと祝杯を上げて吐くまで飲んだ。

結果的にだけれど、じいちゃまの遺志が叶って嬉しい。

この一九七四年は戦後初のマイナス経済成長、しかし物価上昇率は約二十パーセントという最悪の結果に終わる。丸の内の爆弾テロ事件では四百人近い死傷者を出し、またLPGタンカーの衝突や、製油所からの大量のオイル流出などサンザンな年だった。

だが一方で日本のモノ作りは、去年森山さんが言った『発展途上国としてのハンデ戦』を卒業して『本物の経済大国への道』へ恐るおそるだが一歩を踏み出していた。

キーワードは〈省エネルギー〉と〈低公害技術〉。

その代表が小型、高性能、低燃費の日本車だ。もともとは無資源国・日本の実情に合わせて開発されたクルマたちだが、オイル・ショック後の石油価格の急騰によってアメリカ、ヨーロッパ各国で『ガソリンを喰わない、しかも性能の良いクルマ』が求められるようになった。トーヨー、日産、ホンダなど日本車の本格的な全世界輸出が始まり、精密機器や家電製品なども後に続いて行く。

広告制作者たちも春先の茫然自失から立ち直り、新しい大きな波が寄せて来るのをはるか沖に望みながら、各々の波乗りポイントに向かって泳ぎ始めたな。時代の波を読め！『猛烈に飛ばすクルマ』から『低燃費で機能的なクルマ』へのシフトはあくまで技術的、経済的なものだが、それは世の中全体のトレンドにも合致していた。『プレイボーイ』から『ニュー・ファミリー』へ。価値観の変化だ。

昭和二十二年から二十五年の間に生まれたいわゆる〈団塊の世代〉は二十代後半の結婚年齢を迎えていた（当時は今よりも十歳以上若かった）。夢のようなカッコ良さや分不相応な高級感はもういらない。もっと現実的な日常生活の豊かさ、身の丈に合った快適さが求められる。三年前、マルワのタコ部長に蹴っ飛ばされた『カップルの時代・夫婦の時代』が近づいて来ているのだ。それはオレとナツキの生活そのものだった。


十二月も残り少なくなってきた。

チョッコとマサミは、例によって岩手でクリスマスと正月を過ごす。

ナツキには内緒だが、今年もビートルで羽田空港まで送った。

うちの夫婦はどちらも二十七日あたりまで仕事が残り、『遅まきながらの新婚旅行』は計画すら出来てない。二人ともちょっと過労気味でもあり、とりあえずこの年末年始は吉野、渡辺両家に挨拶だけして、後は都内でゆったり過ごそうということになった。

映画に二度行った。

オレはふだん一年に十五、六本は映画を観る。イギリスに住んでいた時も〈イージー・ライダー〉〈バトル・オブ・ブリテン〉〈卒業〉などを観た。だがナツキは『年に一本』というタイプかな。一度目、トリュフォー監督の〈アメリカの夜〉は映画製作現場そのもののドラマで、オレには楽しめたがナッキは途中で寝てた。だが二度目の〈エクソシスト〉は二人ともバッチリ震え上がった。特に首が一八〇度回転してこちらを睨む場面で「ギャーッ！」というナツキの悲鳴は、他の観客たちの恐怖を盛り上げる効果抜群だったな。

大晦日はテレビで紅白歌合戦を観て、高野山の除夜の鐘を聴いた。

一九七五年が明ける。


二人とも一月六日が仕事始めだ。

ナツキはパパと一緒に数十軒のお得意先へ挨拶回り。

オレも東洋ムービー、トークリ、モリス、他数社の制作会社、それに博承堂の一制、二制と回った。花畑によると、フリーの演出家やカメラマンたるものは、得意先制作会社のプロデューサー一人ひとりを捕まえて、飲み食い接待の営業をやるのが一般的だそうだ。

だがオレにはとうていそこまでの商売っ気はありません。


その週の木曜日、オレはヤマト・テレビで松木と昼飯を食べ、三月に予定されている結婚式の話を聞いた。帝都ホテルで松木・楢崎両家から三百人が列席して、ヤマト・テレビ河内社長夫妻の媒酌による〈華燭の宴〉になるのだと。

「もうハラ決まったよ」松木は意外にサバサバしていた。「康子さんも、会ってじっくり話してみるとわりにいい人だし」

「いい人……」オレは言葉につまりながら、「松木はさ、それでいいの？」

「吉野ならNGだろうな。何を言いたいのかよくわかってる。でも僕は結局、親父の言うなりになるんだなぁ。小さい頃からそうしてた」

オレは煙草を咥えて火をつけた。

松木は続ける。「僕はさ、吉野みたいに『オレは絶対にこうなりたい』というほどの目標がない。六年前、バイカル号の上で君と会った時、僕は首にカメラをブラ下げてロシアから東ヨーロッパ、果てはイスラエルまで行くつもりだった。旅をしながら自分の生き方を見つけたい、と思ってたんだ」そして松木は苦笑すると、「結果。全然見つからなかった。僕は帰国して親父の言うなりに就職した。『これからの時代を動かすものはテレビだ。純一はまずテレビをやれ』とね。なるほどその通り、入ってみるとテレビ局はなかなか凄いところだ。親父の言う通り時代を動かす力を持ってる。結局さ『僕はどう生きたいのか？』なんて悩むより『どう生きる役目に生まれたのか』を受け入れた方がいいと思ったよ」

オレは小さくうなずいて、「その中で松木はベストを尽くすってことか」

「おお、そういうことだ」松木は微笑んで、「喜んでそうする」

ヤマト・テレビを出たオレは、本屋へ寄って帰ろうとクルマを新宿へ向ける。御苑に沿った道を走って行くと、右手に白い九階建てのビルが見えて来た。ニッセンの本社だ。日本に帰って以来初めて見るような気がする。白い壁面が少し汚れて、以前よりもやや古びた感じだ。オレはその前を少し過ぎた所でクルマを止めて、路上に降りた。振り返ると陽射しが順光に変わり、ニッセンのビルは冬晴れの真っ青な空をバックに、さっきよりも鮮やかに見えた。七年前オレは入社を断られてあそこを追い出された。あれから地球を一周して、CM業界もローカルから這い上がって、今再びここに立っている。

その時突然、ニッセンに入ろうとオレは思った。

今までの日々はこの会社へ入るための準備期間だったような気がした。

オイル・ショックの渦中に独立してフリーになって一年余り、近頃何となくモヤモヤしていたものがパーッと一気に晴れた。オレはずっとニッセンに入りたかったんだ。

今がその時だ！

8

「うーん、それカンタンじゃないね」温井は首を捻った。

そこは原宿の温井広告事務所。大きな窓から夕方の表参道の賑わいが見下ろせる。

オレは丸い打ち合わせテーブルで温井と向き合っている。

「ヒロさぁ」温井はパイプを一服吹かして、「僕はニッセンの社員だったけど、よく採用されたと思うよ。学生広告賞取っていたのと、あとは面接の時サガチョウの奥さんにウケが良かったのがラッキーだったのかなあ。八年前の話だけど、今はもっと狭き門でしょうね」

「そんなに難しいの……」オレも煙草をつける。

「あの会社、まあ創業当時は別として、今ほとんどの社員は新卒で入社したプロパーなんだ。中途採用はごく少ない。特にクリエイティブ系は、鞆浦さんやその直伝のチーフ・ディレクターたちが新人の時から育てる仕組みになってる」

「でもねカズさん、鞆浦さんが亡くなってからディレクターが何人も辞めてるよね。谷さんや磯部さんはフリーになったし、三田村さんたちは新会社作った。そんな時だからこそ中途採用の可能性があるんじゃ？」

「うーん」温井はパイプを撫でながら、「……そうかも知れない。当たってみる価値はあるかな」そしてニヤリとして、「ヒロはどうせ〈何でもすぐやる男〉だからな」

「やる」

「わかった。やるならズバリ核心を突くべきだ。樺山不二雄《かばやまふじお》だ。鞆浦さんが亡くなった後の二人の副社長の一人。ニッセンのナンバー・ワン・クライアント美生堂の仕事のチーフ・プロデューサーをやってる。ヒロも昔パリで顔ぐらい見てるだろ？」

「挨拶したことはあったかな」

「直接電話してアポ取って、作品集見せてプレゼンすれば？」

オレは何度もうなずいて、「ありがとう、そうします。そこの電話使っていい？」

「えっ、今ここから電話するの？」

「する」

温井は愉快そうに声を上げて、「相変わらずだな！　キミは面白い！　電話どうぞ」

「番号教えて」とオレ。

温井は呆れたようにギョロ目を見開いた。

翌週、一月十七日の金曜日。

朝十時ちょっと前にオレは新宿御苑の駐車場にビートルを停め、目の前のニッセンへ。

先週、樺山副社長とのアポは意外にアッサリと取れていた。

温井の事務所から思いつきのようにかけた電話はたちまち副社長本人につながった。

猛烈な勢いで話し出すオレに、樺山さんは肩すかしを食わせるように、「あ、わかった、いいよ。来てくれれば話は聞くから、作品集とか持って来てね。じゃ、秘書に替わるから」

秘書さんとほんの十五秒のやりとりで、今朝のこの時刻が決まったんだ。


ニッセンの六階には、大小の打ち合わせ室や試写室が並んでいる。黒いドアいっぱいに大きな番号がデザインされており、オレは〈7〉という部屋に通された。七、八人がけの小さな部屋だが、16ミリの小型映写機とロール・スクリーンはちゃんと備えている。

ほどなくドアが開き、樺山さんが一人でふらりと入って来た。ジーンズに白いタートル・ネックのセーター姿だ。持っていた缶コーヒーをふたつ、テーブルの上にポンと置いた。

「樺山です」缶コーヒーを開けながら、「君とパリで会ってるんだって？」

「はい、六年前です」

「悪いねぇ」樺山は苦笑して「僕、ぜーんぜん思い出せんわ。ごめんね。君はＮＡＬの撮影でバイトか何かだったんでしょ。あの作品いろいろあったって聞いてたけどさ、僕たちはトモさんの美生堂チームだったから、亀山部長の六年前のＮＡＬなんて、そもそも何が起きたのかも知らんのよ」

　オレは少しホッとした。ややこしい説明などしなくても済む。

「何か見るものあるんだろ？」と樺山。

「作品集持ってきました。十本ほど入ってます」オレはリールを取り出した。

　ドアがノックと共に開かれ、秘書らしき女性が入って来る。

「カヨコさん、彼のリール見たいんだ。かけてくれる？」

「はい」秘書はオレからリールを受け取り、慣れた手つきで映写機にかけると、「副社長、よろしいですか？」

「ああ、いいよ」ライトが消え、映写機が回り始めた。秘書は出て行く。

　作品集は〈ジャンヌ・カバリエ〉の二本から始まり、ＮＡＣ賞の〈タクミ工建・木の命〉、ブルー・スカイの〈日本まっ白紀行〉が二本続き、東洋ムービー作品があと数本、最後はモリスでやった〈シャンゼリゼ・チーバ〉だ。ああ、ラストにトーヨー自動車の中止になった〈ナナサン〉の六十秒があったらなあ！とオレは内心悔やんだ。

　映写が終わった。樺山が立ち上がって映写機を止め、明かりをつけた。

　オレは樺山の言葉を待つ。

「うーん」樺山は缶コーヒーを一口飲んでオレにも勧めると、「……面白いよ。どれもね。特にカンナ屑のハイ・スピード、驚いたわ。シューベルトの〈菩提樹〉のピアノも効果的。だがぁ、何て言ったらいいのか、アイデアがね、目立ち過ぎる作品が多い。僕はトモさんと美生堂の化粧品のCMを何百本も作って来た人間だから……」と樺山は言葉を切ってオレを見つめる。

　オレは黙って視線を受け止める。

「ごめん……」樺山はハンケチを出して目頭を押さえた。涙を……拭いているのか？

　やがて樺山は口を開く。「トモさんの名前を口にすると、どうしてもね、ごめんな……僕はずーっとトモさんと一緒に〈美しさ〉〈豊かさ〉を表現してきたつもりだ。その手段として斬新なアイデアを使ったこともあった。でも君の作品は、あくまで僕の偏見だけど、アイデアの実現そのものが目的になってしまってるように見えるんだなあ」

　オレは目をみはった。こんなことを言われるのは初めてだ。

「君という人が」樺山の右手が動き出す。「どんな人間で、どんな美意識をたいせつに生きているのか？　そういうことがさ、見えないんだ。どれも凄く面白いんだけど、いったいどれが君なのか？　どこに君がいるのか？　見えないよ。いない、んじゃないの？」

わからない。オレは答えられない。

「吉野くん」樺山はまっすぐにオレを見て、「今、トモさんが逝ってしまって、ニッセンはピンチなんだ。辞めてしまう奴もいる。CMナントカダムっていう会社も出来たみたいだ。でもね、まだたくさんのディレクターたち、プロデューサーたちが僕と一緒にここにいる。僕たちが守ろうとしてるのは、トモさんから受け継いだ〈美意識〉なんだ。わかってもらえるだろうか？」

なんて正直な人なんだろう！とオレは驚いた。社交辞令も何もない。本当に感じたままを言葉にしてる。オレのある面をズバリと見抜かれたような怖さすら感じる。

だが『トモさんの美意識を受け継ぐ』と言われると、オレにはどうしても腹に落ちないことがあった。譲さんから聞いた、あの遺言だ。

鏡に真っ赤な口紅で書きなぐった言葉『ぼくはみなさんにキレイな夢を見せてきました』『でも白状します。その夢はけっして実現しません』『なぜなら、ぜんぶウソだからです』

『ごめんなさい。もうウソはつきません。サヨナラ』……オレには全く謎の言葉だ。

目の前にいる樺山さんは、この遺言を読んだはずだ。その本当の意味を理解した上で、では何を受け継ぐと言っているんだろう？

キレイな夢を？　鞆浦さんは『ウソだ』と言っているのに？　わからない……。

オレは「樺山さん」と言いかけ、だがそこで口をつぐんでしまった。

やめよう。この人をただ傷つけるだけの残酷な質問になってしまう。

目に涙を浮かべた樺山さんは繊細で、優し気で、どこか老け込んだ感じすらした。

このベテラン・プロデューサーの頭にあるのは、決して若い新しいディレクターの採用などではなく、逝ってしまった古い仲間の思い出を守ることなのかも知れない。

「わかりました。今日はこれで失礼します」オレは立ち上がって礼をする。

「悪いね、吉野くん……僕もちょっと疲れてるようだな……」樺山は寂し気な微笑みを浮かべた。

自宅へ戻ったオレは温井に電話し、「樺山さんはオレに興味はないみたい」と伝えた。

温井は、「やっぱりな。あの人の中ではトモさんはまだ生きてる。君の姿がよく見えないんだ。ヒロ、ごめんな、君がダメなわけじゃない」と励ましてくれた。

その晩オレは不思議な夢を見た。パリのあのムトウさんの夢だ。

オレは混みあったレストランで、ムトウさんと向き合って煮込み料理のようなものを食べながらワインを飲んでいる。ムトウさんはオレに『あの人は見つかったかい？』と何度も訊く。オレが首を横に振ると彼は『電話番号がポケットにあるだろ？』オレはポケットを探るがなにもない。そもそも誰の番号なのかオレにはどうしても思い出せない。ムトウさんは優し気に微笑んで『そのうちにね、どこかできっと会えるさ』その時、ハッと目が覚めた。時計を見るとまだ五時前だ。

隣ではナツキが軽いイビキをかいている。オレもまた寝直した。

次の週、水曜日の夜。オレは新宿三丁目のスナック・バー〈コックドール〉にいた。古いビルの地下一階にあるその店に、チョッコが知り合いの〈ある重要人物〉を連れて来る予定だ。ニッセンへの売り込みに難渋しているオレに、チョッコが『コネを使って』手を貸してくれることになったんだ。オレはロックを飲みながら待つ。

九時過ぎ。狭い階段を降りて来る足音と共にドアが開き、チョッコが現れた。トレンチ・コートにブーツがよく似合ってる。その後ろからもう一人。ダブルのスーツにオーバーを羽織った中年の男性。痩せて頬がこけ、長髪を七三に分けて耳に流している。

二人はオレの待つボックス席に来た。そこでチョッコが各々を引き合わせて、「牧さん、これが吉野洋行ディレクター。お話ししたように現在はフリーで活躍中です。吉野さん、こちらがニッセンの牧利夫・取締役副社長でらっしゃいます」

名刺を交換するなり、牧はチョッコの肩にポンと手をやって、「いやあ、もう七、八年も前になるかな？　私が朝倉真CDとコトブキ・ビールのキャンペーンをやった時ね、このチョッコさんが新入社員だったんですよ。キレイな子だなあ！　モデルさんかなあ？　なんて感心しましてねえ。それ以来のお付き合いです」チョッコに微笑みかける牧の表情に、ちょっとばかりエロいものも感じられる。まあ、よくあることかなあ……。

「あまり仕事してないけどね」とチョッコ。そして牧を促すように、「それよりも牧さん、ニッセンのディレクター中途採用のお話、お願いします」

「そんなにせかないでまず飲みましょーよ、チョッコさん」牧はカウンターのマスターに声をかけて、「私にね、そーだな、オールドの水割りでいいや」

「募集してるんでしょ？　非公開だけど」チョッコは牧からオレに視線を振って、「ヒロ、牧さんは営業責任者です。亡くなった鞆浦さんやそのコンビだった樺山さんとは違って、ニッセンの制作全体も見てる」再び牧に目を戻して、「ニッセンは今、どんなディレクターを求めてるのか、教えて欲しいの」

「わかったわかった、じゃあちゃんと話しましょう」牧は水割りを受け取ると一口なめ、口調をガラリと変えて話し始めた。「ニッセンのクリエイティブは、今大きく変わらなければいけない時なんです。鞆浦さんは確かに天才だった。その天才が今まで若い人たちを引っ張ってきた。しかし問題は彼がCMを〈芸術〉にしてしまったことだ。チョッコさん、CMは芸術だと思いますか？」

「牧さん、わたしじゃなくてこの吉野さんに、おねがい」

牧はちょっと顔をしかめながらもオレを向いて、「じゃあ吉野くん、君はどう思う？」

「CMが芸術だと思ったことは一度もないです」この答はオレの持論だった。「CMは広告の一部。企業の販売促進の手段です」

「ほう」牧の目がちょっと真剣味を帯びた。

「でもCMのアイデアや映像表現には、必ず制作者の心が表れます。あるいは美意識や知識も反映されます」これも使い慣れた文言だ。「だからCMを作る仕事は〈芸術的〉な要素を持っていると思います。でも芸術そのものじゃない」

「うん、いい答えだ吉野くん」牧はポケットから煙草を出して咥えた。チョッコが横からライターをつける。「嬉しいなあ、チョッコさんに火を貰うなんて！　ライト・マイ・ファイヤーだねえ」牧の目尻がぐっと下がった。

チョッコは答えずに自分のケントにも火をつけた。

「芸術っていう話だったな」牧はふーっと煙を吐いて、「鞆浦さんの作品はね、芸術とはいいながらどれ一つ取っても結果的にはちゃんと〈広告〉になっていた。美生堂の化粧品やトーヨーのクルマを魅力的な商品として描いていた。そこが彼の天才クリエイターたるところなんだよ」

オレはちょっとうなずいた。

牧は続ける。「だが彼は自分のCMを決して〈広告〉や〈販促〉とは呼ばなかった。つねに『ぼくが美しいと感じ、心が動く作品』と言い続けた。私はねえ、その言い方は鞆浦さんの一種の〈気取り〉だとかねがね思ってたんだが、我が社の若者たちは皆がそれを聖書の教えみたいに言葉通りに信じた。そして〈ぼくが美しいと思う作品〉をそこら中で作った。それでも六、七人の優秀な連中は、鞆浦さんほどではないとしてもだな、世の中にもスポンサーにも受け入れてもらえる結果を出せたかな。でも、そいつらの半分はもう辞めちまったがね」牧は口の端でちょっと笑って、「問題は残りの二十数人よ。知っての通りうちは社内ディレクター主義だから、ともかくそいつらも使わないと商売にならない。ところが、能力がありません。センスもありません。『ボクがいいと思うモノ』は誰もいいと思ってくれません。それでもダメな奴ほど主張する。『おれを売るのがプロデューサーの仕事だろ』そりゃあ三ツ葉や大正製菓みたいな直のお客なら、プロデューサーたちも自分の顔張ってどうにか通してしまうことも不可能じゃない。ところが近頃は代理店経由の仕事が増えてきてる。代理店のクリエィティブがどういう連中だかキミは知ってるんだよな？」

オレは苦笑して、「はい」

牧はふっと煙を吐いて、「うちの企画演出部さん、四、五人を除いてその他全員まったく通用せんのよ！　代理店のオリエンに応えるとか、彼等の設定した基本コンセプトに従って企画を考えるなんてことがまるで出来ない！　代理店の顔を立てるなどはもう問題外。文句を言われると『それはボクの美意識に合わない』とむくれるだけだ」牧は煙草をもみ消すと、「ここまで言えばさあ、吉野くんよ、うちがどんなディレクターを必要としているかわかるよな？」

「わかります」オレは胸を張って答えた。「オレはそういうディレクターです」

「そうです。牧さん、わたし保障します！」チョッコも身を乗り出した。

牧副社長はオレに多少の興味を持ったようだった。

いくつかの一般的な質問の後、オレの作品集リールと履歴書を受け取ってくれた。

「二週間ほどくれや。他の者とも相談したい」と言い残して、牧は先に店を出て行った。

オレはチョッコと差し向いでリラックスして飲み直す。

「わたしもドキドキしたよ」チョッコはロックをぐっと飲み干して、「牧さんは樺山さんと全然意見が違うの。ニッセンも時代に合わせて変わらなくちゃいけない、ってね」

「ありがとう……」オレはちょっとためらって、「でもチョッコ、何か迷惑かけちゃうんじゃないんか？」

「何それ？」

「い、いや、牧さんが何となく、その、チョッコに気があるみたいで……」

「気がある」チョッコはふっと笑って、「ずーっと前から半年に一度は口説かれてまーす」

「えっ！」

「でも断固、絶対にノー！　朝倉真の妻を何と心得る！」

「……そうだよな」とオレはビミョーな気持ちだが、納得した。

「でもねヒロ、わたしに出来るのはここまで……ヒロは運がいいから大丈夫」

三十分ほど飲んでから、オレたちはタクシーでそれぞれ帰宅した。

9

一月も終わりの寒い朝。

オレは身支度を済ませて靴を履き「じゃ、先に出るよ」と部屋の中へ声を掛ける。

どこからも返事がない。

「ナツキ、トイレかい？」

トイレの中から何か変な声がした。オレは靴を脱ぎ棄て、そのドアの前へ。

「ナツキ！　大丈夫？」

「……ちょ、ちょっと待ってて」小さな声だ。

水を流す音がしてドアが開き、パジャマのナツキがふらりと出てきた。顔色が悪い。

「ど、どこか具合悪いのか？」

「……吐いちゃった。起きてからずっと気持ち悪くて……あの、わたし今日お医者さん行ってくるよ」

「ああそうしよう。送るから」

「いいよ。まだ支度に時間かかるし、ヒロ仕事行って。大丈夫、タクシー呼ぶから。ねっ、もう行って」

「……わかった。気ィつけてな」オレは部屋を出た。

赤坂へ向かってビートルを走らせながら、オレはナツキのことを考える。

さっきのようなことって、映画やテレビドラマだったら『赤ちゃんが出来たの』っていう話になる（CMではあまり見ないけど）。……そうなのかも知れない。結婚してからは避妊なんかしてない。嬉しいような、怖いような気がした。

十時から東洋ムービーで打ち合わせが始まった。

レオン油脂の〈ブルー・スカイ〉春篇。花畑、杉、関という馴染みのメンバーだ。今日は撮影スケジュールの詰めなので博承堂は来ない。

「今回はしょうべんばだよ」と花畑。正念場のことね。

「頑張ります」オレは笑わずに答える。「前回のガソリン・スタンドはごめんなさい。オレの企画倒れでした。今回は横浜のパン屋さん一家で、家族とも話し込んでます。ネタになる面白い人たちだよ！」

「頼むよ」と花畑。「また『イマイチ』貰っちゃったら次はないよ。東西映像になるよ！」

「パン屋ねえ……」と関カメラマン。「朝早いぞーっ、ヨッちゃん。スタッフ全員が毎日三時起きして準備だな」

そんなに早いとは知らなかった！　ともかくやるっきゃない。


打ち合わせの後、オレはスギ、関と久々に〈ちぐさ〉へ行った。

昼定食のオムライスを食べながらよもやま話だ。

「実はさ、ヨッちゃんに相談があったんだ」と関。

「なに？」

「このスギにはもう話したんだが、おれフリーになろうと思ってんだ」

「聞いた」スギが横でうなずく。「関さんならいいと思うね。賛成したわ」

「どうよ？　ヨッちゃん？」オムライスのスプーンを握ったまま、関はオレを見つめる。

「いいじゃない！　嬉しいな！　東洋ムービー以外の仕事もオレと一緒に出来るじゃん」

「あ、仕事くれるんだ。頼りになるなあ！」

「もちろんお願いします。ところで関さん家族いるよね？」

「カミさん一人、子供二人。食わせられるかなあ？」関は不安顔だ。

「うーん、大丈夫だと思う。去年のオイル・ショックで仕事一時減ったけど、秋過ぎからだいぶ戻って来てる。ディレクターやカメラマンのギャラも前より増えたし」

「おお、そうか！」と関。「おれ独立したら、今の給料の倍以上稼げるかなぁ？」

「いや、目標三倍だよ。東洋ムービーの撮影部は給料安すぎるから」

「三倍！　そんなにいけるのか？」

「そのくらいでないと、経費が多少かかるからね。実質使える金は二倍。いけるよ」

「いいなぁー」とスギ。「制作部じゃフリーになれないよ。結婚してやってけるかなあ？」

「おっ、ついに結婚するんだ。セツコと」

「コレよ」スギは腹をふくらませる手ぶりで、「出来ちまったんで、取りあえず入籍する。役員応接室のソファーの上で作った子だからよ、将来大物になるぞぉ！」

　オレも関もゲラゲラ笑った。本当にスギは愉快なヤツだ！


　夕方近く、帰るとナツキがいた。いつもの短パン、Tシャツ姿で「おかえり」

　オレは靴も脱がずに立ったままナツキと向き合う。

「医者行ったんだよね？」

「うん……」

「……で、どうだった?」

ナツキは目を伏せて黙ったまま。

「や、やっぱり……」

ナツキはすっと目を上げてオレを見つめ、「……ただの食当たりだって。おととい買った特売の刺身かなあ……」ちょっと間を置いて、ナツキはゲラゲラ笑い出した。

オレもつられて笑う。しばらくして、まだ履いたままだった靴を脱いでオレはリビングに上がり、ソファーに身をあずけた。マルボロを一本くわえ火をつける。

ナツキも笑いが治まりオレの前に腰を下ろした。

「ナツキ、今朝はオレの子供出来たのか、と思った」

「うん、わたしも……」

「子供ってそんなにカンタンに出来るもんじゃないんだな」

「もう一年近いね」

「オレの気合いが足りないのかなあ?」

「ごめんね、ヒロ」

「ナツキのせいじゃない。まぁ、授かりモンというじゃん。出来る時はたちまち出来る。ソファーの上でも出来る」

「ソファーの上がいいの？」

「い、いや、そういう意味じゃあなくてね……知り合いがソファーの上でさ、えーと、いやもう忘れようナツキ。オレ風呂入るから」

「沸いてるよ。今晩、煮込みうどんでいい？　病人だから」

「オーケー。オレもおなじ刺身食ってるからな」


その晩はナツキもオレも何となくその気にならず、テレビを見終わってすぐ寝た。

翌朝もしかり。


二週間が経った。オレもナツキもそれぞれ仕事に忙しい。

ナツキは近い内に父親に連いて、北イタリアのミラノへ家具の買い付けに行くそうだ。その『準備と予習』が普段の仕事に加わって、毎晩遅くまで残業だ。

オレも〈ブルー・スカイ　パン屋さん一家〉の撮影、編集、仕上げに精を出す。

今回はうまくいった。ご主人、奥さん、中学生の娘さんの三人家族でやってるのだが、えらくフットワークがいい。早朝からパン生地をこねてパンを焼く仕事と、洗濯・脱水・物干しの作業を同時進行でやるんだ。この手並みとスピード、見ていても気持ちが良い。

洗剤とパン粉を間違えそうになったりするドタバタもあって、見ごたえのある画が撮れた。

編集、仕上げも問題なく、試写は一発でオーケーを貰った。

「さすがヨッちゃん！」今回は御代田CDも上機嫌だ。「連敗をまぬがれたね。幕内力士になってきたかな？」うまいことを言うもんだ、とオレは感心して頭を下げた。


二月三日月曜日の朝、電話が鳴った。

受話器を取ると、「吉野洋行さまですか？　わたくし日本宣伝映画社・副社長秘書の白井と申します」よし！　オレは小さくガッツ・ポーズ！

すぐに牧さんと面談する日時が決められた。ただ話の中身については、「すべて牧とお話しください」当然だ。あれこれと想像を始めるのはやめよう。

約束の二月五日朝十時、オレはニッセン本社一階の受付へ。九階の応接室へ通される。出された渋茶を飲みながら待っていると、十五分ほど過ぎてドアが開き牧副社長が現れた。今日も地味なスーツ姿だ。オレの向かいに腰を下ろす。

「朝から呼び出して悪いね、吉野くん」牧は物柔らかな表情だ。

「お時間を頂きまして」とオレ。

「先にこれ返さないとね、見せてくれてありがとう」牧はオレの作品集リールをテーブルの上に置いて、「何人かの代理店担当プロデューサーにも見てもらった。あとは企画演出部長の大船さんとチーフ・ディレクター二人にもね。結論から先に言っていいかな？」

「はいお願いします」

「今回は見送りたい、残念だが」

「……」

「理由を説明します」牧は煙草に火をつけてから、「これはプロデューサーの一致した見解なんだがね、博承堂の仕事が多すぎる。作品にも博承堂の臭いを感じる、と意見も出た。うちの代理店経由の仕事はほとんど電広なんだ。君のこのリールを電広さんに見せるのは、営業上ちょーっとイタダケない。業界一位と二位の競争は激化してるからなあ」

「で、でも牧さん、〈シャンゼリゼ・チーバ〉は電広の仕事で」

「ローカルの支局だろ？　当社はね、電広本社のクリエイティブ以外は相手にせんのよ。なぜだか君はわかってるだろ？」

「はあ……」

「企画演出部長の大船さんは君の作品を『奇抜で面白い』と認めた。だがその上で『どこかのグラフィック会社が作ったみたいな感じもする。表現がドライすぎて我がニッセンのカラーには合わない。人間のもっと生々しいドラマやクリエイターの〈思い〉が感じられないといかん』とマルはつけなかった。ニッセンでは鞆浦美学がまだ生きてるからね」

オレは目を伏せて黙ったままだ。

「吉野くん」牧は煙草を消すと、「残念ながら今回はそういうわけだ。ただ、君にある種の才能があることは皆が認めてる。今、フリーで売れてるんだろ？」

オレはうなずいて、「仕事はあります」

「じゃあ、こうしませんか？　あと一年そのまま仕事しなさい。今日もらった皆の意見をよく取り入れて、もっと表現のレベルを上げるんだ。その結果を来年見せてくれないかな？」

オレには「あと一年頑張ります」以外に何ひとつ言うべきことはなかった。

がっかりだ……確かにニッセンの作品には素晴らしいものがたくさんある。だからこそ、オレは入りたいんだ。ニッセンのディレクターになりたいんだ。

だけど、今日聞いた牧副社長や大船部長の言葉には、どこか反発というか腹に落ちないものを感じたのも事実だ……。『一年後』は何年後になるかもわからないし。

秘書の白井さんに送られて、九階から小さなエレベーターに乗った。カゴは動き出してすぐ八階で止まる。ドアが開いて男性が一人乗って来た。

「あ！」「おお！」男とオレが同時に声を上げる。それはあの唐津プロデューサーだった。パリでＮＡＬの仕事をクビにされて以来六年ぶりの再会だ！

お互いに何を言っていいかとドギマギしている内にドアが閉まって、カゴは動き出すがすぐに六階でまた止まった。ドアが開くと一団のスタッフたちがどっと乗って来る。狭いカゴの中はたちまち満員スシ詰めだ。

結局オレは唐津と言葉を交わすチャンスはなく、しかし引き止めて話したいとも思わず、そのままニッセンを後にした。

新宿御苑の駐車場からビートルを出して赤坂へ向かう。

午後は東洋ムービーで新しい企画の打ち合わせだ。

一本立ちのディレクターとして、暗い悲し気な表情など見せるわけにはいきません！

クルマの中でＦＥＮのＤＪを聴きながら、自信に溢れたやわらかな笑顔を、ゆっくりと時間をかけて作って行く。赤坂に着くころには、まあまあ人サマに見せられる顔になっているだろう。

夕方までにイイ感じで打ち合わせを終え、オレは麻布のトークリへ寄った。

居間でチョッコと向き合って、ニッセンの結果報告だ。

『今回は見送り、一年待つ』と聞いてチョッコは初め驚き、やがて悲し気に押し黙った。

そしてケントをくわえて火をつけ、深く一服すると、「……ヒロ、ごめんね。嫌な思いをさせちゃった……わたしが甘かったんだ。ニッセンは大きな会社。牧さんは副社長様。わたしがイイ気になって、どうにか出来ると勘違いした……ほんとに、ごめんね」

「大丈夫！　ぜんぜんオーケー」オレがチョッコを慰めることになった。「一年経ったら、『お願いです！　吉野さま、どうかうちに来てください』と言わせてやろうじゃん！」

第二章

CMの大リーグ

1

この年の春は早かった。三月に入ったばかりなのに初夏のような陽射しの日もある。

日本からはるか南のベトナムでは、長かった戦争が終わろうとしていた。首都サイゴン（今のホーチミン市）には北ベトナム正規軍機甲部隊が迫り、最後まで残っていた多くのアメリカ人や共産主義を嫌うベトナム人たちの大脱出が始まった。大型カラーになったうちのテレビには、汚れた軍服と安っぽいTシャツと麻のスーツが、そして白い顔、黒い顔、茶色い顔がぐちゃぐちゃに混じってヘリや輸送機に押しかける大混乱が映し出される。

八年前の夏に新宿のディスコで、ベトナムから休暇で戻ったアメリカ兵から『ベトコンをやっつける話』を聞いたのがずいぶん昔のことのように思い出された。

一方、日本は前年のオイル・ショックのパニックをほぼ脱して、省エネルギー、低公害、小型高性能を合言葉に本格的なモノ作りと全世界への輸出が始まっている。

森山さんの言った通りになった。一昨年の十二月に香港へ渡ったきり連絡はもらってないけれど、彼のことだ。そのうち何か驚かせてくれるんだろう。

三月十日。ナツキがパパの家具の買い付けにお供してイタリアへ出発した。アリタリア航空でローマへ飛び、そこから列車でミラノへ向かうそうだ。月末までの予定。

オレはこれから三週間、久々の独身生活だ。寂しくもあり、気楽でもある。と言っても、別に何か悪いことをする予定は入ってない。仕事をします。

翌朝、オレは東洋ムービーへ出向く。越後園の新製品〈若いふりかけ〉の顔合わせだ。今日は茶革のボマー・ジャケットに首からカール・ツァイスのファインダーという鞆浦監督スタイルでキメた。売れっ子の感じ、出てるかなぁ?

会議室には権藤社長、部下の竹田プロデューサー、杉PM（新婚だそうだ）、カメラマンはまたも池谷優先生と虐待用の助手。博承堂は田所さん一人だ。

「ご挨拶だけさせてください」権藤が一座を見回して、「今回は秋月ECはちょっと体調をくずされたそうでお休みです。田所さん、ひとつよろしく。じゃ、後は竹田に任せますので」と足早に退席した。

「おはようございます」田所が立ち上がりオレに向かって、「吉野監督、秋月がくれぐれもよろしくと申しておりました」

池谷も微笑んで、「吉野ちゃん頼りにしてるよ」そして助手のアタマをテーブルに押し付けて、「オラァ！　カントクにご挨拶！」

「いや、こちらこそ」慣れない扱われように戸惑いながらも、オレは悪い気がしない。

「ではですね〈若いふりかけ〉新発売・十五秒。例によってタレントのアイデアから入りたいんですがぁ、まずは越後園さんのお言葉通りにお伝えします」田所は企画書をチラッと見て、「従来品〈磯ふりかけ〉の商品イメージを大きく変えたい。『血気盛んでイキな若衆がサラリと食べる』感じが良いと宣伝部長はおっしゃってます」そしてパッケージの写真を目の前に広げた。商品名には力強い墨文字のような書体が使われている。

「まず皆さんそれぞれ、思いつくタレント名出してみますかね」と田所。


それからしばらく、十数人の名前があがった。二十代から三十代の役者や歌い手さん。

だが、誰ひとりあまりピンと来ない。

「何かなぁ、まだイマイチ野暮ったいイメージなのね」と池谷カメラマン。「もっとさあ、美しい男が撮りたいなあ……」

「茶漬けの潮太郎さんとは違うタイプのねえ……」と田所。

「あっ、あの男は！」池谷に何事か閃いたようだ。「去年観た映画。題名は何っていったかな……そうだ〈凍土に舞う〉だ。あれで主演したバレーを踊った男、名前はぁ」

「菊矢トオル」とオレ。カフェ・クレモンのトオルさんだ。うん、あの演技は良かった。

「そう菊矢、彼がいいよ」池谷がぐっと乗り出して、「あのシベリアの収容所で、ふんどし一枚でバレーを舞うシーンはゾクッと来たね。田所ちゃん観た？」

「それ観てませんけど、菊矢はNHKのドラマなんかで知ってます。いい男ですよね」

「賛成！」と竹田プロデューサー。「主婦にウケますよ。あたってみましょうか？」

「オレ実は、菊谷トオルさん以前からよく知ってるんです」皆がオレに注目する。「彼が、踊って汗だくになって、裸で〈若いふりかけ〉のご飯をもりもり食べる。これ凄くカッコいいと思いますよ。すぐにコンテ作ります」

皆が同時に大きくうなずく。

会議はオレが菊矢トオルに直接話をしてみる、という結論で終わった。

その夕方すぐに、オレは東銀座の〈カフェ・クレモン〉に顔を出す。

越後園のCMにトオルさんを、と話すとジャンはすぐに乗って来た。「それいいと思うよ。今までにトオルはCM二本出演したけど、私あまり気に入ってないよ。トオルの美しさ、セクシーさが生きてないね。エチゴえんのその企画ならキレイです。それにヒロが演出してくれるなら、ぜーんぶわかってくれてるから安心です。トレ・ビアン！」

そう、オレは『ぜーんぶわかってる』数少ない人間の一人だ。「ジャンからトオルさんに話してくれますか？」

「いいよ。あ、でもこれ事務所通さないとダメね」

「どこですか？」

「タムラ企画ね……ギャラはすこし高いです」

「まあ越後園さんだから。潮太郎のギャラが払えたんだから、大丈夫でしょう。でもこれまだ企画提出の段階だから、あくまで『出て頂ける可能性』の話ですよ、ジャン」

「わかってる。ちゃんと話します。トオル喜ぶよ」

その晩は遅くまでジャンとワインを飲み、パリの思い出話にふけった。

ゴロワーズをくゆらせながら窓の外に目をやると、そこが一九六九年四月のオデオンやサン・ジェルマンのような妄想が浮かんで楽しかった。


二日後の木曜日、オレは博承堂の田所さんと二人で四谷のタムラ企画へ行った。

靖国通りに面したビルの三階にあるその事務所は、思ったより大きくて立派だった。

名刺交換したのはマネージャーの長崎小夜子という四十前後の女性だ。

腰近くまで伸ばした漆黒の髪。彫りの深い顔に濃いメーク。フラメンコ・ダンサーのように濃厚な雰囲気だ。「大体の話は菊谷から聞いちゃりますわ」これ、何弁だろう？

「改めまして」と田所が新商品の説明をし、次にオレが一晩で書いたコンテを見せる。

三コマの単純なものだ。裸にショーツ一枚で軽やかに舞うトオル。〈若いふりかけ〉をご飯にかける商品カット。そして筋肉質の体を汗で光らせ、それを猛然と食べるトオル。

「音楽はコマソンではなく、例えば〈トゥーランドット〉のように耽美的な曲を使います」とオレも補足する。言葉には決して出さないが、オレなりに知っている『ゲイの匂い』が隠し味になってはいる。田所はもちろん何も気付かない。

長崎はしばらくコンテを見つめて「……ええわあ！　これトオルに合っちゃるわあ！」

「合っちゃりますかあ！」田所が嬉しそうに叫んだ。

「ギャラいくら？」長崎が突然訊いた。「年間契約でいくら？」

「ちょっと」と田所が長崎の耳元に顔を寄せ、何事かささやいた。

「……どうじゃかねえ？」長崎は眉を寄せて、「もうちゃい努力欲しいわあ」

「わ、わかりました。もうちょいですね」

「もうちゃい。あ、それで吉野監督」急に振られて慌てるオレに長崎は、「菊矢がね、あんたに会いたがっちゃりました。ぜーひ仕事一緒にやっちゃいと」

「あ、嬉しいです。オレからもよろしくと」

翌日、タムラ企画から田所に電話が入り、トオルを使った企画提出はオーケーとなった。ギャラは二割ほど増えたらしい。

権藤社長は部下の竹田からの報告を受けてちょっと驚き、『菊矢とは過激だなあ！　越後園さんそこまで思い切れるかねえ？』と不安顔だったと。

さっそくオレはプレゼン用のボードを発注し、企画書も書く。

田所はほぼ何もしないが、でも一生懸命にホメてくれるので励みになる。

さて、今回は東洋ムービーとしては異例のことだが、オレが田所、博承堂の営業二人と一緒に越後園へ出向き、プレゼンテーターをやることになった。

秋月ECの命令なんだ、と田所がオレに耳うちした。ドラキュラに感謝！

三月十七日。

向島にある越後園の本社・会議室でプレゼンが行われた。

先方は担当者の中村忠《なかむらただし》さんという三十代の男性、それに宣伝部長の向坂昭典《こうさかあきのり》さん。

向坂部長は小柄で猫背気味だが、奥深い鋭い目つきをしている。

まず博承堂の営業が挨拶し、続けて田所がオレを紹介した。

「吉野です」オレは一礼し、「北海茶漬けもお手伝いさせて頂きました。今回はディレクターとしてよろしくお願いいたします」

向坂部長は鷹揚にうなずいて、「ああ吉野くんね。秋月さんから電話貰ったよ。まかせて大丈夫ということだ。頼みますよ」

「それでは前置きは省略して、コンテをご説明いたします」オレはいつものようにサッと立ち上がり、大きなジェスチュアを交えてプレゼンを始める。


第一カットはトオルのバレー練習風景だ。バックはシンプルなグレーのホリゾント。裸身にピッタリとしたビキニ・ショーツ一枚。トゥ・シューズを履いている。トオルはつま先立ちで優雅に回転し、脚を開いて大きくジャンプ！　トゥーランドットの美しいメロディーに乗ってしなやかに舞う。

第二カットはご飯に振りかけられる〈若いふりかけ〉の美味しそうなアップ。

第三カットはそれを猛然と食べるトオル。やや上からのバスト・ショット。筋肉が盛り上がる肩から胸に流れる汗にもかまわず、トオルは食べ続ける。

第四カット。商品パッケージ。ナレーションは『若いふりかけ』のひとこと。

説明が終わり、オレたちは向坂部長の言葉を待つ。

ほどなく部長がテーブルの上に頬杖をつくと、「吉野くん、変な質問かも知れんが？」

「あ、何でも」

「菊矢トオルさんの〈凍土に舞う〉は見た。あの感じが出せるなら最高なんだが……」

「出せます」とオレ。皆のほっというため息が聞こえた。

「ひとつ気になるのは」向坂はオレの目の中を覗き込むように、「ちょっとホモっぽい感じにならんかなあ？」（当時我が国ではゲイという呼び方は一般的ではなかった。また今とは違って、同性愛者に対する社会的な偏見もひどく、特に二枚目のスターにとってはその種のウワサだけでもタブーだったろう）。向坂の言葉に一座はちょっとざわつく。

オレはドキッとした。しかし一瞬の後、平然と答える。「あの映画ではシベリアの収容所が舞台で、彼の踊りを見ていたのは全員が男性の捕虜でした。その場面設定が同性愛的なムードを作っていたと思われます。このCMでは、むしろ女性が見て『セクシーねえ！』と感じてくれるような方向へ修正します。ポイントは筋肉の表情かなあ？」

「うんうん」向坂は微笑んで、「君はそういうデリケートな話が出来る人なんだね。わかった。秋月さんはさすがよく見ておられる。これで行きましょう」とオレにウインクした。

大きな拍手が起こる。オレはそっと胸をなで下ろした。

2

三月二十一日は春分の日だが、トオルの過密なスケジュールの都合で撮影となった。

朝八時半にオレはスタジオに入る。

すぐに控室でトオルに再会した。六年ぶりだ。高校の同級生みたいに感じる。

「ヒロ！」トオルは両腕を大きく広げてオレを抱き寄せ、「びっくりだぜ！」

「オレもです！　本物の役者になったトオルさんと、こんな立派なスタジオで再会できるなんて最高じゃん！　オレだって一本立ちのディレクターだよ！」

「ああ、ジャンから聞いてる。売れっ子なんだってな。カフェ・クレモンで『テ・オレ・シィルブプレ』なんてやってたのになあ」

そうだ。あれはオレにとって先の見えない辛い時代だった、はずだ。でも今は楽しかった記憶しか残ってない。トオルもそうなのかな？

彼は映画やテレビで主役を張るレッキとしたスターだけれど、あのカフェ・クレモンにいた頃のどこか斜に構えた不良美青年という感じを今でも残している。もともと筋肉質で引き締まっていた体も、おそらく徹底した筋トレによってさらに完成度を増したな。

オレは田所、竹田、杉、そして池谷カメラマンを、そしてトオルは長崎マネージャーとその部下二人を紹介し合う。

「ヒロ」トオルがオレの耳もとで、「この長崎小夜子よろしくな。ちょっと変わってるけど、悪い奴じゃない。サヨコちゃん、って呼んでくれ。ははは」

「サヨコちゃーん」オレは長崎に向かって呼びかけた。

「はいはい」長崎が濃厚な笑顔で応え、「何でも相談しちゃい、カントクちゃん」


十一時。ライティングが完了し、オレは池谷と共に二台のカメラのフレームを確認する。

PMのスギも配置を頭に入れながら、PA二人に指示を出す。

Aカメのミッチェル・マークⅡはほぼフィックス（固定）でトオルの全身像を撮る。

Bカメは軽量のアリフレックスが小型クレーンの上に据えられ、動きの中でトオルのアップを捉える。この二カメスタイルをオレはよく使った。カメラマンには動きを任せて、オレはフィックスの方をしっかり見る。池谷のような大家でもこれならオーケーなんだ。

バックのホリゾントを見ると、いいライティングをしてる。絶妙な色あいだ。グレイに微かなピンクが混じっている。トオルの肌に反射すると美しいだろうな！

ふと気付くと、越後園の向坂部長が珍しくも顔を見せていた。部下二人と並んで壁際のソファーに陣取り、博承堂の田所と営業担当がアテンドしている。

ほどなく長崎を従えてトオルが現れ、確認のためにホリゾントに立った。引き締まった筋肉が浮き立つ裸身に肌色のショーツ一枚だ。トウ・シューズのつま先を立ててポーズをとる。

うん、いいぞ！　これは役者というより本物の踊り手の体だ。美しい！

振り返ると向坂部長がオレのすぐ後ろに立ち、満足そうな笑顔を浮かべている。

「いいっしょ？」池谷が部長の顔を覗き込んで、「肌にほんの少しピンクを映り込ませているんです」

うん、うん、と部長もうなずく。

「すいません！」突然のトオルの大声が響いた。「あの、鏡かなんかありますか？　全身が入る大きなやつ。僕、どんな感じに映るのか見たい」

素早いスギの指示でPAの一人が、大型の照明用ミラーをトオルの正面に据えた。

トオルはしばらくの間いろいろとポーズを取って、自分の体をじーっと点検するように眺め回す。やがて「吉野監督」とオレに向かって、「このショーツ別なものに変えてもいいですか？」

「え、なんで？」意外なオレ。

「あ、何ていうか、ちょ、ちょっとナマナマしい感じがするんで、ここのラインとか肌が」トオルは自分の下半身をためらい勝ちに示す。

「そんなことないよ、トオル、い、いや菊矢さん、それすごくいいですよ！」

池谷もオレに合わせて「イヤラシイ感じなんかまるでないよ、菊矢さん、すっごく優雅でアートっぽい！　それで撮ろうよ！」

「いや……やっぱり、ちょっと、僕はこれじゃあ……」トオルはそこで口ごもって、救いを求めるようにオレを見た。

トオルが何を気にしているのか、オレはすぐに理解した。

役者として今まで隠してきたことが、この画に浮き出てしまうのを恐れているんだ。

まず大丈夫だ、とオレは踏んでいる。トオルの肉体には、確かに〈ゲイの匂い〉が漂う。

それは初めから承知の上だ。だがこれは〈美しいバレー・ダンサーの役〉という設定だ。

しかもこの男性的な体。そして何よりも、これはＣＭなんだ。テレビの視聴者は誰ひとりヘンな勘繰りなど初めから持ってはいない（当時はゲイのCM出演などあり得ないから）。

だがしかし、トオルはオレに『それでも気になるんだ』と言っているように見えた。

「菊矢さん」オレはトオルに微笑んで「じゃあこうしましょう。その『別なもの』に替えて見せてくれますか？」そして池谷と目を合わせた。彼はしかめっ面を横に振る。

「三十分休憩にします」オレは大声でスタッフに告げた。


控室の鏡の前にトオルはちょっと足を開いて立つ。

下半身は足首までの黒いタイツで覆われていた。トオルは両腕を振り上げ、つま先を立てて伸びあがる。腿の筋肉がぴっと緊張するが、黒いタイツの効果でショーツのようには露出しない。オレは筋肉を強調した方がいいと思うが、トオルは思いきれないのか？

長崎が隣に立って、トオルの体を真剣な表情で見つめる。「股のあたり、かなりピチピチでキツくない？　踊れるかね？」

トオルは無言だ。

「あたしはなぁ、ショーツの方がぐーっと来ちゃいねえ。ま、そのタイツで皆さんにも見てもらいなちゃい」長崎はニヤッとして出て行った。

ライトが点灯され、スタジオ中がホリゾントに注目。向坂部長はソファーから動かない。オレと池谷がカメラ前に並ぶ。

黒タイツのトオルが中央に立ち、ポーズを取ってピタッと静止した。

「うーん」池谷が首をひねって、「こりゃない。ないよ、菊矢さん」

トオルは無言のまま微動だにしない。

「せっかくのきれいな下半身、見せないってのはないな。どう？　カントク？」

「いや、確かにショーツは良かったけど、これはこれで何ていうか、上半身の美しさがより強調されて」オレの反論はどうも本音の迫力に欠ける。

「そーかなあ、プロレスっぽくない？　力道山みたいで野暮ったいよ」

「うーん……」

「菊矢さん、ひとつお願い」池谷はトオルを拝むような仕草で、「さっきのショーツをもう一回履いて見せてくれます？　ねっ、カントク、いいよね？」

トオルの表情がちょっと動き、オレをうかがうように見る。

オレはトオルの視線を受け止めて、小さくゆっくりとうなずいた。

トオルはポーズを崩すと「着替え」と短く言ってステージを降り、控室に消えた。

どうしようか？　トオルは間もなく出て来る。

ショーツの方が明らかに美しい。オレも池谷と同じ意見なんだ。トオルの心配は取り越し苦労だと思う。スターなんだから一番カッコいい姿を見せればいい。

説得してしまおうか？　先ほどのトオルの視線はオレを信頼している感じがした……。


「菊矢さん入ります」スギの大声が響き、ライトが再び点灯した。

ショーツ一枚のトオルがホリゾントに立つ。ポーズをとって目を閉じた。

うーん、やっぱりこの方が全然いい！

「これよ！」と池谷が叫ぶ。「ギリシャ彫刻そのもの！　美しい！」

オレは決着しようとトオルの方へ一歩踏み出し、「菊矢さん。これで行きますか？」

トオルは目を閉じたまま答えない。

「カッコいいです。全然いやらしくないと思うよ」

トオルは動かない。スタジオ中の視線がそこに集まっている。

「菊矢さん……トオルさん」

その時トオルがすっと目を開けて、ゆっくりとポーズを解きオレと向き合った。そしてかすかに微笑むと「……おまかせします」とひとこと。

今度は周囲の視線がオレに集中。

オレはカメラ脇のディレクター・チェアに戻って腰を下ろす。そのまま目を閉じて、しばらく頭をカラにする。一分ほど経って目を開けると、トオルの強い視線とぶつかった。

「菊矢さん」オレは決めた。「黒タイツで撮りましょう。もう一度着替えお願いします」

「ちょ、ちょっと待ってよカントク。そりゃないよ」池谷が騒ぎ出した。「こんなにキレイなのに、ブチ壊しじゃないの！　これでワンテークでも行こうよぉ！」

「池谷さんごめんなさい。黒タイツに替えます」

「ダメだよ！　カメラマンとして納得出来ない！」

「失礼します」背後からの声にオレも池谷もハッと振り返った。

向坂宣伝部長がそこにいた。「吉野さん、池谷さん、興味深いご議論を聴かせていただき、たいへん勉強になりました。ここは広告主の責任者として決定してよろしいですか？」

これには池谷もオレも反対できない。トオルも緊張した表情だ。

部長はオレに笑顔を向け、「監督のご判断通り、黒のタイツでお願いします」そしてオレの肩を軽くたたき、かすかなウインクを投げてソファーへ戻って行く。

スタジオ内にほーっというため息が溢れた。

時計を見ると一時だ。

昼メシ時だが、トオルが『空腹で踊りたい』というのでそれに従った。

池谷もさすがプロで、何事もなかったように気持ち良く、手際良く撮影を始める。

まずはバレーのカット。

〈トゥーランドット〉の曲をテープで流しながら、自由に舞うトオルを二カメで撮る。

オレはほぼフイックスで全身サイズのAカメにつき、池谷はクレーン上に構えたBカメでトオルの動きをアップで追いかける。

十五秒一本きりなので、このカットは七、八秒しか使えない。だがトオルのノリを考えて、三十秒ほど踊ってもらった。

テイク1でオレはオーケーだと思ったが、トオルは首を横に振って「ダメ！」を出す。

テイク2はなるほど体がより伸びやかに動き、ジャンプも高い。だがまだトオルNG。

テイク3になってトオルの表現が全然違ってきた。自分の舞いに酔ったような恍惚とした表情が出て、見ているオレにもその快感が伝わってくる。ショーツか黒タイツかという問題はもうどうでもいい感じすらしたな。

「カーット！」オレは叫んだ。「オーケー！　素晴らしい！」

クレーンの上の池谷も両手で大きくマルのサインだ。

トオルは荒い息をつきながら、ひとりうなずいた。

上半身裸でふりかけご飯を食べるカットもうまく行った。汗まみれの筋肉と、荒々しい食べ方。テイク4までやったが、トオルの食べる勢いは最後まで落ちなかった。食事抜きで本番に入ったのは正解だったんだ。カメラを無視したように、ニコリともしないトオルは実にカッコ良かったな。


トオルのカットは三時前に撮り終えた。

スタッフは商品撮りの準備に入る。

「ヒロ」トオルがオレの袖を引き、「外で一服しようぜ」

オレたちはスタジオの裏口を出て、通路脇のベンチに並んで煙草をつけた。

「長崎さんはいいの？」とオレ。

「サヨコは控室で業務連絡。たまってるから」トオルはふーっと煙を吐いて、「……ヒロ、恩に着るぜ。おれみたいな変わりモン助けてくれて、うまく合わせてくれて」

「……トオルさん、ショーツのことオレに『まかせる』って本気で言ったの？」

「ああ、まかせた」

「トオルさんが気にしてたことオレはわかる。ヤバいことだよ、他人にまかせるなんて」

「ヒロ」トオルはふっと笑って、「おれとジャンのこと、七年も前から知ってるよな。でもヒロは誰にもバラさなかった。こんなおしゃべりのマスコミ業界にいるのにな」

「そりゃあ、友達だから」

「これバレたらよ」トオルはちょっと小声になって、「テレビも映画も仕事なくなっちまう。新宿二丁目行くしかない……なぁヒロ、ショーツの方がおれらしいと思ってたんだろ？」

「ああ、ピッタリ似合ってた」

「なぜ黒タイツに決めたんだ？」

「トオルさんから判断をまかされたんだから、オレはトオルさんを安心させたい」

「……ありがとう。恩に着る」

「ところでさ、長崎さんはまだ知らないんだろ？　トオルとジャンのこととか」

「そう」トオルはちょっと不可解な表情で、「サヨコは……たぶん気付いてない。でもね、あいつもちょっとヘンなんだ。その、普通の女みたいじゃないやり方する。ヘンだけど、すっごくいい……あいつ優しいしね」

「うーん……」オレは煙草をもみ消して、「オレは普通に結婚してるから」

「え！　ヒロ、結婚したんだ！　知らなかった」

そうか、まだ言ってなかったんだ。オレはナツキとのことを、ごくかいつまんで話した。トオルは、「そうか……あのクリスマスの日に店に来た子だ……」と何度もうなずきながら聞いて、「良かったな、ヒロ、結婚かあ……オレもよく言われてるんだ、ジャンに『ともかく結婚しろ。トオルならいくらでも相手見つかる。そうすれば僕たちはトモダチってことで今まで通りに付き合える』ってね……でもそんなゴマカシは嫌だ。結婚するならジャンとしたい。男と結婚出来る国もあるんだってなあ！」

「日本もきっとそうなるよ」オレは気休めのように言った。

3

〈若いふりかけ〉完成初号は越後園役員会の方々にはかなり衝撃的だったようだが、向坂部長の強力な説得でオーケーとなった。入院中の秋月ECも『美しい』と褒めてくれたそうだ。オレはお見舞いに行きたい、と申し出たが『すぐに退院するので』と断られた。

その三月三十一日はナツキが帰国する予定になっていた。夜羽田に降りて、会社の出迎えのクルマでうちに着くのは十二時近くになる、と明美ママから連絡をもらった。

オレは取り置いた寿司の大皿にラップをかけて、ひとりナッキを待つ。

十時半に電話が鳴り、オレはワン・コールで取った。

「吉野でーす。ナツキおっかえりぃ！」

「……遅くにすみません」くぐもった男の声がした。

「は？　吉野ですが」

「牧です。ニッセンの牧です」

「え、牧副社長！　ど、どうしたんですか？」

「吉野くんね……何というか、急で悪いんだけどぉ、明日お会い出来ますかねえ？」

「明日……ですか？　あ、あの、どんな御用件で？」

「君が希望してる件だよ」

「は？……それって、一年待つんじゃ？」

「ちょっとね、いろいろあってさ、取り急ぎ話をしたい」

「……」オレはしばらく沈黙する。これはオレにとっていい話だろう、と直感した。

「もしもし、吉野くん、聞いてる？」

「はい……どうぞ」

「明日の朝九時、会社に来られるかなあ？」

「わかりました」オレは迷わず答えた。「うかがいます」

電話を切るとオレはソファーにひっくり返った。

胸の中にじわじわと期待感が拡がってくる……。

何ごとかわからないが突発的な事情があって、牧副社長がこんな時刻にオレに電話しなきゃならなかった！　急いでオレに会う必要があるからだ……。

いや、これ以上考えるのはやめよう。得意の希望的早合点に陥る可能性がある。


ゆっくりと風呂につかり、上がってウイスキーを飲んでいるとチャイムが鳴った。

「ナツキ！」「ただいま！」大きなスーツ・ケースの上にグッチやプラダの紙袋をいくつも重ねて、ナツキが飛び込んで来た。オレたちはぎゅっとハグし合う。


シャワーを浴びていつものTシャツに着替えたナツキとオレは、寿司の大皿を挟んで乾杯した。ソファーの上にオレへのお土産、グッチのビジネス・バッグがある。これは凄く気に入った。明朝ニッセンで牧さんに会った時に、さり気なくポンと椅子の上に投げ出したりするとカッコいいだろうな。

「面白かった！　パパと一緒にダイニング・セットやクローゼットとか買いまくったん

だ」ナツキはヤマト・テレビに入った頃の元気を取り戻していた。「キレイな本革の椅子とか、すっごくセンスいいんだけど、日本じゃ考えられないくらい仕入れ値安いんだ！パパね、交渉がうまいの。イタリア語と英語混ぜてね」

「パスタとかピザとか、うまかった？」とオレ。

「最高！　あのね、〈ユー・ユア・ユー〉のナポリタンとは全然違う。あ、それと」ナツキはニヤッとして、「一週間に何度もお食事に誘われた。毎回違うイイ男から」

オレは顔をしかめて、「イタリア人だなあ！　女性と見たら誘うのが礼儀なんだって？」

「でもマジで口説かれたよ、三人から」

「おお、マンマ・ミーヤ！　サンタ・マリーヤ！」

「でも固くお断り！」ナツキは両手でバツを作り、「わたしの夫はサムライで剣の達人だから、ヘンなことしたらあなたバッサリ切られるわよ、って言ってやった」

「真っ青になったか？」

「『する前じゃなくて、してから切られるんだろ？　それならば喜んで切られよう』って答えた男がいる」

オレは苦笑いしながら、「ナツキ、それ英語使ってやった話？」

「イエス。わたし英文科だし」

「サムライに剣でバッサリ切られる『あなた』のこと何て言った?」

「ユアーズ」

「違うだろ! ただ『ユー』でないとダメ。『ユアーズ』じゃなんの意味になると思う?」

「え?……あ、うっそ!」ナツキが赤くなった。

「お前、只者じゃないと思われたろうなあ……」

などとバカ話をして、その夜は一か月ぶりに深酒した。


翌朝、寝過ごしたオレは歯も磨かずに部屋を飛び出した。ネクタイを結びながら階段を駆け下り、通りかかったタクシーを拾って新宿へ。九時ギリギリに間に合うだろう。

九時十五分過ぎ。オレはニッセン本社の受付に駆け込んだ。

「よ、吉野と申します。牧副社長と九時の約束で」受付嬢が前とは変わっている。

「九時?」エキゾチックな美人の彼女は、長い髪をサッと撫で上げて時計を見ると、「今、九時十七分ですが取り次いでもよろしいでしょうか?」と上目遣いにオレをにらむ。

「もちろん、お願いします」お客にこんなことを言う受付がいるか?とオレは驚いた。

「承知いたしました」彼女は平然と微笑んで内線電話を取った。

オレは前回と同じ六階の七番で待たされる。グッチのバッグは家に忘れてしまった。

間もなく足音がしてドアが開き、オレは起立して背筋を伸ばした。

「よう！」入って来たのはなんと亀山さんではないか！「ヨッちゃん、元気そうやな！

六年ぶりやんけ」

「亀山さん、な、なんでここに？」

「いたらおかしいか？ここわしの会社や。今は取締役・第二制作部長やで。キミが最近
うちへ顔見せとること、唐津から聞いたわ」

そうか、あの時エレベーターの中で出くわしたからな。

亀山はオレの向かいに座り、ぐっと顔を寄せると、「牧からなアタマ三十分だけ貰うた
んや。まずわしから事情を説明せんことには、キミもせっかくのええ話が理解出来ひんや
ろ」

「煙草吸っていいですか？」オレはマルボロの箱を出してテーブルの上に置く。

「ええよ。わしも吸ったる」亀山は箱を取って自分が先に一本くわえ、オレにも勧めた。

二人とも煙草に火をつけ、何となくほぐれた空気。

亀山が話を始めた。「実は、ごつい仕事がある。うちにとって大事なお得意からな。そ
の仕事でキミがどないしても必要なんや……あ、その前にな、ひとつキミに謝っとかんと

いけんな。パリのＮＡＬや。あん時はああせんといかんかった。堪忍な」

「い、いや、もういいです」とオレ。「結果的にですけど、一生の思い出になるような旅が出来ました。あれで良かったんです」

「ははは、そりゃえかった」亀山はひとこと謝っただけで済ませたのか、話を先へ進める。

「そのお得意どこやと思う？」

　オレは首を横に振る。

「東洋自動車」亀山が目をかっと見開いた。

「ええっ！」

「うちにとって美生堂と並ぶ大クライアントや。わしがまだ若いＰＭの頃から直取引で仕事やっとったが、最近は電広が必ず間に入りよる。うっとうしいが、ま、時代やな」亀山は煙を吐いてちょっと顔をしかめ、「マルボロはキッツイなあ。でな、ここ何年か東洋自動車は、その電広第二クリエイティブ局の佐竹誠ちゅう男とうちでやっとる」

　オレはその名前を聞いて驚いた。オイル・ショックで中止になった、あの〈ナナサン〉プロジェクトの担当ＣＤだ。佐竹の大学教授のような容貌が頭に浮かぶ。

「うちのディレクターはずーっとトモさんが中心やった。東洋の西牟田宣伝部長にえろう信用あってなぁ、何でもトモさんの言うなりや。電広のＣＤなんぞほーんの飾りモンよ。

だがおととし、トモさんがああなってしもうて、その後は誰にやらせてもうまいこと行かんかった。結局、近頃は電広にかなりデカいツラで仕切られてるザマやねん」

オレは黙ってうなずく。ここにも業界の変化の波が来てるんだ。

亀山はちょっと姿勢を改めて、「ヨッちゃん、キミの出番や。つい最近佐竹と飲んだ時に彼の口からキミの名前が出た。オイル・ショックでオクラになった〈ナナサン〉の話や。わしはもちろんその仕事のこと知っとったが、西牟田部長がベタ惚れの若手ディレクターとやらがキミのことだとは佐竹に『吉野洋行』と聞くまで気付かんかった。ヨッちゃん、電広は『制作会社・ニッセン、ディレクター・吉野洋行』ちゅう組み合わせを西牟田部長に提案したがっとる。だが知っての通りうちは社員ディレクター主義。フリーのキミなど使えん。ところがおとといの日曜、牧とゴルフ行った時にこの話をしたら、なんとキミの方からうちに入社したがって来たのを『丁重にお断りした』ちゅうやん！　それならば、わしが話つけちゃるけん、牧副社長自ら吉野さんにアタマ下げてすぐに採用せえ、となあ。牧もこうなると、電広と東洋自動車にまさか知らん顔できへんわ」

「すげえ……」オレはぶわーっと煙を吐いた。

十分後、オレは九階副社長室のソファーに腰を下ろしている。

目の前に亀山とそして牧。

「副社長」亀山が牧を促すように、「事情はぜんぶ話しまして、吉野さんキッチリわかってくれとります」

「全部話しちゃったの？」牧は顔をしかめた。

「そうせんと説明にならんでしょ。さ、副社長」亀山が牧を睨む。

牧はコホンと咳払いするとオレに向き直って、「あー、まあそういうことでねぇ。ここは朝倉直子さんのご紹介でもあるし、有望な若者にチャンスをあげてみるべきかと。どんなもんかねえ？」

オレは内心の大喜びをぐっと押さえて、「オレでいいんでしょうか？　オレみたいなニッセンらしくないディレクター、使ってもらえるんですか？」

「いやぁ、そ、そんなこと言わないでよ吉野くん。そもそも」

「ニッセンのカラーがオレにはわからなくて」

「そのカラーをもっと多彩な、幅広いものに変えないといかん、というのがかねてからの僕の持論なんですよ。もう鞆浦美学の時代じゃない。僕はニッセンを変えたいんだ」

牧さん、二か月前はそんなこと言ってなかったじゃないか！

ここはオレの逆転勝ちだ。後は丁重におさめよう。

「よくわかりました」オレはサッと立ち上がり牧へ深々と頭を下げて、「どうかオレを採用してください。未熟ですがベストを尽くします。是非おねがいしますっ！」

「おお、良かった！　わかってくれると信じてたよ」牧は隣の亀山とちょっと目を合わせ、

「それで、いつから来れるのかな?」

「来週から、でよろしいでしょうか?」

「そんなに早く！　ありがたい。な、カメちゃん」と亀山に笑顔を向ける。

「副社長」亀山がまた牧を促す。

「ああ、そうだ」と牧は改まった表情でオレに、「給料など、待遇の希望があれば聞いておきたい。なーんでもいいぞ。遠慮なく言ってくれや」

「東洋ムービーの時、月十万でした。その倍、二十万ください」オレは遠慮なく言った。

牧は一瞬返答に詰まって「……わ、わかった。給料の金額はサガチョウ社長と奥様の承認を得ないといかんので……社長面接の後でね」

　翌々四月三日の十時から社長面接予定と決まった。

　オレの中途採用については、サガチョウ社長はすでに大まかな話は聞いていて、『あとは人物を見たい』とおっしゃっているそうだ。

一階へ降りて行くエレベーターの中で、オレはひとり大きなガッツ・ポーズをキメる。五階付近でもう一回！　一階でドアが開く直前にもガーッッツ！と最強の三回目！

受付嬢と目を合わせないようにロビーを横切って行くと、「吉野さま！」と声がかかる。足を止めて振り向くと、彼女は優雅な微笑みを浮かべてオレを手招きし、「ちょっとこちらへよろしいでしょうか」

「はぁ」とオレは受付のカウンターの前へ立つ。

「おめでとうございます」と彼女は再び微笑んだ。

「な、な、なんでそんなことを？」

「お見えになった時とは違って、今は非常に幸せそうなお顔をしておられますから」

「あ、そ、そう、ありがとう」

「ちなみに吉野さま、ネクタイが裏表逆ですがそういうファッションなんでしょうか？」

あっ、とオレは自分の胸元に気付いた。面接中ずっと逆に締めたままだったんだ！

「どうかお気をつけて。ごきげんよう」彼女は立ち上がって品良く会釈した。

4

オレは御苑近くのボックスからうちに電話したが、ナツキは留守のようだ。店の得意先へイタリア土産でも配りに行ってるんだろう。

そのまま麻布のトークリ屋敷へ回る。チョッコはそこにいた。

オレは会うなりチョッコに抱き着いて、「やった！　ニッセン合格！」

「えっ！　で、でもヒロ、この前断られたばかりで」

「そーなんだ。ところが状況が変わってさ、ラッキーな結果になった。聞いてくれる？」

チョッコは驚いて泣き笑いの顔になりながら、「聞きたい！　でもちょっと待ってて。今昼ごはん作り始めたとこなんだ。ソース焼きそば。ヒロのも作るから待ってて」

「ふーん……トーヨーの西牟田部長に忖度して電広がニッセンを動かした！　わたしなんかには考え付かないことだなあ」チョッコは食べかけの焼きそばを忘れてしまったように、「でもさ結果オーライ。ヒロがついに巨人軍入りを果したんだ！」

今の時代なら『大リーグ入り』と言うんだろうな。皆が目指す場所にオレは立ったんだ。チョッコはオレにお茶をすすめながら、「でもヒロ、西牟田部長を動かしたのは一年半前のヒロのプレゼンなんだ。もし朝倉さんがここにいたら何て言うかな?」

オレは黙って煙草をつけ、チョッコの言葉を待つ。

「……朝倉さんこんな風に言うかな。『最高の企画って何だと思う?』難しい質問だよね。『いや答えは簡単なんだ。最高の企画とは、実現しなかった企画だよ』ってね」

なるほど、とオレはうなずいた。ナナサンのCMが中止になり実現しなかったからこそ、オレは西牟田部長から『想像上の完璧な作品の評価』をもらってしまったんだ。

でもこれは、クリエイティブな仕事で長い経験がなければ言えない言葉だと思う。あの世の朝倉さんが、現世の妻の口を通して教えてくれたのかな? 朝倉さんとチョッコの関係なら、きっとそんなコミュニケーションも出来ると信じることにしよう。

二時過ぎに、オレはチョッコのサンダーバードで神宮前まで送ってもらい、ビートルに乗り換えて赤坂へ向かう。

東洋ムービーは忙しいようで、花畑、スギ、関も皆出払っていた。

矢島さんが会社にいたので、オレはニッセンの件を報告した。何か申し訳ないような気がしつつ話したのだが、意外にも矢島は大喜びで、『おめでとう！　僕の目に狂いはなかった』そして『カンヌ・グランプリ取ってくれよ』と励ましてくれた。

夕方から夜にかけて、オレは実家で母と弟のクニに話し、〈ユー・ユア・ユー〉で啓介と友子に、そこから上城に電話。そして神宮前へ帰ってナツキと乾杯しているところに、関とスギからお祝いの電話が入る、という嬉しくも慌ただしい時を過ごした。

その晩はなかなか眠れないかと思いきや、バッタリと倒れて翌日昼前まで寝てしまった。

四月三日午前十時、ニッセン本社。

オレは一番高いスーツに今度こそ表裏正しくネクタイを結び、受付の前に立つ。

「社長面接ですね」例の受付嬢はオレの姿を上から下まで点検し、「よろしいと思います。サガチョウ社長は多少ヘンですが、お気になさらないように」

何で受付にチェックされなきゃいけないんだ？などと思いながらエレベーターに乗る。

ドアが閉まる寸前に飛び込んで来た男と肩がぶつかった。男はオレよりも少し年上か？一八〇センチを超える長身でサングラスをしている。「あ、失礼」ちょこっと頭を下げた。

オレは軽く微笑み返して「何階ですか？」

「七階」

オレは七階と九階を押しエレベーターは動き出す。

「おやぁ……」男はオレに顔を近づけて、「キミ九階行くの？」

「はい」

「ひょっとして、今日社長に面接するっていう人？」

「ああ、そうです。吉野と」言いかけた時エレベーターが七階に止まりドアが開いた。

男は無言でオレに背中を向けて出て行くと、〈CREATIVE〉と大きなデザイン文字が貼られたガラス壁の先へ歩き去った。ドアが閉まり、すぐに九階へ。

再びドアが開くと、目の前に社長秘書らしき中年の女性が深くお辞儀してオレを迎え、

「吉野さま、お待ちしておりました。どうぞこちらへ」


明るいガラス壁の広大な社長室はペント・ハウスだ。外の屋上には、グリーンのネットに囲まれたドライバー打ち放しの社長専用練習場と、その背景に御苑の樹々が見える。

オレは出されたコーヒーには手をつけず、白いレザーのソファーにかしこまっていた。

向かいには社長と夫人。横のスツールに牧副社長がちんまりと控える。

サガチョウ社長は七十歳と聞く。背は一五〇センチちょっとで腹が突き出ている。ツル

ツルに剃り上げた頭はゴルフ焼けで黒光りし、その下の丸い眼鏡からはみ出そうに大きな眼がギラギラ光る。白いスーツに蝶ネクタイを結んだ姿はコミカルで〈ひょっこりひょうたん島〉のドン・ガバチョが頭に浮かんでしまった。もっと怖い顔を想像していたな。

ヤエ専務はご主人よりだいぶ背が高い。豊かな白髪の〈元美人〉だ。ミニ・スカートにはちょっと無理がある感じ。サガチョウのことを『ボクちゃん』と呼ぶようだ。

サガチョウはオレの履歴書を手に話し始めた。「吉野、えーと、ヨウコウって読むの？」

「ひろゆき、です」とオレ。

「あれ、きみ学卒じゃないんだな。ウチはたいがい美大や芸大出が多いのよ。ボクはK大なんだけどね。ハワイアン同好会」

「すいません、東法大中退しちゃいまして」

「あ、いいのそんなの。きみ、東洋自動車の西牟田部長がごひいきなんだってねえ！」

「い、いや、たまたま企画を気に入っていただいただけで」

「電広さんもきみには期待してるみたいじゃない！」

オレはちょっと恐縮して、「まだ駆け出しです。樺山副社長や大船部長からも大変厳しいお言葉をいただいてまして」

「ああ、あいつらの屁理屈なんか聞かんでいい」

「で、でも、亡くなられた鞆浦さんの、ニッセンの美学が」

「きみね、そーんなもんはどーでもいいのよ」

「吉野」ヤエ専務が割って入った。「鞆浦はね、朝から晩まで正月から大晦日まで、沢山のCMを作ってどっさり儲けてくれたわ。だからいいお給料払って、ポルシェだって買ってやったのよ。マンションにも住ませてやったし、ねっ、ボクちゃん」

「そーよ」とサガチョウ。「いいディレクターは、うーんとお金を儲けるディレクターなの。こんなカンタンなこと、わかんない社員が多すぎるのよ」

「吉野」ヤエ専務は今度はニヤリとして、「そのスーツ、どこでお仕立て？」

「えっこれ？　高島屋で。でも既製品ですから」

「ぴったりね。柄もお上品」

「ありがとうございます」

「おヒゲはいつから生やしたの？」

「あ、これはストックホルムの警察、あ、いや、ストックホルムに旅行した六年前から」

「ハイカラなのねえ。きみ、おいくつだっけ？」

「二十六です」

「そう、若いのねえ……うちは子供いないから……」

「あ……そ、そうなんですね」

面接はわけのわからないやりとりのまま終わったが、牧副社長は、「専務のお好みが重要なんだよ。でも大丈夫。『子供いないいから』が出た時は採用オーケーなんだ！」と上機嫌。

社長室を出たところで亀山が待っていた。「お疲れヨッちゃん」

オレは戸惑って、「あれで良かったのか、どうも」

「サガチョウと奥様が並んで笑うとればそれでええ。さ、わしが社内を案内したる」

「あ、見たいです」

オレは九階から順に見せてもらった。まず社長室の隣に応接室と総務・経理や管理系のオフィス。あとは牧、樺山副社長それぞれの個室が並ぶ。

八階は六十人ほどの制作部オフィスだ。プロデューサーとＰＭがいくつものグループに分かれて島を作り、壁一面がプロジェクトとスタッフの一覧ボードになっている。

第二制作部長（取締役）の亀山さんの席は、ガラスで仕切られたコーナーにあった。

そして七階。ここがオレの仕事場になる〈企画演出部〉。ニッセンのエリート部門だ。

二十数人のディレクターと二人のデスクだけでワン・フロアのすべてを使っている。

このビルが設計された時、鞆浦副社長が『ディレクターにとって理想的な仕事場』をサガチョウに要求したのだそうだ。北側の窓際に鞆浦さん専用だった小さなアトリエがあり、今もそのままに保存されているという（中は見せてもらえなかった）。ディレクターたちは大船部長以下一人ひとり、まだアシスタントの新人さえも三畳ほどの広さに仕切られた個人ブースを持っており、それぞれにL字型の広い作業デスクと客用の小さなソファーまであった。

二人の事務スタッフのデスクと、壁に個人別スケジュール・ボードのある〈管理ステーション〉の裏側には、企画演出部専用のミーティング・ルームが四つ。天井まで図書類や写真集が並んだ企画資料室には、百数十本の名作外国映画の十六ミリプリントまである。そして二段ベッド二つとドリンク・コーナーも備えた宿泊室（スギなら喜んだろうなあ）。

夢のオフィスだ！　オレは感動して何も言えなかった。

ウンコ臭い運河沿いの倉庫で、バーチーの商店街CMを作っていたオレがついにここまで来たんだ！

「ゼイタクなもんや」亀山さんが苦笑して、「こんなプロダクション、業界どこにもあらへんで。だがなあ、設備がええから企画もええとは限らん。そこが問題なんよ、ヨッちゃん」

その後、オレは撮影部、機材室と小スタジオ、編集部とタイトル用の線画台、美術部と小道具室、そして地下二階まであるＡ、Ｂスタジオと照明部など〈完璧なプロダクション〉の施設を見て感激を深める。それぞれの部門で何人かの社員たちと顔を合わせたが、「紹介はまた改めてにしよな」と亀山。「もう一時前や、メシ食いに行こか」

「嵯峨長次郎はな、呉服屋の次男坊でＫ大卒のボンや」肉野菜炒めの定食を食べながら、亀山は饒舌になる。「もろ軟派やで。Ｋ大にいた頃はパシフィック・モータースの草野だの極東現像所の永田なんて連中とハワイアン・バンドやっとった。これ戦前、昭和ひとけたの時代よ。大学出てからは上海へ渡って、日本人向けの映画館やっとったと聞いとるな」

「クリエイターじゃなかったんですね」とキャベツを噛みながらオレ。

「道楽者よ。だが戦争でしんどい目におうたらしい」昭和二十年、四十歳の時サガチョウさんの人生はガラリと変わってしまった、と亀山は語る。

敗戦の上海で全財産を失い、帰国すると実家も当主と長男が戦死して破産状態だった。

その後の十数年については、「ボンにはきっつい世渡りだったやろな」と亀山。「進駐軍のＰＸ（物資購買部）の下でコキ使われた。でもな、働きながらアタマ使うて金貯めたんやろ。昭和三十一年にもう五十歳過ぎて、当時全盛だった映画館で上映するＣＭを制作する会社〈日本宣伝映画社〉を始めた。これが大当たりしたんやな。それからテレビの時代が来てこの通りや。ＣＭ業界のドン。ＮＡＣグランプリもサガチョウの気分ひとつで決まる」

「時代の波を見る目があったんですね」

「それだけやない、人を見る目もある。奥様とは違うてな。サガチョウ本人が気に入ったディレクターは今まで何人もおるがな、必ずヒットＣＭをようけ作っとる。結果的にガッポリ儲かる。若い頃の、食いっぱぐれ絵描きのトモさん拾い上げたのもサガチョウやで」

5

四月七日。桜が満開だ。オレはナツキの運転するビートルでニッセンに初出社した。

もうスーツではなく、いつものジーンズ、ジャケットに文具類を入れたグッチのバッグ。

定刻十時にタイム・レコーダーを押し、まず九階の総務へ。中井戸部長に挨拶して、さっそくオレの名刺を一束もらう。〈日本宣伝映画社　企画演出部ディレクター吉野洋行〉

うれしい！　新宿駅西口で通行人に配りたいくらいだ！

オレは中井戸に連れられて企画演出部へ。中央にある〈管理ステーション〉のソファーで待っていると、でっぷりとした大男が現れた。真っ黒に日焼けした顔をほころばせて、オレに右手を突き出し、「吉野くん入社おめでとう。企画演出部長の大船です」

オレも手を握り返し、「こんな若僧ですが、よろしくお願いいたします」

中井戸が、「じゃ、後はよしなに」と引き取り、オレは大船部長とソファーで向き合う。

「さてと」大船はちょっと頬をふくらませて、「吉野くんよ。映画の話しようか。月に何本くらい観てますか？」

「映画、ですか？」ちょっと意外な切り出しだ。「今かなり忙しいんで一本観るかどうか」

「好きな監督は誰？」

「うーん、特に誰というほどには……でも一番感動した映画は〈アラビアのローレンス〉かな。中学生の時に観てただ驚きました。イギリス人なのに一人っきりで砂漠へ入って行って、ベドウィン族のリーダーになってしまうのが凄い！　こんな風に生きたい、って」

「サー・デヴィッド・リーン監督、ピーター・オトゥール主演ね。超大作だ。でも僕は何といってもアルフレッド・ヒッチコックしかないね！　全作品を観てるよ。一本あたり五、六回以上。特に〈裏窓〉が最高！　何度観たか数え切れない。アタマからラストまでコンテ描けるんじゃないか。顔までヒッチコックにそっくりになった、って人に言われて嬉しいねえ！」なるほど、テレビで見た、下ぶくれの憮然とした横顔によく似ている。

大船はラッキー・ストライクの箱を出すと一本くわえ、オレにも勧める。

オレはいただいて、両方の煙草に火をつけた。

「ところで吉野くんよ」大船の声音がちょっと変わった。「仕事の話だ」

「はい」オレは緊張する。

大船は眉間を寄せて腕を組むと、「わかってると思うがね、この企画演出部はニッセンでも特別の場所だ。新卒の入社試験でも他の部門とは全く別枠。社長と専務が直接面接して決める。ディレクターとPMその他との関係は、ちょうど将校と兵隊と同じ。最初から最後まで身分も待遇も違うんだ。おーっと、この例は若い人には通じないかな？」

「いや、わかります。〈階層社会〉なんですね」

「ほう、よく知ってるな」大船は深く一服すると口調を変えて、「……かかる特別な部門にな、何と業界他社から中途採用なんてのは、みーんなビックリ仰天なんだわ。当然だが、部内でも大激論になった。だが僕としてはだ、違ったカラーの人が入ることは皆にとって刺激になって良いと判断した。あなただって、業界最高のコマーシャル・フィルム・メーカーである我がニッセンの一員になりたいと、自ら熱望して来たわけだろ？」

「はい。初めてバイトした七年前からこの会社に憧れて」

「僕はね」大船はポッと煙を吐いて、「僕なりにニッセンを愛してる。サガチョウじゃなくて会社をね。ここの若いディレクター連中も皆が、良くも悪くもニッセンの純粋培養だ。あなたも初めはラクじゃないと思うが、そこは謙虚な気持ちを忘れず頑張ってくれたまえ。さーて、それじゃあ席を決めようかね」

オレは大船に連れられて、〈アトリエ〉と呼ばれている企画演出部の仕事場に入る。

二十数個の個人ブースが全体で大きなＬ字型にレイアウトされている。ブースの仕切りは立ち上がると首から上が出るほどの高さのパネルで組まれ、その中は映画のポスター、レコードのジャケット、アートやオブジェなどでそれぞれ個性的に飾られていた。美大生のお部屋、という感じだな。

北側の柔らかい光が入る窓際に、亡き鞆浦監督のアトリエがある。そこだけは波ガラスの壁が立つ個室になっていた。ドアはロックされており〈聖域〉らしい雰囲気が漂う。

個人用ブースには四つの空きがあり、オレは出入口寄りの〈二十三番〉を選んだ。

「どうかね、感想は？」大船が仕切りの上から顔を覗かせてニッコリ。

「この中、自由にしていいんですか？」

「もちろん。エロ写真でも何でも好きにしたまえ。ただし、時々プロデューサーに覗かれるからね、こんな風に。その時にディレクターとして『センス悪い』と思われないように」

なるほど、これは自分を飾っておく〈ショウ・ウィンドウ〉でもあるんだ。

「ただし、音の出る物は禁止。音楽はヘッド・フォン使ってくれ。何か足りない物あったら、デスクのどちらかに言いたまえ。佐藤さんか角《すみ》さん。顔が四角い方が角さん、と憶えればいい。ではよろしく」と大船は消えた。

新しい仕事部屋の中でしばらくの間、オレは西ドイツ製の快適なワーキング・チェアに寛いで、ひとり感慨にひたった。

東洋ムービーと違って、自分の席にこもって孤独になれるのがいい。

一心不乱にコンテを描くも昼寝をするもオレの自由。仕事しているふりなど無用だ。でも他の席は見えない。皆が着席しているのか、まだ誰も来ていないのかもわからない。

部屋全体の様子を見ようと立ち上がった瞬間、いくつかの頭がスッとブースに引っ込むのが目に入った！〈モグラたたき〉みたいな絶妙なタイミングの入れ違いだ。

面白い、もう一回やってみようとしばらく席に隠れて、突然バッと立ち上がる。

「あ！」とオレは声を上げてしまった。

目の前に隣のブースの男の顔があった。同じく「え！」と驚いている。

どちらも気まずそうに頭を下げ、「あ、どうも」「は、はじめまして」と自己紹介。

しばらく後、オレたちは会議室奥のドリンク・コーナーで一服していた。

男は風早良一《かざはやりょういち》と名乗る。紫色の三つ揃いスーツというもの凄いファッションだが、涼やかな顔立ちのイィ男だ。新卒で先週入ったばかりだそうだ。

「金沢芸術大で彫刻やっとりました。演劇同好会だったんで、いやあ、役者にでもなったろかと思っとったんですが」

「どんな芝居？」

「シェークスピアとかね。おれ〈マクベス〉の役、好きだったな。でも就職課に勧められてここ受けたら入っちゃったんで。信じられにゃあよ！　狭き門ですからねえ。面接の時にヤエ専務がこのスーツ『お似合いねえ』って誉めてくれて、それが決め手だったんかね。これ、いい色でしょ。東京出て来る前にね、よく一緒に飲んだ地元のヤクザのオッサンがさ『東京行くんならな、着とるもんでナメられちゃあかん。これ着て行くんじゃゃい』ってくれたんですよ」

「風早さん、名古屋の人？」

「あっ、ようわかりましたね。金沢では下宿で、今はあおうめ街道の近くのアパートです」

「おうめ街道ね」

「吉野さんは経験者としてスカウトされたんですって？」

「いや、そんなエラそうなもんじゃなくて」オレはアルバイトに始まるこの七年間の話を、ごくかいつまんで語った。風早は驚き、呆れながら熱心に聞いてくれた。

その午後は風早と二人でニッセンの代表作品集鑑賞だ。子供の頃に見たチョコレートやキャラメルのCMから、化粧品、クルマ、あらゆる家電製品、ビールやウイスキーまで、誰もが忘れられないヒットCMの山だ。もちろん美生堂の最新作やNALの海外ロケものなども後半に続々と登場。この圧倒的な質と量は東洋ムービーとは比較にもならない！

三本のリールを二時間もかけて見終わって、オレたちは顔を見合わせて嘆息した。

「すげえ会社に入っちゃいましたね」と風早。

「そう」オレも同感だ、「ここは巨人軍だ」

「おれ中日ファンなんですけど」オレより三歳若い、この不思議に明るいヘンな芸術家・風早良一が、それから半世紀以上もオレの仕事のパートナーになろうとは思わなかった。

翌四月八日。出社するとすぐに、デスクの佐藤さん（四角くない方）が来て「おはようございます。吉野さんの担当PMが決まりました。今、連れて来ていいですか？」

「オレ担当のPM？　PMって制作部だから作品に付くんじゃないの？」

「あ、よそではそうなのね！　うちでは一本立ちのディレクターには、一人専属のPMが付きます。仕事は同じ制作部ですけど。今、呼びますね？」佐藤は内線電話を取った。

PMとはプロダクション・マネージャーの略。つまりオレに〈マネージャー〉というものが付くのだ。トオルに付く長崎小夜子さんの、目力のある濃厚な顔が頭に浮かんだ。

待っているとすぐにそのPMが現れた。女性だ。グラマーというか、かなり太目だな。Tシャツの胸とジーンズの腿がパンパンだ。オレの前でピョコっと頭を下げた。

「林ゆうこさんです。ベテランの優秀なPMですよ」と佐藤。

林ゆうこが丸顔を上げて目が合った時、オレはギョッとした。

こいつ、パリでNALのロケで散々いじめてくれた、唐津の手下のゆうこじゃないか！

「へへへ」ゆうこは苦笑して、「吉野ディレクター、会社の命令なんでよろしくということで。あたしね、あの時より少し太っちゃったんで、わかんなかったでしょ？」

「い、いやあ、すぐにわかりましたよ、何ちゅうか。六年ぶりで、お元気そうで……」

「そういう言い方はやめてください。このニッセンでは吉野さんが上なの。六年前あなたが何であろうと、今は吉野カントクなの。専属PMとして、あたしが何でもお世話するの。朝起きられなかったら毎日でも起こしに行きます。疲れたらお酒でもクスリでも注射でも何でも持ってきます」

「い、いいです、自分で起きるし……ともかく、よろしく」

「ゆうこ、って呼んでね、カントク！」

神様はなかなか悪い冗談をやるもんだ。
六年前ブローニュの森のロケ。ゆうこの用意した焼肉海苔弁当をフランス人スタッフたちは嫌がって食べなかった。バイトのオレはムトウさんの指示で、パンとチーズとワインを買ってきて彼らを喜ばせた。その時オレはゆうこに睨みつけられて、こう言われたのを今でも憶えている。『やれ、と言われたことやってよ。余計なことやるんじゃないのよ』
あの時ゆうこは二十五、六歳だったろうか？　今は三十過ぎか。ＰＭとしては経験充分だし、きっと腕はいいんだろうな。
オレをアゴでコキ使っていたゆうこが、今度はオレの下。ややこしいことになった。

その午後、さっそくオレにスケジュールが入った。

電広、東洋自動車だ。なるほど、ずいぶんと差し迫った仕事だったんだな。

「入社二日目から打ち合わせですか！」とゆうこは驚く。

「この仕事があったから、オレはこの会社に入れたんですよ」とオレ。

「カントクね『です、ます』はあたしにはナシにしてください」

「は？」

「唐津さんみたいに『このブス！』でいいの」

「わかったよ」オレはゆうこをじーっと睨み感情をこめて、「……ブス！」

ゆうこが一瞬ムッとしたのがわかった。

オレはすかさず、「なんだよぉ、そのツラは？」

「す、すいません……」ゆうこは下を向く。

「ゆうこ」オレはかるーく微笑んで、「つまんないカマセの張り合いやめようよ。疲れるじゃん。ふつうにラクにやろうよ？」

「タクシー呼んで来ます」ゆうこはオレにくるりと背を向けて、「十分後に一階ロビーに降りてください、カントク」

6

ロビーへ行くと、今日は例の受付嬢はおらず、制服のガードマンが黙って座っていた。

ゆうこが駆けて来て、「カントクちょっと待っててください。今、亀山さん来ますから」

「オーケー」オレは壁際のベンチに腰を下ろす。

ゆうこもおずおずと隣に座って、貧乏ゆすりを始める。

突然「ちょーっと待てよう！」大声がロビーに響いた。「カメさん、そりゃないだろ！」

声を背に階段をどかどかと降りてきたのは亀山さんだ。

それに追いすがるように樺山さんが現れた。「カメさん、待てよ！　まだ結論出てないんだから」樺山のこんな激しい表情を見るのは初めてだ。亀山の肩を掴み、振り向かせて、

「僕の話も聞いてくれよ！」

「電広さん待たせる訳にいかん。来週アタマに東洋自動車へプレゼンですから」と亀山。

「だからそのプレゼンが問題なんだよ」樺山は相手に喰いつかんばかりだ。「本来ならば、これはトモさんがやるプロジェクトだ。実質的に直扱い、いつもそうしてたよね。今回の

企画も僕の方で、トモさんの後継として直弟子の佐々木を立ててプレゼンする。今まで通りクリエイティブは電広抜きで、直接やる。東洋の担当者も了解してくれてるんだ」

「副社長よぉ」亀山の目つきが険しくなった。「そんなプレゼン通ると思うとるんですか？」

「な、なにぃ！」樺山もにらみ返す。

「考え甘いんとちゃう？　お化粧クリームのCM作るんやないで。電広と東洋自動車ナメとるんやないの？」

「あ、あんた、その言い方許さんぞ。ここにトモさんがいたら」

その時、亀山がチラリとオレたちに目をやって、「副社長、あっちで、やりましょう」とロビー脇の応接室を指す。

「あ……そ、そうだな」と樺山。

亀山はゆうこを指して、「タクシー、ちょっと待たせとけ。それと佐竹CDにテル入れ。十五分遅れで頼む」

「十五分押し、了解です」とゆうこが受付の内線電話へ走る。

モメている二人はもつれ合って応接室に消え、ロビーにはオレたちだけが残された。

ゆうこは電話から戻ると、オレの横で無言のまま貧乏ゆすりを続ける。

だがしばらくして、「カントク」と横を向いたままつぶやいた。「重役どうしのケンカなんて、あたしはどうでもいいの……でもカントクが仕事やりづらくなるのはダメなの」

オレはゆうこの顔を覗き込んで、「何かオレに原因でもあるとか？　それとも」

「あのね」と、ゆうこがオレに顔を向けた時、応接室のドアごしにガラガラ、ドシーンと、何かが倒れるような大きな音がした！　何事かと立ち上がったオレたちの目に、ドアを蹴飛ばして大股で出て来た亀山の姿があった。

「オラ、行くぞ」と亀山はオレとゆうこの背中を押す。腕時計を見て、「あかんあかん、遅れてまうで！　さっき十五分遅れって電話したんやな？」

「三十分って言っておきました」ゆうこは亀山とオレをタクシーの後席に乗せ、自分は助手席に乗り込んだ。

走り出したクルマの中で、亀山は無言で煙草を吹かす。

オレも一服つける。

ゆうこは助手席で〈仁丹〉の小さなケースから銀の粒を出して口に入れた。

「ゆうこ」亀山が前へ身を乗り出して、「電広に着いたらすぐ電話借りて、総務の中井戸に伝えといてくれんか」

「はい。何を？」とゆうこ。

「さっきな、樺山のツラに一発入れてしもうた。なんや、ちいとカッと来てな。唇が切れとったが歯は折れとらんだろ。あとでやつに詫び入れたいんで段取りしといてくれ、とな」

「樺山副社長へお詫びの段取り総務へお願い。了解です」ゆうこは平然と答えた。


築地の電広本社。雨になりそうな雲行きだ。

第二クリエイティブ局の応接室で、オレは佐竹誠CDと一年半ぶりに再会した。

「吉野くん、ニッセン入社おめでとう！」佐竹はオレの手を力一杯握りしめて、「ナナサンの時は辛い思いをさせちまって残念だった。今度こそは一本モノにするぞ。東洋自動車の西牟田部長もきみに会いたがってる。オイル・ショックはもう昔話だ」

「またガンガン走っていいんですね」

「もちろん」佐竹は笑顔でうなずいて、「ただ今回は神山くんは都合がつかない。彼も最近はお得意からのご指名が多くて売れっ子でね。まあ、ニッセンと吉野洋行ならば大丈夫！　当社は新人に勉強させたい」と、脇に控えていた色白で華奢な若者を前に出す。「寺内くんです。去年入社した二年生。こちらが亀山プロデューサーと吉野ディレクター」

「寺内秀次です。よろしくお願いします」ぴょこっと頭を下げた。

ゆうこは電広では顔が売れているようだ。「今日から吉野カントクのPMです」と一言。

「ナナサンのことはよく憶えてますね？」佐竹がオリエンテーションを始めた。「発売中止になってしまったけど、今回の新車〈クリッパー220クーペ〉はあのナナサンをベースに、よりゴージャスにより快適に発展させた『プレミアム・スポーツ』なんだ」

「シャーシーやエンジンは共通ですか？」とオレ。

「いや、一回り大きくなってる。これだ」と佐竹は何枚かの写真をテーブルの上に並べる。

皆が一斉に覗き込む。流れるようなボディ・ラインのツー・ドア・クーペだ。

「スペックを言います」と佐竹。「エンジンは二・二リッターの直六ツインカム一五〇馬力。燃料噴射式だ。四輪独立サスペンションと四輪ディスク・ブレーキ。ただしナナサンほどハードじゃあない。高速走行での乗り心地も重視されてる。後席もゆったり広い」

「ナナサンほど速くないってことですか？」

「いいや、むしろナナサンよりも速い。だから『プレミアム・スポーツ』なんだよ」

「じゃあ、走りが売りでいいんですね？」

「それでいい。トーヨーの西牟田部長は一年半前の、きみのあのコンテをどうにか実現したい、と以前から何度も僕におっしゃった」佐竹は亀山と目を合わせる。

「ゆうたやろ」と亀山がオレの肩を叩き、「それが出来るのは吉野洋行だけや」

「わかりました」オレは大きくうなずいた。

「ただし時間がない」佐竹が手帳をめくりながら、「プレゼンは四月十五日、来週の火曜日です。企画はナナサンのものでいいから、クリッパーに合わせて調整してください。この寺内も何でも手伝います。こう見えても結構センスいいですよ」

打ち合わせはその後、佐竹がキャンペーンの媒体構成を説明した。テレビCMは、主として週末の夜の洋画番組や大型ドラマの提供枠で、六十秒・三十秒が中心になるそうだ。

そして新聞・雑誌はテレビと共通のビジュアル、コピーで行きたいと。

翌日の企画打ち合わせはニッセンで十時から、と決められた。

帰りがけ、一階のロビーまで寺内が一緒に降りて来てオレを引き止め、「吉野さん、ひとつ質問があるんですが？」

「なんでも」とオレ。

「以前のナナサンの六十秒ストーリー、全部あのままで行くんですか？　ちょっと変えるアイデア出してみたいんですけど」

「ああ、いいですよ」オレはアッサリ答えた。一年半時間が経っているんだ。何か変化があって当然だ、くらいに思っていたな。

その夕刻。御苑の森が本降りになった雨で灰緑色に煙っている。

ニッセン六階の大会議室では〈企画会議〉が始まる。四月新年度初めて、企画演出部全員揃っての月例会議だそうだ。

「おはようございます」大船部長の大声に全員が唱和した。

夕方でも夜中でも『おはようございます』で始まるのはニッセンも業界他社と同じ。

「四月の定例会です」大船は全員を見渡して、「ええとぉ、まずは新人の紹介から行くかね。三人、立ってくれや」

隅の席に座っていたオレと風早、そしてもう一人が立ち上がって一座の注目を浴びる。

「左から長谷正《はせただし》くん。次に風早良一くん。最後に吉野洋行くんです。吉野くんに関しては、前例のない中途採用ということで皆さんともいろいろ議論しましたが、これからは仲間としてよろしく。じゃあ、この先は呼び捨てでやろう。長谷から順にひとことずつ挨拶してや。ほんのひとことだけ、スポットＣＭでな」

「はい」おかっぱ頭の痩せて小柄な長谷はちょんと頭を下げ、「えー、僕は広島の旅館の倅ですが、天才です！」爆笑が起こった。「殺さないでください。よろしく」と腰を下ろす。

風早が立った。「わたしは天才ではありませんが〈主演男優〉でございます。金沢芸術大で演劇同好会のスターでした。これからは〈いいディレクター〉の役を演じたいです」

パラパラと拍手があり、風早が座り、残ったオレに注目が集まる。

オレは立ったまま目を閉じ、しばらく無言でいると頭がイイ感じにカラになってきた。

オレは目を開けた。「吉野洋行です。六年前フランスでこの会社のバイトに雇われ、すぐにクビになって放り出されました。でもそれから一年、ヨーロッパを放浪する中で自分の本当の人生が始まったんだと思って、今は感謝してます。帰国して五年間、田舎の商店街の安ーいＣＭから始めて、あちこちでいろんな仕事して、今日このニッセンの社員になれました。オレを入れてくれてありがとうございます。何か出来ることをやらせてください」

一座は静まり返ってまったく何の反応もない。オレは一礼して着席した。

じーっとオレを見つめる者。下を向いたきりの者。煙草を吹かし続ける者……。

「あ、ありがとう諸君」と大船。「じゃあ、こちらは人数多いから名前だけでいい。なっ」

「副部長の宮本です」太い声にオレは聞き憶えがあった。宮本はオレを見て、「久しぶり。サニーの〈アメリカおのぼり〉面白かったぞ！　朝倉さん、生きてて欲しかったなあ」

オレが何か反応する間もなく、次々と自己紹介が始まった。名前と『よろしく』だけでは特に何の印象もない。ただ最後に一人だけ、皆とは違うことを言った男がいた。

「佐々木昇《ささきのぼる》です。部長に質問したいんだけど、いいですかね？」今日はサングラスをしてないが、細長い顔と長身は先週エレベーターの中で出くわした男だ。

「私に？　ど、どうぞ佐々木くん」と大船。

「この吉野さんは」と佐々木はオレを鋭く指差し、「代理店向け要員として採用されたんですか？　電広のためとか」

「いや、そんなことはない。君らと仕事場を共にするニッセンのディレクターですよ」

「おやぁ、そーかなあ？」佐々木は大船を睨んで、「じゃあ、何で僕と競合するわけ？」

「競合だと？　佐々木、それ何の話だ？」大船はまるで事情を知らないようだった。

「東洋自動車の新車のプレゼンの話。ずーっと鞆浦監督と樺山プロデューサーのコンビで西牟田宣伝部長から百パーセントの信頼を頂いてきた仕事ですよ。今回は僕がその跡を受けて樺山さんと組む。これトーヨーの担当の大坪《おおつぼ》さんの了解も取れてると聞いてますがねぇ。ところが昨日その大坪さんから聞いたんだが、電広二クリの何とかいうCDがうちの亀山さんに命じて、この吉野ディレクターにその企画をやらせてると。担当者もすっ飛ばして、西牟田部長に直接プレするんだと」佐々木は滔々とまくし立てている間、まったくオレを見ようともしない。「大船部長、僕はどうしても納得できないんです。うちは、このニッセンはいつから電広の下請けになり下がったんですか？」

「き、きみ、それは……」大船は答えられない。

「そんなどこかのB級プロダクションのマネみたいなことやって、トモさんに申し訳ないと思わないんでしょうか？」会議室のあちこちから「そうだ！」「よく言った！」と佐々木に同調する声が上がった。佐々木は調子づいて「どうなんですか？」と大船に迫る。

オレは彼等のやり取りを黙って聞いていたが、そこに座っていることが次第に苦痛になってきた。「部長」オレは立ち上がって、「席を外してもいいでしょうか？　オレには自分がやっていることの何が悪いのか、ぜんぜん理解できません。電広の下請けであってもなくても自分のCM作るだけ。失礼します」オレはバッグをつかんでさっさと部屋を出た。

番号付きのドアが並ぶ六階会議室ロビーを横切ってエレベーターに乗ろうとした時、「吉野くん」とオレは呼び止められた。

振り返ると樺山さんが白いマスクで口もとを覆い、ポケットに両手を入れて猫背気味に立っていた。「吉野くん、ちょっといいかな？　そこで」

「あ、もちろん」オレは樺山について七番の小部屋に入った。

樺山は内線でコーヒーを頼むと、オレとテーブルを挟んで向き合い、マスクを外した。

「お見苦しいところを、ははは」唇の左端が赤黒く腫れあがっている。「オニガメのやつに一発食らっちゃったよ。五年ぶり、になるかな？　あいつＭ大のボクシング部だったから、痛いこと！　きみも気をつけなさい。殴られそうな顔してるから」

「医者行ったんですか？」とオレ。

「ああ。ここの内側、何針か縫ってもらった。まあ大丈夫よ。あいつ土下座して謝って、治療代の現金までくれた。はっはっは！」

「えーっ、そうするとオレの仕事は？」

「いや、心配すんな。それはぜんぜん別問題だそうだ。僕の顔がどういうことになろうと、きみと電広のプレゼンは予定通り行われる。オニガメがサガチョウを説得しちまった」

　コーヒーが来た。樺山は痛そうに顔をしかめながら熱い液体をすする。

「なんか、樺山さんに申し訳ないような……」オレもコーヒーを一口。

「そんなことよりも、きみ佐々木に何か言われなかったか？」

　オレはちょっとためらった後、「……言われました」

「悪かったな吉野。何を言ったか見当つくよ。そもそもきみの中途採用には、ウチとしてかなり無理があった。企画演出部のほとんどが大反対。その急先鋒が佐々木だな。若くてファナティックだから、相手かまわず噛みつく。社長決定で採用されたディレクターのきみ自身には何の罪もない、と知ってるクセにな。でも、ひとつわかって欲しいんだ」樺山は悲し気な眼差しでオレを見つめ、「……佐々木も僕もトモさんが築き上げた、何というか、理想的なＣＭ作法を守りたい。電広なんかに壊されたくない。もちろん制作さえニッセンが受注すればプロダクションとして商売にはなる。サガチョウはそれでもオーケーだろう。でもそこにニッセンの美意識と誇りがなかったなら、それはもう僕たちの作品とは言えない。電広・オニガメと競合になっちまうが、勝てないかも知れないが、それでも僕はニッセンらしい企画を佐々木にプレゼンさせる」樺山の目が潤んでいるのがわかった。

何かがオレの心を揺すった。

鞆浦監督を失い、巨大な電広に押され、タフな亀山さんに殴られ、ぼろぼろに傷ついたこの名プロデューサーはそれでも『ニッセンの美意識と誇り』を胸を張ってオレに語る。

この人とトモさんの撮影現場を一度だけでも見てみたかった、とオレは思った。

ニッセン出社二日目は、六年前のパリとは違った意味で長い一日だった。

7

翌朝九時過ぎ。オレはビートルをニッセンの社員通用口につけた。

待っていたゆうこがサッと助手席に乗り込む。「おはようございます」

「おはよう。駐車できるってこの近く？」

「そこの先二つ目を左です」とゆうこ。オレは言われた通りクルマを路地へ入れる。

「次を右へ。そう、この道の左側ならだいたいオーケーです。取り締まりある時には前日に総務へ電話入りますから。中井戸部長、交通安全運動とかで新宿署と仲いいんです」

オレは質屋の看板がかかった電柱の手前に駐車して、ゆうこにキーを預けた。


十時に、六階の五番で打ち合わせが始まった。

佐竹CDは姿を見せず、電広は寺内のみ。ニッセンは亀山、ゆうこ、そしてオレ。

今朝は天気が良いので窓を開けて風を入れた。微かに花の匂いがする。ゆうこがコーヒーメーカーのスイッチを入れたので、さらにいい香りが加わった。

亀山は挨拶だけしてさっさと引き取り、三人だけの気楽なミーティングだ。

ゆうこが資料のコピーを配る。クリッパー220の写真とスペック表、そして一年半前にオレが描いたナナサンの六十秒コンテだ。しばらく三人はコンテを読み込む。


都会の深夜。自室でコーヒーを飲んでいた男はなぜか突然『妙義山の朝焼けが見たい』

と思う。十二時五分前を指すローレックス。革のキー・ホルダーをつかむ男の手。音楽がスタート。ザ・シカゴのブラス・ロック〈長い夜〉だ。

クルマのドアを開ける。アクセルを少し煽ってチョークを半分引く。キーを捻って一発でエンジン・スタート。ブオーン、と排気音が響く。

ナナサンは深夜の都心を抜けて国道254号線を北上。碓氷峠に向かうワインディング・ロードへ。アップ・ショットはシフト・ノブを握る左手。ダブル・クラッチを踏むドライビング・シューズの足先。鋭く上下するレブ・カウンターの赤い針。タイヤの動き。小刻みに振動を吸収するスポーツ・サス。微妙に左右にあてるカウンター・ステア。

男の顔は見せない。操作系のアップと疾駆するクルマのロング・ショットが音楽に合わせて速いテンポでカット変わり。

夜が明け、朝焼けの妙義山を背景にナナサンが停まっている。ドアが開き、降り立つ男の後ろ姿。ナレーション『その時私はわかった。ただ走りたかったのだ。燃料タンクが空になるまで、夜が終わって陽が昇るまで、私はただ走りたかったのだ。トーヨー　ナナサン・ツーリング』ここで西牟田部長が『オーケー！』と絶叫したのが一年半前のことだ。

「なるほど」寺内がコンテから目を上げて、「良く出来てます。これに何かひとつ加えると、ナナサンからクリッパーに時代が切り替わるような気がするんだけど」

こいつ結構ナマイキな口のききかたをする、と思った瞬間オレは別なことに気付いた。大きな仕事の企画で年下の者と組むのは、ひょっとして今日が初めてじゃないのか！

トークリのバイトから七年間、オレの相手のほとんどは何歳も何十歳も年長の人たちばかり。チョッコですら三つ上だ。オレは気楽に〈ナマイキな小僧〉がやれてたんだ！

「寺内くん」オレはちょっとぎこちない口調で、「オイル・ショックからこの一年半の時代の変化って何だろう？このコンテのどこがそれに合わないんだろう？」

「うーん……」寺内は興味を引かれた表情で、「えーとですね、このドライバーのカッコイイ男性が六十年代の〈飢えた一匹狼〉みたいに見えるな。あのさ、大藪春彦のハード・ボイルドに出て来る伊達邦彦とか、漫画のゴルゴ・サーティーンとかね」

タメグチをきくな！　まあいい、ここは寺内をオレ自身と思うことにしよう。彼は面白いことに気付いている。オレはうなずいて、「一匹狼……ナナサンをそういうクルマとして、オレは描いていたのか……」

「佐竹さんに教わったんですが、トーヨー宣伝部内には『クルマの広告を考える第一歩』

というバイブルのような言葉があるんだそうですね」

「いやあ、オレは聞いたことないな。教えて」

「『このクルマを買って、運転するのはどんな人間か？』その『どんな？』を表現しろ、と」

　オレはうなずいて、「誰が乗るのか？　そうか、ではこの男は誰だ？」

「そう、それが問題です」寺内は考え深げに腕を組む。

　気が付くとゆうこが黙ってメモを取っていた。オレや寺内の口が動くと、ゆうこの鉛筆もサラサラと動く。六年前オレがやっていたことだ。

「煙草吸ってもいいですか」寺内がハイライトを出した。

　オレは可笑しくなって微笑んだ。こいつ、何年か前のオレと同じ行動をする。試してみようと思って、オレもマルボロを出して一本くわえる。たちまち火のついたライターが差し出された。面白い！　オレたちはゆったりと一服する。

「吉野さん、ナナサンに乗るこの男には女房とか子供の気配がありません。守るべき家族がいない。生活感が全くないんです」と寺内。

「その通りだ。でもこれを考えた時は生活感など無用な感じがしてた」とオレ。

「それは六十年代後半からの流れですね。日常性を軽蔑して男の夢やロマンを求める」

「何を言いたいかわかってる。今はそうじゃないよな」

「ニュー・ファミリーの時代です。日常生活を大切にする世の中」

「だが寺内くん」オレは煙草を灰皿でもみ消しながら、「このクリッパーはファミリー向けセダンじゃない。プレミアム・スポーツだ。遊びの要素が依然強い」

「でもナナサンほど男一匹のクルマではない……あっ、そうだ」その時、寺内は何かが閃いたように宙を睨んだ。「……吉野さん、こんなのどうかなあ？　ナナサンのコンテのアタマとケツをちょっと変える。もう一つ、走る場所を妙義山よりも近い箱根にする」

オレは興味を引かれた。「アタマとケツをどうするの？」

「男は真夜中にふと目を覚ます。急にクルマを飛ばしてみたくなってベッドを抜け出す」

「あ、わかったぞ！　すぐ隣で美しい妻がぐっすり眠っているんだろ？」

「そーです。ベビー・ベッドで幼い娘も眠っている。二人を起こさないように男はそーっと部屋を出て行く。この後はナナサンと同じでいい。ただし妙義山は遠過ぎます。箱根のワインディング・ロードにしましょう。これなら朝までにベッドへ戻って来れる！」

「おお、そーだな！　何事もなかったように家族三人でブレックファースト。クリッパーがちょっとした秘密の遊び道具になる。面白い」

寺内は満足げに、「これで微妙なイメージ・チェンジ出来ると思いますけど」

「うん」オレも同意して、「西牟田部長の意図も満たしてるし、これでキマリだな！」ふと、ゆうこの存在に気付いて、「ゆうこ、どうだい？」

ゆうこはしばらく考え込んでから、「これで……いいと思います」小声で答えた。

それではコピーを考えよう、とオレたちは再び煙草に火をつけた。

昼過ぎに打ち合わせは終わり、あとはオレがコンテにまとめるだけとなった。

寺内は電広へ戻り、オレはゆうこに誘われて近所のラーメン屋へ。

「このあたりではベストの店です」とゆうこ。混んでいたがどうにか二人座れた。

オレはラーメンと餃子、ゆうこは大盛りチャーシュー麺とダブル餃子。

ニッセンに限らず当時の撮影現場では、『ＰＭは誰よりも先に食べ終わって、いつでも動けるように備えよ』という過酷な早食いルールがあった。それにしてもゆうこの早いこと！　オレが五個目の餃子を味わっている時、すでに大盛り麺とダブル餃子を完食して、仁丹の小さなケースをカチャカチャと振っていた。

間もなくオレも食べ終わり代金を払おうとすると、ゆうこが立ち上がって、「カントク、あたしが払います」

「え、だって」

「制作費です。カントクはお金に触らないでいいの」ゆうこは軽快なフットワークで勘定を済ませると、オレのバッグを取ってさっさと店を出て行った。

翌週、火曜日の明け方。オレは夢を見ている……。

そこは小さな木工場のような板壁の部屋。材木や工具、機械類が散らばっている。

窓が見える。外は静かに雪が降っている。

オレは床の上に座って、何か小さな椅子のような物を組み立てていた。脚の部分を持って木ネジで止めようとしている。その時声がした。「ヒロ！　ヒロ！」誰の声だろう？

「ヒロ！　ヒロ！」もう一度オレを呼ぶ声。聞き憶えのある声だ。

どこから呼んでいるんだろう？とあたりを見回している時にスッと目が醒めた。

……部屋の中はまだ薄暗い。隣のベッドでナツキはぐっすり眠っている。

その時オレは何かに気が付いて、ガバッとベッドから跳ね起きた。

壁のカレンダーを見る。四月十五日だ。

オレはクローゼットを開けて、使い古した財布を取り出す。ファスナーを開き、中身をテーブルの上にぶちまける。そして奥底にある小さなポケットの中から、ビニールに包まれた薄い小さな紙片をつまみ出した。

それはエア・ラインの搭乗券。〈ＳＡＳ　０１５便　ストックホルム発コペンハーゲン経由東京羽田行き　一九七〇年四月十四日搭乗〉とある。

その便でオレに付き添ってスウェーデンを発った男の言葉を思い出した。『ヒロ、きみは自由意志で日本へ送還されるのだから何の罪にも問われない。またパスポートも貰えるだろう』ブロンドの大男、ストックホルム市警察のペーター・カールソンだ。『ただし規定により、君はこれから五年間一九七五年四月十四日までスウェーデン王国には入国出来ない』

この日付入りの半券を、財布の奥に大切に入れて置いたまま、すっかり忘れていた！

あの日からもう五年経ったんだ。

なんと今日から、オレは晴れてスウェーデン王国に再び入国できる。その日がやっと来たのに、今のオレにとって何の意味があるんだろう？

オレには会社と仕事があって、家には妻がおり、銀行口座とクルマがある。今日の午後には羽田空港でも横浜港でもなく、九段の東洋自動車・本社へプレゼンに行くのだ。

すでに多くのことと、人と、そして時間が分厚い地層のように積み重なっていた。

にわかに、リシアのことが心に浮かぶ。

あの時オレとは別の道に分かれて、今頃どこでどんな旅をしているんだろう？

もし別れなかったら、オレは今どんな風に生きているんだろう？


その午後、東洋自動車本社・宣伝部会議室。

電広は営業二人に佐竹CD、寺内。ニッセンは亀山とオレだけだ。

やがてドアが開き、西牟田宣伝部長が現れた。担当の大坪さんも一緒だ。

オレたちはいっせいに立ち上がり頭を下げる。

「あ、どうぞ座ってください」と西牟田。「佐竹さん、いろいろとご配慮いただいてどうも」

「とんでもありません！　部長のお考えがやっと実現出来て、私も宿題が果たせます」

「私に、ということですが、やはり担当者として大坪も一緒に話を聞かせてもらいます」

そこで西牟田はやっとオレに目を向け、「吉野さん、ニッセン入社おめでとう」

「ありがとうございます！　またお会い出来て嬉しいです」オレは最敬礼。

「まあ、よろしく頼みます」西牟田は目の前に置かれた茶碗のふたを取り、一口啜った。

あれ？　何か別人のように見える、とオレは感じた。

一年半前、西牟田宣伝部長が発散していたあの華やかさ、怖ろしいスピード感、そして傲慢なほどの自信が今はなぜか見当たらない。

服装も地味になってる。スーツもシャツもネクタイも普通。足元もブーツじゃない。

どうしたんだろう？

何となく違和感を持ったまま、しかしオレのプレゼンは整然と始まった。

ナナサンの走りのシーンがすでに共有されているので、長い説明は必要ない。

土曜の夜半にふと目を覚まし、急にクルマを飛ばしたくなった男は、美しい妻と幼い娘を起こさないようにそーっとベッド・ルームを抜け出す、というアタマ十秒の変更。

ダイナミックな走りのシーンはナナサンと同様。ただし箱根新道の設定に変わる。

そして朝。家に戻って、何事も無かったように妻、娘とブランチを楽しむ男。

そしてナレーション・コピー『私を興奮させ、家族には優しい。トーヨー　クリッパー220クーペ』

今回は『オーケー！』という雄叫びは聞こえてこなかった。

西牟田は微笑んで小さくうなずき、「なるほど。男の密かな楽しみになったんだね。うん、こういうことだろーな。よくまとまってる。大坪、どうだい？」

「そうですね」大坪も同意して、「佐竹CD、お疲れさまでした。こういうことで預からせてください。じゃあ部長」と西牟田を促す。「次のミーティングがありますので」

初めの違和感が消えないまま、オレのプレゼンは終了した。

エレベーターの中で佐竹が亀山に囁くのが聞こえた。「部長の反応良かったと思いますよ」

「せやね」と亀山。「でもちょーっとお元気あらへんような」

「ああ、お疲れなんじゃないですか。これからアメリカ支社で大仕事の準備中らしいよ」

一階のロビーへ降りたところで、オレたちは〈競合相手〉と顔を合わせた。同じニッセンの樺山プロデューサーと佐々木ディレクターのコンビ。二人ともダーク・スーツに艶のあるタイを締めている。佐々木は全くオレを無視したが、樺山は小さな声で「おつかれ」と言ってくれた。そして亀山とは無言ですれ違って歩き去った。

8

『あんた　あの子の　なんなのさ?』啓介のセリフがキマッて客の拍手が沸いた。

♪港のヨーコ　ヨコハマ　ヨコスカーッ！　ギターで最後のコードを派手にかき鳴らし、啓介は歌い終える。「よーし！」と客から声がかかった。

オレは〈ユー・ユア・ユー〉のカウンター席で、食後の煙草をつけたところ。友子さんが淹れてくれた旨いコーヒーもある。

「ダウン・タウンはやっぱりウケるなあ」笑顔で戻った啓介がオレの隣に座った。

「上手いよ、啓介。プロになれるんじゃないの?」とオレ。

「もうプロになってる！　この店でな、はっはっは！　いや、ここんところ結構繁盛してるのよ。夜も前よりも入るようになったし」

狭いフロアを見ると、席は七割がた埋まっており、友子が笑顔を振りまきながら動き回っている。カウンターへ寄って、「ケイちゃん、ナポリ、ツーお願い」

「よしきた、ナポリきた！」啓介はカウンターへ入って料理を始める。

オレは煙草をもう一本つけて、「友子ちゃん、フロアの動きいいなあ。可愛いし」

「そーだろ」啓介はフライパンにオイルを引きながら、「美人で、愛想良く、仕事が早い」

「お前これじゃあ他の女に目が行かないよなあ。妹がすべてにパーフェクト！」

「いや、他の女が寄って来ないのよ。こいつが僕にピッタリついてっからな」

「夫婦みたいにも見える」とオレ。

友子は啓介より二つ下、二十三歳だ。短大を卒業して世田谷信用金庫に勤めていたが、去年啓介がこの店のオーナーになった時に勤めを辞め、フルタイムで働くようになった。実に仲の良い兄妹で、確かにこれじゃあ他の女性が入り込むスキがない。

ふと気付くと、ジューク・ボックスからバーブラ・ストライサンドの〈追憶〉が流れていた。啓介はメロディを口ずさみながら、手際よく二人前のナポリタンを仕上げる。

「ナポリ、ツー出ます」と小声をかけて友子が皿を運んで行った。

「吉野よお」啓介も煙草を一本くわえてライターを鳴らし、「いいもの見せてやるよ」

「週刊誌なら見ないよ」とオレ。

啓介は薄手のカタログのようなものを取り出した。「NALの機内誌だよ。乗ると無料でくれるやつ」それは〈明日へ翔ける翼〉というタイトルで、颯爽としたブルーのユニフォーム姿の美人スチュワーデスが表紙で微笑んでいる。

「それな、上城が編集担当なんだと。先週来た時にくれた」

「へー」オレは四十ページほどの冊子をパラパラと見た。国内線専用らしく、今月は出雲大社の観光記事がメインだ。写真も印刷や紙質もかなり金が掛かっているな。

最後のページに『ニッポン・エア株式会社広報宣伝部　担当上城健』『編集制作　翼社』とクレジットされている。おお、上城よくやった！　宣伝部担当一本立ちだな！

「頑張ってるじゃん上城」とオレ。

「頑張ってるのは仕事だけじゃないぞ……別の方もあるだろ？」

「何それ？」

「その表紙のスチュワーデスだよ。撮影で知り合って、今付き合ってるんだって」

「え！　ホントにぃ！」当時NALのスチュワーデスと言えば美人でスタイル抜群。育ちが良く学業優秀で英語ペラペラ！　選ばれた男しか近づけない〈超・高嶺の花〉だった。

（昨今ではウエイトレス並みの扱いだけどね）

「可愛いじゃん！」オレは目の大きいショート・ヘアが似合う彼女に見惚れて、「この子がインドの十五ドルの予言にあった『ビューティフル・ワイフ』になるんかなあ？　そうなればすべてが成就だ」

「お前と上城まで所帯持ち。僕はどうなるんかねえ？」

「結婚したいんか？　啓介」

「どうかなあ？　したくないかも。この店でこんな風にしてるのラクチンだからな。お前なんか見てるとさ、女房持つって結構めんどくさいなあ、って思っちゃう。ごめんな」


九時頃、オレは〈ユー・ユア・ユー〉を出て実家までブラブラ歩いた。

四月のこんな晩、そよ風に吹かれるのは気持ちがいい。

踏切を渡って六所神社の裏を抜けたあたりで、オレは立ち止まった。

あれ？　道を間違えたのか？　ここの左手はキャベツと大根の畑が広がっていた筈だ。

目の前に三階建てのピカピカの新築マンションが、どーんと立ち塞がっていた。そのためにまるで別の場所のように見えたのだ。

つい七、八年前まで赤堤や松原にはまだ田や畑もあちこちに残っていた。オレが通っていた小学校の裏には牧場があったほどだ。そんな土地に次々と建売住宅が並び、さらなる再開発によってマンションも建ち始めている。

実家の隣の畑はまだ健在で、何となくホッとした。

見ると、家の前にラリー仕様のスポーツ・セダンが停まっていた。弟のクルマだ。

リビング・キッチンのテーブルで、オレは弟の久邦（クニ）とウイスキーを飲む。

クニはこの三月に国立H大を卒業し、自動車メーカーの〈ニチドー〉へ就職していた。ニチドーは元・日本発動機という歴史ある会社で、東洋自動車に次ぐ大手メーカーだ。

「自動車部の先輩の引きでね、本社の人事系へ行く」とクニ。「もう一社、東京化学繊維からも内定もらったんだが、今どき『糸へん』じゃ将来性ないかな、と思ってね」

「おめでとう。クルマの時代だよ」オレは煙草をつける。

「カタい会社なんだわ。同じ自動車大手でも、トーヨーみたいに民間企業っぽくなくてね。満州国時代から続く国策企業的な体質だな。そこの人事畑だからさ、軍人さんですよ」

「オレとは違う世界だなあ」

「アニキみたいな業界も面白そうだとも思ったんだが、やっぱりボクの柄に合わないな」

「国立一期校まで出た人が、わざわざやる仕事ではない。ははは」

「アニキ、一本もらうよ」クニがマルボロをくわえて一服吹かし、「自由っての、ボク苦手なのかな？　何か難しい問題出されて、それにズバリ正解を出すのが気持ちいい。正解がないようなのはイヤだな。クルマのラリーだって走るべきコースもタイムもキッチリ決まってるじゃないか。だから四年間やれたんだ」クニが珍しく饒舌に自分を語る。

「ふーん……」オレは感心しながらも、自らに立ち返って考える。

CMクリエイターは『自由』なんだろうか？

スポンサーの出す『難しい問題』に『正解を出す』仕事のように感じる時もある。

「クニ！」廊下の方から母の声がかかった。「お風呂入ってくれる！　着替え置いとく」

クニは煙草を消して立ち上がり、「じゃ、また近い内に」と出て行った。

しばらくして母が入って来て、キッチンの流しで手を洗う。「教会に新しくご着任された神父さまの挨拶状、封筒貼りやってたのよ。たくさんあってやっと終わったわ」

母はポットを取って急須でお茶を淹れながら、「今度のボルツァーノ神父さまは気難しくてらして、日本語も前のロワゼール神父さまほどうまく喋れないの」

「イタリアの人なんだ」とオレ。

「お生まれがちょっと複雑みたい。ママもいろいろと気を遣うせいか、どうもこのところ眠りが浅くてね。きのうも不思議な夢見ちゃったの。その話してもいい？」

「へえ、オレも今朝方に夢見てたな」オレはお茶を一口すする。

「あのね、平田さんが出て来たの」

「また出たの？」母が女学生時代に好きだったK大生のことだ。ビルマで戦死してる。

「いやいや、夢で逢うのなんて三年ぶりかなあ？　それでね、ママは平田さんと二人だけで浅間丸みたいな大きなお船に乗って、どうも駆け落ちらしいんだけど、外国へ行くの」

「かけおち！」

「そう。たぶんベネチアじゃないかなあ。街の中をゴンドラで行ったたから。ゴンドラ降りて綺麗なお店に入った。そこはお面、あの仮装行列に使うキンキラでちょっと気味の悪い仮面っていうのかな、それぱっかり壁いっぱいに飾ってあるの。ママはその中のひとつを買って、それを郵便で日本へ送ることにしたの」

「日本へ？　誰に？」

「わかんないわよ、夢だもん。でもその仮面はハッキリ憶えてる。二つの目がまん丸で、ガラスがはめ込まれてる。鼻がすごく大きくて長いの。鳥のくちばしみたいに」母は手を大きく動かして、「こう、ぐーんと下の方へ曲がっているの。黒い帽子も付いてた」

「ママ、それ〈ペストの医者の仮面〉じゃないの？　オレも実物は見てないけど、写真を見たことがある。ベネチアでペストが大流行した時代に、医者たちが瀕死の患者から病気をうつされないように身を守るために着けた仮面で、大きな鼻の中に薬草を詰めるんだ」

「えっ、そうなの！　あたし写真すら見たこともないのに、なんで夢に出てくるの？」

「ママはそういうの時々あるじゃん」

「まあね……あっ、そのお店にいきなり追手が刀や槍を持って飛び込んで来たの！」

「追手？　追われてるの、誰かに？」

「わからない。でも駆け落ちだからね、絶対に捕まりたくないから、あたしと平田さんは抱き合って運河の緑色の水に飛び込むの……それで終わり」母はお茶を一口すする。

「うーん……」オレは煙草をつけて、一服深く吸いこんだ。母からは時々夢の話を聞くことがある。いつも煌びやかでイメージ豊かでちょっと無気味な夢だった。母はこういう荒唐無稽な話題の相手はオレ、と決めているようだったな。

9

翌朝ニッセン。オレは企画演出部の自席で新聞を読んでいる。

「おはようございます」ゆうこの顔が仕切りの上から覗く。「今、時間あります?」

「あるよ、何?」

「入ります」ゆうこはコーヒー・マグ二つと数枚の書類をテーブルに置くと、オレの耳元に顔を寄せて囁いた。「きのう吉野さんの後にプレゼンした樺山・佐々木組のコンテ、制作管理部ルートで手に入れたの」

「……」

「見ます?」

「うーん……見たくない、かも」

「ウソだ。見たいよね」

「……見たい。見せて!」

「ミーティング・ルーム行きましょう。三番が空いてます」

その部屋で小さなテーブルに向き合って、ゆうこはオレの目の前にコンテを広げた
オレは一コマ目から追っていく。画が上手い。デッサンがしっかりした美大生の画だ。

アタマの設定は深夜の都会ではなく、夕陽に照らされた高原の道から始まる。

湖畔の別荘地を後に、ワインディング・ロードを下って行くクリッパー220。

これから東京へ帰るのだ。男はごくリラックスしてハンドルを握る。

助手席では美しい妻がそして後席では幼い娘が、どちらもスヤスヤと眠っている。

一人だけ目覚めている男は、ちょっと運転を楽しんでやろうと思いついた。

素早くペダルを踏み込んで、ダブル・クラッチでセカンドにシフト・ダウン。

滑らかに、しかし力強く加速するクリッパー。左右にうねるタイト・コーナーの続く道をアウト・イン・アウトで駆け抜ける。

操作系のアップ。ペダルを蹴るドライビング・シューズの足元。左手の指先でギアをポンと押し込む。鋭く上下するレブ・カウンターの赤い針。小刻みに路面にフォローするサスペンションとタイヤ。

しかし助手席の妻も後席の娘も、ゆったりと左右に揺れながら気持ち良く眠り続ける。

夕陽を浴びて走るクリッパーの外観。バックは谷の緑から、ぐるりと回って壮大な夕雲

に変わる。道はヘアピン・カーブの連続になった。

男は微妙なカウンター・ステアでテールの流れを押さえながら巧みにクリア。後席の娘のヒザの上、抱かれたぬいぐるみのウサギの耳が、クルマの動きに合わせて右へ左へと動いている。ふと、ルーム・ミラーに映る娘が目を開けた。パパとアイ・コンタクトして微笑み、そしてまた目を閉じて眠りに落ちる。

クリッパーはヘアピンを抜け、直線路を加速する。

ルーム・ミラーの中で娘の前髪に風が当たっているのが見える。男は少し開けてあった右の窓ガラスを閉じた。助手席の妻がそれを見て微笑んでいることに男は気付かない。

男性のナレーションが入る。

『私がクルマを愛することを、家族は知っている
そして、私が家族を愛することを、このクルマはよく知っている
トーヨー　クリッパー220クーペ』

オレはコンテをテーブルの上に置き、心を落ち着かせようと煙草に火をつけた。

「カントク」ゆうこがオレの目を覗き込むように、「どー思います？」

オレはゆっくりと煙を吐きながら言葉を探している。ちょっとした衝撃だった。

ゆうこは仁丹を何粒か口にふくんで、オレの反応を待つ。

「ゆうこ」オレは何を言うべきかわかった。「負けたな」

「は？」

「口惜しいけど、これ凄くいいコンテだ。運転の楽しみと家族への思いがひとつになってる！　ぬいぐるみのウサギの耳の動きとか、眠ってる娘の前髪にあたる風なんか最高！」

「えっ！　なんでそんなに相手の企画ホメるの？　なんで」

「なんでここまで考えなかったんだろう？　オレは一年半前に出したコンテが一度は部長のオーケーを貰ってるから、もうそれで勝ちだと思い込んでた！　その先があったんだ」

「ま、待って、カントク。決めるのはスポンサーなんだから、まだそんなこと言わないで。あたし負けたくないし」とゆうこは仁丹のケースをカチャカチャ鳴らした。


その夕方遅く、亀山が七階へ来た。

オレとゆうこは、空いている大会議室のテーブルの端に並んで亀山と向き合う。

「よっちゃん」亀山の沈鬱な表情は、怒りを含んでいた。「どうもわしには納得行かんのだが、負けや。さっき大坪さんから連絡があって、『樺山・佐々木組の企画を採用。したがってCM制作はニッセン直扱い。テレビ媒体取引はもちろん電広』と決まった。なんちゅうこっちゃ！　佐竹CDも『そもそも、吉野ディレクターでナナサンの企画でやりたいと言ったのは誰ですか？　トーヨーさんでしょう！』と怒っとるわ」

「亀山さん、ほんとに西牟田部長がお決めになったことなんですか？」とオレ。

「せや。でもな西牟田さんご自身、もう日本におらへんで。午後の便でアメリカ出張や。フィラデルフィアにトーヨーの販売会社作る。その責任者だと。こりゃあ大出世やなあ！西牟田さんには目出度いだろうが、わしらは尻の持って行き場がないで！『あとのことは大坪に任せるからよろしく』なんて言われて、佐竹CDも往生しとるわ」

「亀山さん、口惜しいんだけど、でもオレには納得できるような」

「なんやて？」

「実はあちらの企画、見ました。すいません」

「そりゃようあることや。で、どうした？」

「いいコンテです。おれは負けたと悟りました」そしてオレは感じた通りを語って、最後に、「ニッセンらしさとは何なのか、少しわかった気がしてます」と付け加えた。

亀山は黙って聞いていたが、やがてオレを睨むと、「そりゃ甘いで！　吉野洋行はクルマの仕事をナメとる」

「……」

「わしもやつらのコンテ見たわ。確かにキミが言う通りよう出来とる。美しく、優しく、いいアイデアや。だがな、あれはお化粧クリームのＣＭや！」

「そうです」オレの隣でゆうこが叫んだ。「あたしもそう思うの！」

オレには『お化粧クリーム』が何を意味するのかわからない。黙って首を捻るばかり。

「そんなことよりもな、よっちゃん、今自分がどういう立場にいるかよう考えんとあかん。なんやキレイなこととゆうとる場合とちゃうで。きみはこのクリッパーの仕事を実現させるために選ばれてニッセンに採用されたんや。で、もう仕事ないやん」

それはオレにもすぐに理解出来た。

つまりオレの足元はあまり明るくない、ということだ。

だが今ジタバタしても仕方がない。暗いものは暗い。はははは……。

さて、もう八時だ。明るい妻のもとへ帰りましょう。

オレはゆうこからクルマのキーを受け取り、エレベーターで一階へ。

出口の前まで行くと、たまたまタクシーを降りて来た樺山と佐々木に出くわした。

オレは樺山に笑顔を向けて、「おめでとうございます」

「え……」意外そうに戸惑う樺山。

「トーヨーのクリッパー、決まったそうですね。コンテ見ました。凄くいい！　オレ全然想像もしてなかったです」

「吉野……」樺山はオレを見つめる。

「ぬいぐるみのウサギと女の子の前髪にあたる風が最高です。コピーも効いてる」

「きみ……そんな言葉をくれるんだ……」

「感じた通り正直に言ってるだけ。いい企画の勝ちです」

「吉野カントクよ」佐々木が割り込んで来た。「何を勘違いしてるんかな？　きみは僕たちニッセンの企画を、いいとか悪いとかエラそうに批評する立場にいないんだわ」

「佐々木、お前言い過ぎてるぞ」樺山が睨む。

だが佐々木は構わずにオレを指差し、「ここはきみの出る幕じゃない。お給料いただけるうちに代理店の下請けでもやっとれよ」

「佐々木！　謝れ！」大声でたしなめる樺山を無視して、佐々木は歩き去る。

樺山はオレに向かって肩をすくめ、「悪いな、吉野」と外国人のように両手を広げた。オレは微笑んでうなずいた。「大丈夫です。いいもの作ってください」

翌日から、オレは出社しても時間を持て余すことになった。

誰からも何の仕事も入らない。

お隣の風早良一も小さなCMの企画が一本入っただけで、あまり忙しくはなさそうだ。二人で新宿の街へ散歩に行ったり、会社へ戻って作品集を見たりした。だがオレはそれでも毎日定時には出社して、ブースの仕切りの上から誰かの顔がのぞくのをひたすら待った。

やがて四月も終わり、ゴールデン・ウィークに入る。と言っても現代のような大型連休ではない。四月二十九日と飛び石で五月の三、四、五日のみだ。

二十九日は夕方、ナツキと二人で〈ユー・ユア・ユー〉へ行く。

この晩は上城の新しい彼女、例のスチュワーデスの初登場だ！　店は借り切りになった。

「大塚律《おおつかりつ》さん。CAです」と上城。

「よろしく」律さんは優雅に一礼した。写真で見た通り、きりっとした目鼻立ちの美人。でも想像したより小柄で痩せている。上品な花柄のワンピース姿だ。

「いつも話してる天才CMクリエイター吉野とナツキさん夫婦」と上城はオレたちを紹介する。

「すごーい！　今どんなのが放送されてるんですか？」大きな目でオレを見つめる律。

オレはトオルさんの越後園〈若いふりかけ〉を挙げた。

「見てます！　わたし菊矢トオルさん好きなの。あのCMカッコいい」

「ありがとう。上城をよろしくね、律さん」とオレ。

「愛があるからね、大丈夫よ」と上城は律の肩を抱いて、「まあ、こんな小汚い店だけど、高校時代からのたまり場なんだ。律ちゃん、くつろいでよ、ねっ」

「そりゃ、僕のセリフでしょ」と森山がカウンターの中で口をとがらせる。

「律ちゃん、ハイボールでいいかな？　あんまり大した酒はないけどね」

「上城さんたら、いっつも人に失礼ばっかりなんだから！　ごめんなさいね、森山さん。このお店のオーナーなんですってね。若いのにすごいわ！」さすがにＣＡはソツがない。

オレたちは乾杯して飲み始めた。友子が何種類かのつまみを作ってくれる。

律は笑顔で皆に飲み物やつまみの皿を配ったり、上城の上着の襟を直したり、ともかくキビキビとよく動く。

「ヒロ」隣のナツキがオレの耳もとで囁く。「デキてるね」

「ああ、インドの占い通りになりそう」オレもうなずいた。

「ではお二人のために一曲」啓介がギターを持ってマイクの前に座り、「ふるーい歌ですけど、今風に歌います。〈バラ色の人生〉」ゆるやかなコードで曲が始まった。

三連休はナツキとドライブを兼ねて箱根の温泉へ。奮発していい旅館を予約した。

露天風呂から上がり、揃いの浴衣で一杯やっていると、あの四国の山中のカーチェイスとその後の温泉宿を思い出した。「ムチャクチャだった。よくやったよ！」とオレ。

「面白かった！」とナツキ。「わたし、あんなに盛り上がったことなかったなあ！」

「あれ、ちっちゃな宿屋だったな。部屋は六畳なかった。温泉も二人で入るとギリギリ」

「ここは広くて豪華だね」

「そう、豪華だ……」

さらさらと降り始めた雨の音を聴きながら、オレとナツキは飲み続けた。

10

連休明けの五月六日火曜日。

企画演出部の快適な自席で、少年誌の漫画〈がきデカ〉を読んで笑っていると、突然の訪問者がブースの仕切りの上に顔を出した。

「げ！」〈がきデカ〉を放り出してオレは立ち上がった。「唐津さん！」

「そんな嫌な顔すんな、コラ！」スーツにネクタイ姿の唐津はブースの中に入り、ソファーにどんと腰を下ろす。「林ゆうこから話は聞いてる。仕事ねえんだろ？　くれてやるよ。大したもんじゃねえけど、干されてるよりマシだろう」

「……お願いします」オレは頭を下げた。


唐津とオレは四番の部屋で向き合い、二人とも煙草をつける。

「吉野よ」唐津は少しくつろいで、「いくつになった？」

「二十六です」とオレ。「唐津さんは？」

「三十八だよ、チクショウ。お前、パリの時はずいぶんと若かったんだなあ」

「ムチャやりました」

「またしてもムチャだよ。今の企画演出部に中途入社するなんて、どんな目に合うかも知れねえ！　バカじゃねえの？」

「バカです」オレは唐津の目を見て、「仕事ください」

唐津はふっと煙を吹いて、「そのつもりで来た。お前〈サン・クリエイティブ〉って会社知ってるか？　そこが代理店だ。競合はナシ」

その社名に聞き憶えがあった……そうだ！　オレはその会社の入社試験を受けたことがあるんだ。七年前、広告会社をかたっぱしから受けて全滅した時だ。

「何かヤバいことでもあるんか？」

「い、いや、問題ありません。商品は何ですか？」

「クーラー。アパートの窓に付ける小型のやつ。アドミラル電機っちゅうスポンサーだ。うちではまだイチゲンの客だがな」

　この頃、戸建て住宅や新しいマンションにはクーラーが普及していた。巨大な室外機を使うタイプだ。しかし二DK以下の一般的な木造アパートは、まだ冷房ナシがほとんどだ。

　そこで登場したのが〈窓型〉と呼ばれる、我が国オリジナルの小型機。

　ごく一般的なアルミ・サッシ窓の端を、三十センチほど開いたスペースにぴったりはめ込む細長いスタイルだ。外側に向いて室外機が一体化されており、六畳プラス台所くらいなら充分に冷やせる。また、工事が簡単で価格も安い。

　唐津は商品のパンフレットをテーブルの上に広げた。

〈窓型エアコン・かわかぜ〉という商品名。アドミラル電機は、そこそこ名の知れた中堅メーカーというところだ。

「エアコン？　冷やすだけじゃないんですか？」とオレ。

「こいつは湿度まで自動調整出来るのよ。窓型でこの機能がついているのは少ない。だからそれが売りになる。やるな？」

「やります」

「今日、午後イチで先方へ行く。ゆうこ連れて来い」


〈サン・クリエイティブ〉社は東銀座。〈カフェ・クレモン〉からも歩いて遠くない。

南風が強く蒸し暑い午後、オレはかつて入社試験に来た九階建てビルの前に立った。

あれはフランスへ行く前年のこと。オレ自身の歴史の中では〈戦前〉のようなもんだな。

もちろん唐津やゆうこには話す必要もないことだ。

三人はロビーを横切りクラシックなエレベーターの前へ。時計を半分に切ったような形の階数表示盤は七年前と変わっていない。オレたちは八階へ上がった。


殺風景な会議室だ。

出された渋茶をすすって待っているとドアが開き、三十代と五十前後とおぼしき二人が入って来た。

オレは東洋ムービー時代の習慣でパッと立ち上がったが、唐津とゆうこは座ったまま。

「村川さん、どうも」唐津が軽く頭を下げた。「ディレクター連れてきました。吉野です。

ホラ、座っていいよ」

オレは腰を下ろし名刺を交換した。『村川さん』と呼ばれた若いほうの人は『アート・ディレクター』という肩書だ。ジーンズにポロシャツだが髪はきっちり七三に分けている。オレの名刺を有難そうに頂くと、「日本宣伝映画社さんにお願い出来るなんて本当に光栄です。あ、こちらは私の上司でして、制作担当取締役・中野原《なかのはら》と申します」

長身で日焼けした中野原はオレに親し気な微笑みを向けると、「吉野くん、いずれどこかで再会すると思ってましたよ。ニッセンのディレクターになったとは驚きだけどね」

「あ！」言われて気が付いた。あの時、最終面接で山科渡に負けた帰りぎわ、オレに声を掛けた人だ！　競争相手である山科の企画をホメたオレの態度を、面接官たちは『甘い』とコキ下ろしたが、この人だけは『正しいと思うよ。またどこかで会おうぜ』と認めてくれたんだ。指先をちょっとだけ上げた小さな敬礼が記憶に残っている。

中野原はオレに名刺を差し出しながら、「いやあ、君を採用しておけば良かった。とは言え、入社した山科くんも結局二年で電広映像に引き抜かれてしまったけどね」

訳がわからずに戸惑う唐津とゆうこにオレは「いや、学生時代のバイトの話ですよ」

「そう」中野原もうなずいて、「昔の話です。はははは」

ミーティングが始まると中野原は、「後は村川とよろしく」と出て行った。

唐津、村川、そしてオレが同時に煙草に点火した。ゆうこは仁丹を何粒か口に放り込む。

「で、村川さんよ」唐津が身をそらして、「十五秒一本だけだって？」かなり横柄な態度だ。発注主である代理店に対して、東洋ムービーの花畑あたりならあり得ないだろうな。これがニッセンの威力というものか。

「すいません。番組枠には入れませんでした。電広じゃないもんで。十五秒スポットのみ」村川は恐縮しつつ、「タレント提案の方はアドミラルさんのオーケーを頂いてまして」

「はぁ？」唐津は煙を吐きながら、「何それ？　聞いてないなあ、村川さん。タレントがどうのこうのじゃなくて、まず企画でしょ。そのためにディレクター連れて来てんだよ」

「申し訳ありません。ですが、当社営業サイドから広報部長の栗本様にもう了解を頂いておりまして」

「後先逆じゃんよ！　スジが通らねえよ、ぜんぜん」

「村川さん」オレはラチのあかない話に割って入る。「タレントって誰ですか？」

「藤木かおる」

「え！」唐津の声が上ずった。「あの連ドラ〈初恋の風〉の藤木かおる？　ほんとに？」

「そうです。共演した浜雄二とセットです。事務所同じなんで」

「藤木かおる、いいじゃねえかぁ！　なあ」と唐津。

「ええーっ？」と顔をしかめるゆうこ。「アイドル純愛路線なのぉ？」

「黙れブス」唐津はゆうこを睨みつけてから村川に視線を転じて、「何とか吉野にやらせてみましょう。次回までに企画を固めよう。なっ、吉野よ」

「唐津さん」

「何だよ？」

「オレのPMに『ブス』はやめてください」ゆうこの強い視線を目の端に感じた。

唐津はちょっとめげて、「……悪かったよ。言わねえよ。それより企画出すね？」

オレが返事をする前に村川が恐縮しながら、「実はですね、企画もありまして。藤木さんの事務所に何も見せないわけにはいかなかったもんで、私のほうで作りまして。あのぉ、ニッセンさんにお見せ出来るようなコンテじゃないんですが、いちおうはアドミラルさんの広報部長のオーケーも頂きましたんで」

「はぁ？」と目をむいた唐津はちょっと間を置いて、「とりあえず参考までに、その企画見せてもらいますかね。まあ、藤木かおる、ちゅうことだし」

「ありがとうございます。ではさっそく」村川は書類袋からコンテらしきものを出して、オレたちの前に置いた。唐津がオレを促す。

「拝見します」オレはペラ一枚のコンテを手に取った。

木造アパートの一室。六畳に台所がついた、オレが昔借りていたような部屋。
外で汗をかいた浜雄二と藤木かおるのカップルが入って来る。
かおる「おじゃましまーす」窓のエアコンに気付いて、「あ、クーラー買ったのね！」
雄二「エアコンだよ！」
商品のアップ。雄二の手でスイッチが入る。
ナレーション「かわかぜに除湿機能が付きました」
髪にあたる涼風に気持ち良さそうに微笑むかおる。
雄二「サラサラだろ？」
かおる「うん、わたしも欲しい」
キメの商品カット。サウンド・ロゴ　♪かわかぜ！

「うーん……」と宙を睨むオレ。「これだけ、ですか？」
村川は身を縮めて「す、すいません……面白くないすね？」
「ぜんぜん」

「大丈夫！」唐津が大声を上げた。「お任せください。この吉野が面白くします。ニッセンが受けるんですから、必ずいいモンに変える。わかってるよな、吉野よぉ」


三日後の五月九日金曜日に、演出コンテ（より詳細な撮影用コンテ）の提出となった。

それに加えてもう一本、村川から『ついでにお願い』という十五秒ＣＭが入った。

同じアドミラル電機の製品であるヘア・ドライヤーだ。

これといって新しい機能はないが、販売サイドは『男性に売りたい』との意向だと。

ちょっと前まではただ伸ばすだけの男性ロング・ヘアだったが、昨今はそれなりに綺麗にセットするのが流行だ。

こちらはタレントは決まっていないが、やはりコンテらしきものがある。


長い髪の女性がカメラに背中を向けて、ドライヤーを使っている。

ふと、彼女はこちらを振り返る。

なんと男性だった！　というオチがついている。


「うへぇ！」と顔をしかめるオレに唐津はチッ、チッと舌打ちして、「心配すんな、これはお前にはやらせねえからよ」

「だ、誰がやるんですか？」

「あの新人、風早っていったっけ？　あれにやらせるわ。先月、競合企画やらせたんだが、ゴチャゴチャ言わずにコンテ出すからよ、使い勝手いいのよ」

11

夕方前にオレは会社へ戻り、さっそくエアコンの演出コンテにかかる。

アパートの部屋で藤木かおると浜雄二が向き合い、そこに〈かわかぜ〉がある。

設定も人物も変えられないとしても、十八、九歳のこの二人をもっとイキイキと描く演出アイデアが何かあるはずだ。

暫く考えているうちに、ふとオレ自身の記憶が頭に浮ぶ。

七年前のクリスマス・イヴ。オレのアパートの部屋にナツキが来た。向き合う二人。

オレはその晩『ナツキを抱くのだ』と決心していた。ナツキもそれを感じていたろう。

微妙な緊張感を破ってオレが抱きつくと、ナツキは飛びのいて靴も履かずに部屋を出て行ってしまった。オレは畳の上に大の字になって、ヤケっぱちのメリー・クリスマス！

実際に、オレたちが裸で抱き合うのはそれから二年も後になる……。


エアコンの十五秒ＣＭでこれをモロにやるわけには行かないけれど、若い二人の心の中にこんな葛藤がある、ということなら表現できるかも。ある短い時間を描くだけでね。

うん、これは面白そうだ。コンテに描いてみよう。そしてもうひとつ思いついた。

そのコンテを今晩うちでナツキにプレゼンして反応を見る。ウケたならば採用しよう。


六時過ぎ。オレはコンテを描き終わった。

企画演出部を出てエレベーターに乗ると、風早が飛び込んで来た。

「おつかれさん」いつもの笑顔をくれる。

「おつかれ」とオレ。「唐津さんからヘヤ・ドライヤーの話聞いた？」

「聞きましたよ！　おっそろしい企画じゃあ！」

「やるの？」

「やりますよ。シュールなやつ作りまっせ」

「大丈夫かなあ？」

「それ吉野さんに言われたくないなぁ。ははは」

一階でエレベーターを降りると、風早は社員通用口ではなく、正面玄関へ向かう。オレも何となく連いて行き、受付の前を横切った。

「風早さーん！」明るい大声がかかった。あの受付嬢がこちらに手を振っている。

「サトルさん、おつかれぇ！」風早も手を上げて受付の前へ。なにやら仲が良さそうだ。

彼女は風早とパーンとハイタッチしてオレにも笑顔を向けると、「吉野さん、今日も一日みなさんにいじめられてご苦労さまでした」

「にゃーにサトルさん」と風早。「この人はそんなヤワじゃないのよ。男のサンバ踏んでるからにゃあ。♪チャンチャーン　チャチャチャチャチャチャチャチャ、チャーン」

「では、お気をつけて」サトルさんはオレたちから視線を外し、再び受付の姿勢に戻る。

「行きましょ」風早はオレの腕を引いた。

「帰り乗ってけよ。送るよ」オレはちょっと話を聞いておこうと風早を誘った。

「結構いい女だよね、草野覚《くさのさとる》さん」と風早。ビートルは新宿の大ガードを抜けるところだ。

「さとる？　男みたいな名前だな」とオレ。

「この前、たまたまヤエ専務とサトルさんが受付で雑談してるところを通って、挨拶したんです。その時に聞いたんよ。サトルさんは草野大輔《くさのだいすけ》っていうサガチョウの古い友達のお嬢さんなんだって。コネ入社ですね」

なるほど。それで社内のことを何でも知っているのか。

青梅街道はよく流れており、クルマは間もなく東高円寺の五階建てマンションに着いた。

「ここに妹と弟と住んでます。寄ってく？」

「ありがとう。でも今夜はうちでプレゼンがあるので。カミさんにね」

そのプレゼンは夜も更けてから、ベッドの上にナツキと向き合って座り始まった。

オレはナツキをスポンサーに見立てて、本番さながらにコンテを説明する。

真夏の夕方、木造アパートの一室に藤木かおると浜雄二のカップルが入って来る。

二人ともデートでめかし込んでいるが汗ダクだ。

かおる「おじゃましまーす」窓のエアコンに気付いて、「あ、クーラー買ったのね！」

雄二「エアコンだよ」

商品のアップ。雄二の手がスイッチを入れる。涼風が吹き出す。

ナレーション「かわかぜにサラサラ除湿機能が付きました」

かおるは涼風を全身に受けて、「あ、気持ちいい……よく寝られそう」

雄二「えっ！」かおるを見つめる。

かおる「あ！」雄二の強い視線を受けて体を固くする。

二人の間にビミョーな緊張感が漂う。

商品のアップ・ショットにサウンド・ロゴ　♪かわかぜ〜


ナツキがニヤリとして小さくうなずいた。

「わかる？　このヤバイ瞬間」とオレ。

「わかるわかる！」ナツキはベッドに体を投げ出すと、「これ、ヒロとわたしがやったことだよね……なつかしいなぁ、このあぶない感じ……」

オーケーだ。これで行こう、とオレは決めた。


翌朝オレが目を覚ました時、ナツキはもう出た後だった。

ベッドのサイド・テーブルに、イタリア語の教科書や参考書が何冊か積んである。

手に取ってパラパラとめくってみると、あちこちにアンダーラインや書き込みが目立つ。

こりゃビックリだ。ナツキがこんなに勉強してるのを見るのは史上初だな。パパの会社がミラノに現地法人を立ち上げるとか、オレは聞いている。その準備なんだろう。ナツキは何をやっても集中力が高いから、きっとイタリア語もモノになるだろう。


シャワーを浴びて着替えていると電話が鳴った。ゆうこだった。「カントク、何時頃会社来ます?」

「もうじき出るけど、何?」

「唐津さんと打ち合わせしたいの」

「演出コンテはもう出来てるよ」

「そのことじゃないんです。あのぉ、スタッフの件なの」

「カメラマンとか? それプレゼン終わってからでいいんじゃん?」

「カントク、ちょっとややこしいことで電話じゃダメなの。いつ来る?」

「わかった。今から出ます」


十一時過ぎ。オレとゆうこは六階の三番で唐津プロデューサーと向き合う。

「吉野、藤木かおると浜雄二のスケジュールが出て、撮影は今月二十日に決まった」

「さ来週の火曜日ですね。あまり時間ないな」とオレ。ゆうこは隣で黙っている。

「ただな、大問題がある」唐津は煙草に火をつけると、「撮影部がいねえのよ。カメラマン全員スケジュールふさがってて、誰も取れねえんだ！」

「そんなに忙しいの、今？」とオレ。

「吉野よお」唐津はオレを見据えると、「実はな、日程だけならば二人ほど空いてるんだ。だが、石狩撮影部長がよ『全員NG！　お断り』と決めつけやがった。お前にはちょっとアタマに来ることかも知れねえが、カメラマンにはそれぞれ常連のディレクターがいる。空いてりゃ誰の仕事でもやるっちゅうわけにゃいかん。撮影と企画演出はツルんでるのよ」

「それって……」オレは啞然として、「ディレクターがオレだからお断りってこと？」

「そうは言ってねえ。あくまでスケジュールの問題だ。でもよ……まぁそういうことだ」

隣のゆうこが貧乏ゆすりを始めた。ケースの仁丹がカチャカチャ鳴る。

「唐津さん」オレは口調を改めて、「プロデューサーとしての判断をください。オレはどうすればいいんですか？」

「……」

「外からカメラマン連れて来ても構いませんか？」

「……フリーを使ってるケースはうちでもある。蜂須賀さんとか、池谷さんとかな。出来ねえことはない。ただな、外部の人間に大枚のギャラ払う申請書書いて、サガチョウのハンコもらわなきゃいかん。こいつがよ、ナカナカ厄介でね」

「申請書、出してください。いいカメラマンいます」

ゆうこの貧乏ゆすりが止まった。


五月十三日火曜日。唐津、ゆうことオレはサン・クリエイティブへ出向く。

オレの演出コンテは前週末に提出済みで、今日はその内容に関する打ち合わせだ。

オレたちは九階の応接室に通され、先方は村川に上司の中野原も加わっている。

「おはようございます」村川が改まった口調で始めた。「演出プランに関して、アドミラルさんのご了解はすでに頂いております。問題はタレント二人の事務所サイドです」

「何か？」唐津が村川を睨む。

「まずコンテをご覧ください」と村川は赤い表紙の書類をテーブルの下から出して皆に配る。赤地に白でサン・クリエイティブのロゴが入っている。

「はぁ？」唐津が目をむいて赤い表紙をめくると、下からサガチョウの顔のマークの黒いニッセンの表紙があらわれた！「うちのコンテにヘンな包み紙つけんなよ！」唐津はサン・クリエイティブの表紙をつかむと、ビリビリと引き剥がした。ゆうこもそれにならって、残り二部の表紙も剥がす。オレは驚いてただ見守るだけ。

村川はちょっと気押されながらも「唐津さん、こ、これはあくまでうちの代理店としての提出書類という意味ですからぁ」

「これを提出してるのはニッセンなんだよ！　オタクじゃねえんだよ。ニッセンの黒表紙の上にこんな汚え赤紙貼っつけんのは失礼じゃねえの？」

「そんな、ムチャな！　代理店としては」

「代理店もヘッタクレもあるか。CM作るのはウチなんだよ」

「お二方！」今まで黙っていた中野原がちょっと大きな声を上げた。「つまらない張り合いはやめませんか？　我々が売りたいのは表紙じゃなくて中身でしょ？　村川くん」

「は、はい」村川はかしこまる。

「ニッセンさんのこの黒表紙は、君がまだ学生の頃から使われて来た歴史あるものです。尊重しましょう。唐津さんいいですね？」

「ど、どうも……」うなずく唐津。「……ちょっと、言い過ぎまして」

「村川さん」そこでオレが話に入る。「さっき出た『事務所サイドの問題』って？」

「ちょっとですね、厄介で」と村川は説明を始めた。「神戸《かんべ》さん、事務所の社長さんがですね、藤木かおると浜雄二の『清らかな純愛路線』にこだわっておられまして」

「やっぱり」とゆうこが目を剥く。

「それでね、二人が男女としてきわどいムードを演じるのは如何かと」

ここはオレとして譲れないところだ。「そこがこのCMのインパクトです。商品メリットとも結びついてる。スポンサーがそこを認めてませんか？　村川さん」

村川は苦笑してうなずき、「おっしゃる通り。お得意はそこを気に入ってます」

「ただちょっとビミョーな感じを漂わせるだけです」とオレ。「若者らしいナイーブさが出ると思いますよ。下品な感じなんかしない」

「でもこの後、性的な関係に入ることが暗示されてませんか？」

「二人とも想像するだけで、実際には何も起こらない。そこが可愛らしいんですよ」

「いいや、想像するだけでも不純です」村川は譲らない。「神戸社長は敬虔なクリスチャンでらしてね、『清らかさと純潔』については大変厳しい見方をされておられます」

うーん！　敵はキリシタン・バテレンかぁ！　オレの母と同じく妥協はしないだろう。

こうなると答えはよくあるパターン。

つまりAタイプとBタイプを作って、後でどちらかが選ばれるというやつだ。

表紙で引っかかってしまったコンテの中身をめくってみると、まさにそう書いてあった。
A、B二種類を撮るプラン。オレの案はBだった。

12

五月二十日火曜日、調布の大東スタジオ。

小雨の朝八時、オレとゆうこはビートルを6Bステージの前まで乗り入れた。

クルマを降りると、関カメラマンとチーフ・アシスタントの石部が笑顔で迎えてくれた。

「よっちゃん！」関はオレとハイタッチして、「ついにニッセンだな！　呼んでくれて嬉しいよ。外部のカメラマンが入るなんて、蜂須賀さんとかスチールの有名人くらいのもんだ。おれも石部も鼻が高いぜ！」

「関さんフリーはどうだい？　儲かってますか？」とオレ。

「ははは、どうにか食えてるわ」関は中古のグロリア・ワゴンを買っていた。

オレたちは各々スタッフを紹介し合う。

照明の宮崎、音声の山田も関と同じくフリー。

ただし美術の七尾庄司だけはニッセンの社員だった。美術部内にも当然オレのウワサは流れており、この仕事に名乗り出る者は他にいなかったそうだ。

七尾さん本人が言うには、「僕はね、嫌われもんなんですよ。『センスがどぎつい』とか言われてね。吉野さんのことを聞いて、こりゃ僕の出番かなと」レスラーのような巨体だが、笑顔がどこか可愛らしい。

6Bステージに組まれた古いアパートの一室のセットを見て、別にどこも『どぎつい』とオレは思わなかった。窓の右端に、商品であるエアコン〈かわかぜ〉がピッタリと取り付けられていた。部屋の中央に丸い卓袱台。左隅に当時お決まりの〈ファンシー・ケース〉（安いビニール張りの簡易クローゼット）が置かれている。リアルないいセットだ。

九時に唐津がサン・クリの中野原と村川、そしてアドミラル電機の二人を連れて来た。オレはゆうこや関たちと共に、スポンサーと名刺交換する。

栗本紘子広報部長はスラリとした長身でまだ三十代に見えた。その頃はまだ珍しい女性管理職。宝塚の男役のようなきりっとした顔立ちだ。

その部下・佐藤豊さんは二十代か。スポーツ刈りでがっしりした体型。

今日の撮影内容についていろいろと話があるかと思いきや、二人は中野原に連れられて喫茶室へ行ってしまった。

ステージでは、八時前に到着予定の撮影機材が遅れており、ゆうこがニッセンの撮影部・機材室に電話を入れに走った。関と宮崎は取りあえずライティング作業を始める。

間もなく〈神戸芸能事務所〉の社長・神戸《かんべ》勝利《かつとし》氏が秘書らしき若い女性を連れて現れた。

村川があわてて駆け寄り、神戸をオレたちの前へ案内する。

ポケットから名刺を取り出しながら、オレはちょっと驚いた。

神戸は銀の光沢のあるジャケットにピンクのシルク・シャツ。前髪の上にレイバンのサングラスを載せ、両手の指にはいくつもの指輪。足元はロンドン・ブーツだ。

「どーもどーもどーも、ニッセンさんに当事務所のヤングたちを撮っていただけるとは、こりゃマイ・プレジャーです！　神戸でございますよ」ミュージカルの台詞を歌うように神戸は喋る。「あ、吉野洋行カントクで。どーもどーも。作品はいつも拝見してまーす」

はて？　あまり『敬虔なクリスチャン』という感じはしないなあ。

この強烈なキャラはトオルさんのマネージャー長崎小夜子といい勝負だ。

オレが何か言う余地もなく名刺交換は終わり、神戸社長はスポンサーと代理店の待つ喫茶室へと出て行った。

「吉野」唐津がオレの耳元に口を寄せ、「A／Bタイプを撮る話はアドミラルさんも、神戸事務所も了解してる。お前はその話を奴らの前で持ち出さんでいい」

「わかりました」とオレ。

「お前の案、Bタイプを何とか通したい。本番もBメインでいいから頑張れ」

オレはうなずいてちょっと嬉しくなった。この人から『頑張れ』がもらえるなんて！

その時ステージ内がちょっとざわつき、本日の主役・藤木かおると浜雄二が付け人を従えて登場した。

村川がオレたちと引き合わせる。唐津はかおるを前にしてすっかり興奮状態だ。

「おはようございまーす」愛らしく微笑む藤木かおるはピチピチのスリーブレス・シャツとレザーのマイクロ・ミニ。ワニ革ハイヒールの素足に金のアンクレットが光る。

ナツキがいた四国のミニクラブ〈愛の泉〉ならナンバー・ワンになれそうだ。

「うっす」ちょこんと頭を下げた浜雄二は意外に小柄だ。だが極彩色のドレス・シャツの胸元にメタルのネックレスが下がり、フレヤーのついた白いパンツに雪駄ばき。髪の毛はリーゼントに撫でつけている。

こいつらが『清らかな純愛路線』ねえ？　どーかなあ？

ともかく二人には衣装とメークを始めてもらう。演技の話はそれからにしよう。

隅のソファーで関と一服しているとゆうこが駆け戻ってきた。

「お、機材どうだった？」と関が立ち上がる。

「関さん」ゆうこは息を弾ませながら、「ごめんなさい、もうちょいでニッセンを出るところなの」

「何それ？」関が顔をしかめて、「大晦日のソバ屋かよ？　昨夜全部点検した機材とレンズ、七時四十五分にはここに着いてなきゃいけないのに、何で今頃出るわけ？」

「はい、そのアリフレックスBL二号機なんですけど、手違いがあって今朝六時前に他のチームに持って行かれちゃいました。後で抗議入れますけど、取りあえず三号機と十倍ズームが取れたんでもうじき出ますから、ごめんなさい関さん」ゆうこは平身低頭する。

関は無言で腰を下ろすとオレにしかめっ面を向け、「ニッセンの撮影部ってこれなの？」

「関さん、悪いね」オレも頭を下げて、「オレもまだ『他所もん』でさ。どうにも思う通りに行かないことがいろいろあって……ほんとに悪いね」

「あっ、そうなのか……」関は何かに気付いたように表情を変えて、「大丈夫だ。時間は充分にあるからさ。心配するなヨッちゃん」とオレの肩をポンと叩いた。

間もなく役者二人の衣装とメークが出来たので、オレは機材を待つ一時間ほどを使って〈役作り〉をすることにした。技術スタッフ、サン・クリ、神戸芸能事務所、その他全員には喫茶室で休憩してもらい、ステージには藤木かおる、浜雄二それに唐津、関、オレの五人だけが残った。こういうやり方が出来るのは、やはりニッセンの力だ。

かおるは頭に大きなリボンをつけ、襟にフリルがついたちょっと短めの紺のワンピースに、足元は白いソックス。

雄二は髪をきっちり七・三に分け、白い半そでの開襟シャツにグレーの学生ズボンだ。なるほどよく出来てる、とオレは感心した。

二人ともナマの姿とは似ても似つかない『清らかな純愛カップル』に化けていた。

セットに上がる前に、かおるは唐津の『熱烈なリクエストに応えて』Tシャツの背中に大きなサインをプレゼント！

淡いメークの微笑みにうっとりする唐津の背後から、ゆうこがべーっと舌を出す。


オレはセットの中央で二人の前に立った。

「吉野です。面白いもの作りましょう」オレは改めて挨拶し、「コンテは見てますね？」

「はい」二人同時に答えた。ごく真面目な態度だ。

オレは続ける。「十五秒一本です。AとBがありますが、いったん忘れてください。二人の後ろにある商品のエアコンも取りあえず気にしなくていい」

二人ともちょっと笑った。

「今から一時間ほどかけて、この狭いアパートの中で二人を包む〈空気〉を作ってみたい。その設定を話します。まず雄二さん。役の名前はナシでいいですね」

雄二がうなずく。

「きみはかおるさんが好きです。自分の部屋に来てくれた今日のチャンスに、出来るなら初めて彼女を抱きしめたいと思ってる。いいですね？」

「オーケーす」雄二がニヤリとした。

「かおるさん、あなたも雄二さんが好きです。今日はひょっとすると何か起きるかも、という予感がある。それでもいい。でもあんまり乱暴なのは怖くて、という気持ちかな」

「へへへ……わかります」とかおる。

「そんな感じを胸にしまって、まず二人で卓袱台を挟んで向き合って座りましょう」

二人は腰を下ろす。小さな卓袱台の上にポットと茶碗が二つ。

かおるはキチンと正座したが、ちょっと考えて両脚を揃えて斜めに崩す。

雄二はあぐらをかいて背筋をぴんと伸ばした。

かおるは下をむいたまま。

雄二も視線のやり場に困っている演技を始めた。いいスタートだ。

「カントク！」かおるが手を上げた。「衣装のこと言ってもいいですか？」

「もちろん」とオレ。

「あたし今日、カレと何かあるかもって思ってるんですよね？」

「そうだ」

「ええと、ワンピはこれでもいいと思うけど、頭のリボンは外して髪の毛をバラしたいんです。それから白ソックス履くのいや。そういう気分だと思うんだけど？」

「そうだね」とオレ。彼女よく考えてる。「今そこで好きに変えちゃっていいよ」

かおるがリボンを外し、ソックスを脱ぐところを唐津が息を呑んで見つめている。

何事か考えていた雄二が立ち上がり、「おれもちょっといいすかね？」

「何？」

「学生ズボンは、まあこれっきゃないんだと思うとして、でもシャツぐらいちょっと色気つけたいんじゃないかなあ？　控室に薄いピンクのボタンダウンがあったから、あれに変えたいす。だって今日は勝負なんでしょ？」

オレは微笑んで、「変えて来いよ。今すぐ」

「おっす」と雄二は立ち上がって出て行った。


十一時。

やっと到着したニッセンのアリフレックスBL三号機がセット中央に据えられ、照明の最終調整も終わった。オレとスタッフの背後にはアドミラル電機、サン・クリエイティブ、そして神戸芸能事務所がソファーとベンチにずらりと顔を並べる。

かおると雄二がセットに上がり、メイクヘアと衣装のチェック。録音部はマイクのついたブームを振って、カメラのフレームにバレない位置を確認した。

「カントク、お願いします」とゆうこが囁く。

オレは立ち上がって「スタンバイ！」吉野洋行ディレクターのニッセン第一声だ。

かおると雄二がセットに上がり、部屋の上り口あたりに立った。

靴を脱ぐかおるを雄二が支えてやるところを、何度も練習しているのが見えた。

この二人、もういい感じを漂わせてる。よし、イケそうだ……。

そして六日後の月曜日。

午後一時、ニッセン六階の一番試写室で編集済みラッシュ試写が行われた。

アドミラル電機、サン・クリエイティブ、神戸芸能事務所とオレたちというメンバーだ。

ただし出演している本人・藤木かおると浜雄二は『連続ドラマ撮影本番があって来られないので、すべては神戸社長にお任せします』とのことだ。

「どっちみち今日の中心人物はな」唐津がオレに囁いた。「あのギンギラ社長だよ」

十五秒の編集ラッシュは当然AとBの二種類がある。オレの案はBだ。

実は今朝一番で、関たちも含む制作スタッフとサン・クリの二人はAとB両方を見ていた。そして全員一致で『Bの方がはるかに面白い』という結論になったんだ。


スポンサーが並んで席に着き、代理店サン・クリの中野原が立ち上がって挨拶を始めようとした時、突然部屋が真っ暗になり唐津の大声が響く。「まずは回りくどい説明は抜きでズバリご覧ください。AとBの二タイプ。うちのお勧めはBです。よろしく！」

『Aタイプ十五秒』5・4・3・2・1とリーダーに続いて、アパートの部屋が現れた。

かおると雄二が入って来る。

かおる「おじゃましまーす」窓のエアコンに気付いて「あ、クーラー買ったのね！」

雄二「エアコンだよ」

商品のアップ。雄二の手でスイッチが入る。

「かわかぜに除湿機能がつきました」これは隣からゆうこの声で仮ナレーション。

髪にあたる涼風に気持ち良さそうに微笑むかおる。

雄二「サラサラだろ?」
かおる「うん、わたしも欲しい」
キメの商品カット。♪かわかぜ～　これもゆうこの声だ。
パッと部屋が明るくなった。
栗本広報部長も神戸社長も全く無反応だが、とりたてて問題はないように見える。
「ではBタイプです」唐津の声と共に照明が消え、再びアパートの部屋。
かおると雄二、前半のやりとりはAと同じだ。だが二人はちょっと親密に見える。
エアコンにスイッチが入って、ここから後半が違う。
かおるは涼風を髪に受け、両脚を伸ばして「あ、気持ちいい……よく寝られそう」
雄二が「えっ!」とかおるを見つめて少し腰を浮かせた。
かおるは雄二の視線に戸惑い体をちょっと固くして、「あ……」
雄二「え……」
かおる「あ……」
二人は見つめ合ったまま。さてこの後はどうなるのか?
再び部屋が明るくなったのと、全員の爆笑とほぼ同時だった。
栗本広報部長が笑いを押さえながら、「これ、いいですね!　私もこんなことあったわぁ」

「なんと！」と神戸社長。「ストレートでナチュラルな部長のお言葉には感じ入りました。女性の目でご覧になって、ぜんぜんイヤらしくないですか？」

「ぜんぜん！　可愛らしいですわ、むしろ」

「ありがとうございます。かおると雄二は清らかな純愛カップルですから」

「では」と唐津が身を乗り出して、「Ｂタイプっちゅうことでよろしいですね？」

「ちょっと待ってください」と神戸。「念のためもう一回Ｂタイプ見せてくれるかな？」

「あ、もちろんです」と唐津がゆうこに合図した。

ふたたびアパートの部屋。二人が向きあって「え？」「あっ！」「え？」「あ……」

一回目と変わらない皆の笑い声。

だが神戸は笑っていなかった！「うーん……ちょーっともう一回、悪いけど」

四度目が終わった後、神戸が厳しい表情をオレに向け、「監督、ひとつ重大な問題があるんだなあ……あなた、雄二の右手の動きに気付いておられますよねえ？」

「右手……ですか？　い、いやほとんど体に隠れて見えませんから」

「えーっ、あれ見逃してたのぉ！　雄二のやつ、ズボンを下ろそうとしてる。ベルトに指をかけて緩めた動き、わかるでしょ！」

「え!」「ええっ!」オレもゆうこも関も同時に声を上げた。

「唐津さん」村川が顔色を変えて、「ラッシュをすぐチェックしましょう。映写じゃなくてコマで見せてください!」


二時間後。結論は出ていた。Bタイプは使えないことになってしまった。

四階の編集室でムビオラを使って『問題のコマ』の前後を確認したところ、神戸社長の言う通りの動きが見られた。オレが撮影時に二人の表情ばかりに気を取られて、まったく見落としていたごく小さな動き。

雄二はカメラから見て左を向いているから、右手はほとんど見えない。しかし『えっ!』とかおるを見つめた時、確かに右手の指先がベルトのバックルを緩めていた。ごく小さな部分だからよーく見なければわからない。だが体全体の動きから考えれば、ズボンを下げる準備動作とも思える。放送コード上は何の問題もないが、神戸は雄二の『みだらな心』に激怒し、『絶対にオンエアはさせない。Aタイプで行くしかない』と言い張った。

栗本部長も態度を変え『発売日も近いし、ここは安全第一で行きましょう』となる。

中野原、村川はもちろん異議なし。こうなると強面の唐津も黙るしかないな。

オレはBタイプの別テイク(1と2)も見てみたが、雄二の右手は毎回ほぼ同じ動きをしていた。あの男、気分が乗って演技しているうちに、普段やってる自然な動作が無意識に出てしまったんだろう。オレは笑って済ませたっていいじゃないか、と思ったけれど、『淫らだ、けしからん』とタテマエで非難されればプロとして返す言葉もありません……。

ともかくオン・エアが迫っている。

翌日夕方、オレたちは六本木のアカイ・スタジオで録音・ダビング作業だ。

かおると雄二のセリフはすでに同録してあるし、あとは短いナレーションを加えるだけ。オレとゆうこは口惜しさをぐっと呑み込んで、サクサクと事務的に作業を進めて七時前には十五秒・Aタイプでほぼ完成した。

そこへスタジオのドアが開き唐津が現れた。手にラッシュのリールを一本持っている。

「こいつもダビングしよう。ここはまだ三十分ある」ポンとリールをゆうこに投げた。

「唐津さん、これ！」驚くゆうこ。

「十五秒・Bタイプだよ。ちゃんと初号まで完成しようぜ。これ面白いよ。かおるちゃんも可愛いしさ、オン・エアはされねえけど、吉野の作品集にはBの方を入れちまえ！」

「ほんとに！」オレには想定外のことだ。「でも、Bはお金貰えないタイプなのに？」

「実行予算書に、うまくゴマかして入れちまう。まだ多少余裕はあるからよ」

「ありがとう！　ありがとう唐津さん！」

「うちは作品本位だ、吉野。どっかのB級プロダクションと一緒にするんじゃねえ！」

その通り。東洋ムービーのプロデューサーがこんなことしたら、たちまちクビだろう。

ガラの悪い唐津もまた、〈トップ・プロダクション〉ニッセンの一員なんだ。

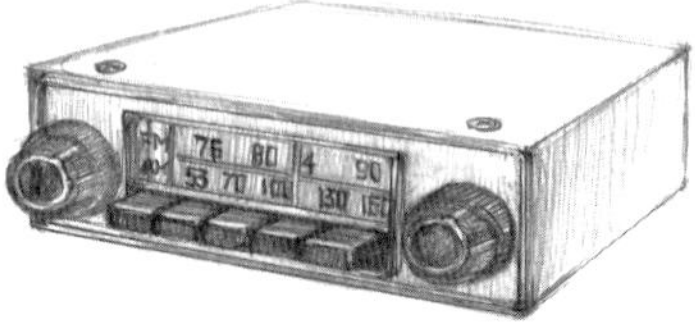

第三章

まんまる顔のおんなの子は

1

カレンダーが六月に変わって、ナツキが二度目のイタリアへ出発した。

先行しているパパ・渡辺一樹氏とミラノで合流して、家具輸入のための〈現地法人〉を設立するそうだ。高級家具マーケットの拡大を予測した、パパの野心的な事業計画だ。

「まだ会話ぜんぜんダメ！」ナツキは出発の日の朝メシの時も〈イタリア語会話〉の本を離さなかった。

「マンマ・ミーヤとサムライとバッサリだけでいいじゃん」とオレ。

「自分で買い付け交渉とかやりたいの。プラダが似合うビジネス・ウーマンになるの！」

「今でも似合ってるけどね、カッコだけなら」

ナツキは照れくさそうに微笑むとコーヒーを飲み干して立ち上がり、本をバッグにしまった。「じゃあ行くから。戻りは来月アタマか、もうちょい延びるかも。また連絡するよ」

「じっくりやってこいよ」

「ありがとヒロ。ニッセン頑張ってね。今日買った物は今日中に食べてね。行って来ます」

プラダの後姿を残して、ナッキは出て行った。

午後出社したが、特にやることはない。

隣の風早も打ち合わせでもあるのか、姿が見えない。

〈かわかぜ〉の十五秒スポットは、先週金曜からオンエア予定と聞いていた。

面白くも何ともないシロモノだから別に見たくもないが、媒体費をケチっているせいか、まるでテレビに出て来ない。それでいい。

オレはBタイプのプリントを一本唐津にもらったから、Aタイプのことは忘れよう。


三時過ぎ。また〈がきデカ〉を読んで笑い転げていると内線電話が鳴った。

「吉野です」

「おはよう、樺山です。今ちょっと時間あるかな？　見て欲しいもんがあるんだ」

「はい、何でも。どこで？」

「六階の三番。コーヒー取っとく」

オレが三番のドアを開けると、すでにカーテンが引かれ十六ミリ映写機にプリントが一本セットされている。ジーンズにTシャツの樺山が一人で待っていた。

「吉野、急に悪いな。トーヨーのクリッパー220クーペ出来た。見てくれないか」

「え？　オレが見てもいいんですか？」

「きみに見てもらいたい。じゃあ始めるよ」と樺山は映写機のスイッチを入れた。


夕陽に照らされた高原の道。BGMは都会的なフュージョンが流れる。

ゆるやかなカーブを下って来るクリッパー220。

ハンドルを握る男の横顔。

助手席には若い妻、後席には幼い娘。どちらも眠っている。

男はセカンドにシフトダウンする。

クルマはやや加速してワインディング・ロードを右へ左へ。

娘のヒザの上のぬいぐるみのウサギの耳が右へ左へと動く。

ふと目を覚ました娘とルーム・ミラーごしにアイ・コンタクト。娘はまた目を閉じる。

娘の前髪に風が当たり、男は窓ガラスを閉じる。

ナレーション『私がクルマを愛することを、家族は知っている。そして私が家族を愛することを、このクルマはよく知っている。トーヨー　クリッパー220クーペ』

映写が終わり部屋の明かりがついた。

樺山は無言でオレの反応を待つ素振りだ。

「うーん……」オレは言葉に詰まる。

この作品、確かにコンテ通りだ。きれいに出来ているとも言える。だが、何も伝わってこない。クルマが走って、男が運転して、妻と娘が寝ている、ただそれだけだ。

「樺山さん、感じた通りに言っていいですか？」オレは言葉を選ぶのをやめた。

「言ってくれ。それを聞きたい」樺山の表情は真剣だ。

「これ失敗作だと思います。男は運転を楽しんでいません。クリッパーはただ走ってるだけで軽快なスポーツ走行になってない。家族への愛情も気持ちの交流も感じられません。オレはこの企画を初めて見た時、素晴らしいと感心しました。でもそれが何でこんな出来上がりになってしまったのか全然わかりません……言いたい放題でごめんなさい」

「いいや吉野、謝るのは僕の方だ。きみのチャンスをつぶした結果、こんなつまらんモノ作っちまった。きみの言う通り、何も伝わって来ないCMです。きみにも、オニガメにも恥ずかしい思いだ。大坪さんからは一応オーケーを頂いてるが、まあ今回は西牟田部長もアメリカだし、担当者としてもあまり思い入れがないからね。スポンサーが了解しているものを僕が否定するわけには行かない。でもな。きみには正直に詫びたい。ごめんな」

「樺山さん！　そんな、とんでもないです。オレは企画で負けたんです。自分の責任です。……でも佐々木さんは自分の企画・演出なのに何でこんなことに？」

「あいつはトモさんの直弟子の優等生でな、一本になってからはデパートとかアパレルのCMでいい作品作ってる。NACも何本も貰った。クルマの仕事は初めてだったけど、僕はイケると思ってた。撮影現場には立ち会ってない。あいつに任せた」

オレはマルボロを一本くわえ、買ったばかりの使い捨て百円ライターで火をつける。

樺山も自分のケントを出してオレのライターを手に取り、「チルチルミチルだね。画期的な新商品だ」深く一服して樺山は続ける。「佐々木はまちがいなく優秀なディレクターだ。愛社精神も最強だろう。東洋自動車の仕事に何ら不足はない、と判断した……だがな、僕が知らなかったあいつの欠点が、二つほどあった」

「欠点？」

「第一に佐々木は運転免許証を持ってなかった！　つまりクルマの運転をしたことがない。それともうひとつ。佐々木は小さな子供が嫌いだ。結婚もしていないし、彼女もいない」

「……」

「そういう大切なことを、なぜ事前に僕に言わなかったのか？　なぜああいうコンテを描いたのか？　と僕は訊いた。佐々木が答えるには『運転した経験がなくてもクルマのCM

は作れる。子供が嫌いでも可愛く撮れる』というんだ。『トモさんは新宿二丁目の汚い屋台で酒を飲むような生活してても、ヨーロッパの宮殿で貴婦人の姿を撮っていた』とね」

オレは煙草を消して樺山さんを見つめた。それ、オレも前から知りたかったことだ。

「吉野、トモさんのことを理解するのは簡単じゃない」樺山は二本目のケントに火を移して、「……確かにトモさんの新宿や池袋での現実生活と、そのリッチで美しい作品世界とはまるでかけ離れていた。だがな吉野、佐々木はそんなトモさんの姿をいつも見て育ち、それがCMディレクターだ、それでいいんだ、と信じてしまったんだろう」

「そうじゃないんですね？」

「もし、それでいいなら、トモさんは死ななかった……」

それきり樺山は沈黙して煙草を吹かし続けた……これ以上話したくないのだろう。

オレはふと思いついて、バッグの中から〈かわかぜ〉Bタイプの十六ミリプリントを取り出す。「樺山さん、ちょっと話変えてもいいですか？」

樺山は目を上げ、「いいよ。何？」

「オレのニッセン第一作、見てくれませんか？」

樺山は救われたように微笑み、「おお、ぜひ見せてよ」

オレはプリントを映写機にかけながら、「実はこれ〈Bタイプ〉なんです。実際にオンエアされたのは〈Aタイプ〉なんで、まあ作品集用みたいなもんだけど、いいですか？」

「ははは、時々あることだよ。ＣＭ屋の宿命です。さあ、見よう」

映写が始まった。「ほう、藤木かおるだ」樺山は面白そうに見始め、たちまち笑いだす。

「いいね、ははは、こういうことあるよ。これなぜオンエア出来ないの？」

オレは『ズボンのベルト問題』を説明して、もう一度映写する。

樺山はゲラガラ笑い転げて、「なーるほど、よく見るとわかるわ！　この男、『いつなんどきでもズボンを脱げる心構え』で生きてんだな！」

「オレには災難でした」

「現場で気付かなかったのはディレクターであるきみの責任。でもな吉野、藤木かおるがイイ感じで撮れてる。すごく可愛いよ。いい演出だ」樺山は立ち上がると、「ちょっと八階寄ってかない？　僕のチームの若手を紹介しようと思ってたんだ」

「あ、ぜひ！」オレはプリントをバッグに入れて樺山の後についた。

副社長としての樺山の個室は九階にあるが、第一制作部・樺山チームのプロデューサーたちは八階のオープン・オフィスの御苑側にデスクを固めていた。

「おお清水、ちょうどいて良かった」と樺山。

「お疲れさんです」席でオーデコロンを使っていたにこやかな童顔の若い男が会釈した。

「アラミスかな？　襟元にはあまり多量にぶっかけちゃダメ」樺山はオレの背中を押して
「これさ、今度入った吉野洋行くん。吉野、プロデューサーの清水克典《しみずかつのり》だ。美生堂の仕事してる三人のなかでは最若手になる」

立ち上がった清水は三十前後か？　小柄だが派手な水玉のジャケットが目を引く。

「ああ、きみが問題の吉野くんか」清水は子供っぽい笑顔で右手を差し出し、「よろしく。きみ東法大なんだって？　僕もなんだ。何年卒？」低くソフトないい声だ。

オレは握手しながら、「すいません、中退しちゃってまして。高校は付属なんですが」

「ああ、付属出は面白い人多かったな。第二外国語とかやってたでしょ？　何語？」

「フランス語です。清水さんはやっぱり法学部ですか？」

「いや、文学部」

「ああ、オレ文学部行きたかったんですよ。ひょっとして仏文？」

「僕は哲学なんだ。主にヘーゲルをやってた。第二がフランス語だったら、きみサルトルとかカミュあたり興味あったの？」

「すいません、中退なんで。不条理なんかはほんのかじった程度で」

「あははは、来週あたり飲みに行こうよ」

七階の部屋に戻ると風早がいた。「吉野さん、エアコン大変だったみたいですね」

オレたちはドリンク・コーナーでお茶にした。

風早も、例の男性向けヘア・ドライヤーでひどい目にあったようだ。

「おれの第一作だしね、なんかシュールなやつ作ったろうと思ったんですが、代理店がさ、どうにも使えないようなモデル選んじゃったのよ。まずアタマのカット『美しい髪をとかしながらドライヤーをあてている女性の後姿』がさ、ぜーんぜん女っぽくなくてオトコにしか見えにゃあ。で、そいつがスッと振り向くと逆に女みたいな顔なんだわ！　何のこっちゃ、意味わからん！　オカマ向けのドライヤーか？」

オレは煙草に火をつけて「ま、そういうこともある」

「おれ、もう仕事もらえないんじゃないかにゃ？」

「だーいじょうぶ！　プロデューサー連中は忘れっぽい。来月になったら誰もそんなこと憶えちゃいないから」

「次で頑張ればいいんだ？」

「そう。中日ドラゴンズの四番バッターでも打率は三割だろ。三本中二本は三振や凡打でオーケー。残りの一本当てればいい」オレいいこと言ってるな、と自分で思う。

風早がニッコリとうなずいた。

2

その週末、六月八日。

梅雨入り宣言が出たばかりなのに、カラッと晴れ上がった真夏のような日曜の午後だ。

オレは麻布のトークリ屋敷にいた。

庭のプールの水を全部抜いて、チョッコと二人で大掃除だ。タワシとデッキブラシで、内壁の水垢とコケを落とす。二人ともTシャツに短パンで全身びしょ濡れ。プールは小さい割に深さがあり、全部終えるには夕方までかかるだろうな。

「ありがとね、ヒロ。これわたしだけの仕事だったんだけど、男手はやっぱり助かる」

「これ、一人で年に何度もやってたんだろ？　自分は泳げないのに」

「朝倉さんは一年中泳いでいたからね」

三時過ぎ、お茶にしようということになって、チョッコはコーヒーとクッキーを取りに母屋へ戻った。

オレはデッキブラシを枕にして、プールの底に仰向けに横たわる。ホースから出し放しの水が背中を流れて、目の上には四角い青空がある。深い井戸の底から見上げているような不思議な風景。でもいい気持ちだ。

しばらくすると、四角い青空の右下から積乱雲が現れた。ゴロゴロと雷鳴も聞こえる。

「夕立来るかな？」チョッコの声がして、オレは体を起こす。

チョッコがポットとクッキー缶を抱えて来て、道具箱の上のコップにコーヒーを注いだ。

その場にべったりと腰を下ろして、「プールの底って、なんか落ち着くね」

「そう……オレも同じこと感じてた。ちょっと冷えるけどな」

「ヒロ」

「ん？」

「ヒロと初めて会ったの、ちょうどいま頃だったね」

「そう、六月だ、七年前の」

「もうそんなになるのに、わたしたちお互いに知らないことがいろいろある」

「え、そうかなあ。どんなこと？」

「ヒロの誕生日、わたし知らない。わたしのもヒロ知らないよね？」

「あ……そーだったなぁ！　オレ朝倉さんの命日まで知ってるのに、ははは」

「わたし自分の誕生日とか、よく見過ごしちゃう方なの。ずっと仕事忙しかったしね」

「ああ、オレもそんな感じある。自分で忘れてたりしてね」

「教えて。いま」

「八月十九日」

「ええっ！」チョッコは目を見開いて、「わたし八月二十日だよ」

「へえ！　次の日じゃん。今まで知らなかったなんて！」

「年は三年上だけど、でもうれしい。ヒロ、さ来月だから合同誕生会やろう。わたしは今年少し長い夏休み取る。マサミはたぶん八月いっぱい岩手にいると思うけど、私だけ先に戻るよ。二人だけで大パーティーやらない？」

「やろう！　約束だ！」

その時、頭上を覆っていた積乱雲の中で稲光と共にドドーン！と激しい雷鳴が轟いた。

驚いて見上げる二人の顔に、たちまち大粒の雨が降り注ぐ。

チョッコもオレも、もともとびしょ濡れだったが、もうこうなるとシャワーを浴びているのと変わらない。オレはなんだか凄く愉快になって、ゲラゲラ笑った。

チョッコも笑いながらオレの髪をくしゃくしゃにする。

「うっ！」オレは突然うめいた。右の下腹が急に重くなったような違和感がある。

「ど、どうしたの、ヒロ?」

「ちょっと冷えたのかな？　お腹痛いような……トイレ行って来る」と梯子に向かって何歩か踏み出したとたん、刺すような激痛に襲われてオレはその場にうずくまる。

「ヒロ！　ヒロ！」いったんはチョッコに抱き起こされたが、痛みはさらにひどくなりオレは濡れた床の上にダンゴ虫のように体を丸めた。腹が裂けそうで声が出せない……。

「救急車呼ぶよ、ヒロ。すぐだから頑張って！」チョッコは水が流れっ放しのホースを掴んでプールの外に投げ出すと、梯子を駆け上って行った。

オレはうずくまって痛みに耐えながら、目だけで空を見上げる。積乱雲の端が切れ青空が少しのぞいていた。


救急車は五分で到着し、オレはストレッチャーに乗せられてプールの底から運び出され、S大付属病院の救急外来へ。途中何度もチョッコが『奥さん』と呼ばれるのが聞こえた。チョッコは言われるままに応対している。朝倉さん、救急の場合なんでお許しください。

急性盲腸炎だった。ただちに手術。

もう少し遅れたら腹膜炎を起こした可能性もあったそうだが、腕の良い医者で上手くやっつけてくれた。オレが全身麻酔から醒めたのは、その晩遅くだった。目の前にチョッコがいた。これから五日間、オレにとっては小学生の時以来久々の入院生活になるのだ。

チョッコは毎朝毎晩来て、『奥さん』をやってくれると言う。

本物の奥さんはイタリアだ。マンマ・ミーヤ！　電話でもしようかと思ったが高いし、それにナツキに心配をかけてビジネス・ウーマンの修業を中断させたくなかった。どうせ五日で退院なんだから帰国後に話すことにした。

「それでいいよ」とチョッコ。「わたしが五日間だけ奥さんやる。家のカギ貸して。着替えとかいろいろ持って来るから」

「えーっ、そ、そんなことチョッコに」

「わたしがやるのがいちばん自然に見えるよ。いいからカギ！」

オレはカギを渡す。家の場所はチョッコが知っているので、オレのクローゼットの位置だけ教えた。「起きちゃダメだよ。病人なんだから」とチョッコは出て行った。

翌月曜の朝。オレはニッセンに電話して、企画演出部に『今週一杯入院』を届けた。

一時間と経たない内に、風早とゆうこが顔色を変えて駆けつけた。だが、『盲腸。手術完了』と聞いて安心したようだ。

雑談を終えて帰る時にゆうこがクリッパー220の初号を見たと言い、「亀山さんが怒ってた。次こそは吉野の出番だって。あたしもそう思うの」

ニッセンにもこうして来てくれる仲間がいるんだ、とオレは少しうれしくなった。

昼前に風呂敷包みを抱えたチョッコが来た。「妻です。おはよう」とオレの額にキス。

「悪いね、チョッコ。そんなことやらせちゃって！」

「そう、ヤバイ気がした。ヒロの家へ入って、ナツキさんのベッドの脇を通って、ヒロのクローゼット開けて、パンツとか出して……すっごく悪いことしてるような感じがして」

「ごめん……ほんとに……」

「いいよ」チョッコは微笑んで、風呂敷の中からタオルを出し、「体拭いてあげる。プール掃除のままだもんね」チョッコは部屋の洗面台でタオルを濡らして絞り、オレの入院着を脱がせ始めた。オレは戸惑ったが、ここはチョッコに甘えてしまおう、と目を閉じた。

首筋にひんやりしたタオルの感触。ああ、気持ちいい！　首から胸、脇腹も背中にもチョッコの手が滑り込んで来る。大きなガーゼが貼ってある右の下腹部は避け、太ももから膝へ。チョッコはすごく上手くタオルを使う。たぶん前にもこういうことを、横たわる朝倉さんの体を拭くことを毎日のようにやっていたのだろう……拭き終わりかけた時、胸にぽつんと水滴が垂れる感触があって、オレは目をうすーく開けた。

チョッコが泣いている！　タオルを使いながら、何も言わず静かに涙を流している。オレはまた目を閉じた。どうしていいかわからない。ただ、チョッコがやってくれてることに、ありがとう、ありがとう、と心の中で繰り返すだけ。

そのうちにオレも涙が出て来た……。

朝夕のチョッコの日参と森山と上城が一度来た外は、死ぬほど退屈な三日が過ぎた。（実家には心配かけるので連絡していない）

普段とは違って、昼間からテレビばかり見ていたな。

インスタント・ラーメンのCMで『わたし作る人　ぼく食べる人』というやつをイヤと言うほど見せられた。

このCM、間もなくウーマン・リブの運動家から『女性差別だ！』と非難されて放送中止となる。これ以降、今に至るまで繰り返される〈差別炎上〉のハシリだな。

入院最後の夜。チョッコも帰って消灯時刻が過ぎたが、まだ眠くない。

オレはベッドから起き上がって床に立ってみた。もう術後の痛みはほとんどない。

煙草が吸いたい。オレは風呂敷包みからマルボロと百円ライターを取り出し、ゆっくりと歩いて部屋を出た。通路からエレベーターで一階へ。

喫煙所は外来ロビーの裏手、ゴミ置き場の近くだった。蚊取り線香の広告入りベンチと大きな四角い空き缶の灰皿が、常夜灯にぼんやりと照らされている。

オレはベンチに腰を下ろし、煙草に火をつけた。

周囲には誰もいない。ふーっと吐き出した白い煙が建物の壁にそって昇って行く。

六階まで並ぶ病室の窓には、まだ薄明かりがついている部屋が多かった。本でも読んでいるのかな。あそこにどんな人が、なんの病気で入っているんだろう？　今、何を思っているんだろう？

二本目をつけた時、オレはロビーの裏口から人が出て来たのに気付いた。その人は点滴パックがぶら下がったスタンドを引きずりながら、ゆっくりゆっくりと這うような速度で、こちらへ向かって移動してくる。パジャマ姿の年老いた男性だ。上背はあるのだろうが、ひどく背中が曲がっていて、体全体が縮んだように見えた。男はだんだんに近づいて来る。

あまりじろじろ見るのも失礼なので、オレは視線を外して空を仰いだ。細くたなびいた雲の向こうに、青白い満月が浮かんでいる。

「すいません、火を貸してもらえます？」と声をかけられてオレは振り向いた。

「あ！」オレは思わず声を上げる。「秋月さん！　な、なんで？」

「え、吉野かぁ！」秋月ECの声は変わっていなかった。いつも怒鳴られた太い強い声だ。しかし頬がこけ、体も肉が落ちて肌は土気色だ。無精ヒゲに覆われた顔の中で、目だけがらんらんと光る。「吉野、どこか具合悪いのか？　こんなところで、どうしたんだ？」

しばらく後。秋月とオレはベンチに並んでピースとマルボロをくゆらしていた。

今年の三月、トオルの撮影の時『今回は体調を崩してちょっとお休み』と聞いて以来の経過を、秋月はありのままに話してくれた。まるで他人事のように淡々と。

肺線維症という難病だった。若い頃からの結核もあり、回復困難という。三月の入院から一度は自宅へ戻ったが先月悪化して再入院し、もう手術を受ける体力もないのだ。

オレが急性盲腸炎だと聞いて、秋月はカラカラと笑い、「もーちょーなんてお子ちゃまの病気！　小児科の仕事だ！　ああ良かった。心配しちまったよ、このバカ」

「すいません。でも秋月さん、タバコなんか吸っていいんですか？」

「ダメに決まってるわ。だがもう吸っても吸わんでも同じことだ。明日の朝、秋月は別の病院に移る。もっと田舎のな」ああ、この『秋月』という言い方、なつかしい。

「そこで何か新しい療法とか？」とオレ。

「いいや、もう何もない。ただ追い出されるだけさ。こういう大病院はな、お前みたいに病気を治してシャバに戻る人間のためにあるんだ。秋月はな、死ぬための病院へ行く……。まぁ幸い、カミさんも子供もいないからな、気ラクなもんだ」

「……」秋月さんは独身だったのか……。

「吉野洋行」

「はい」

「お前といい仕事が出来た。楽しかったぞ」

オレは胸がつまって言葉が出ない……ただ何度もうなずいた。

「もう少し遅く生まれていれば、お前ともっと楽しめたのにな。残念だ」秋月はもう一服深く吸って、ピースを空き缶に投げ込むと辛そうに立ち上がった。

オレは秋月の体を支えながら、「……お会い出来て良かったです」

「ニッセンでいいもん作れよ……おやすみ」秋月はオレから一歩離れて歩き始めた。

「おやすみなさい」オレもつぶやいて、遠ざかって行く曲がった背中を見送る。

秋月哲や朝倉真のような戦前に生まれ育った人たちこそが、〈第一世代〉のフロンティアとしてテレビCMの世界を創り上げて来た。みな強烈な個性と魅力の持ち主ばかり。

この頃業界のあちこちで、ある人は盛大な見送りを背に受けて、また別の人は秋月のように人知れず静かに去って行く。

いつの間にか、バトンはオレたち〈第二世代〉の手の中にあった。

3

六月十二日木曜日の朝。オレはタクシーで帰宅した。

五日ぶりだ。郵便受けを見ると、たまった新聞に混じって絵葉書が一枚こぼれ落ちた。

ベネチアの運河とゴンドラ船着き場の写真。下の余白にナツキの字が躍っている。

『ヒロ元気？　仕事でミラノ行く前にベネチア観光したぜ。ヒロに面白いお土産買ったので別に送りました。それと、ひとつ相談があるんで、こっちの夜中でいいから、ミラノへ電話ほしい。うちが借りてる家の番号は＊＊＊＊　こちら払いでOK。待ってるよ』

葉書と共に〈不在配達票〉が入っていた。ナツキが送ってくれた土産の荷物だろう。

郵便局へ電話すると荷物はすぐに確認され、『昼頃の配達で届けます』となった。

さて、時計を見るとまだ九時。ミラノは夜中の一時か二時だな。今から電話しよう。

オレはインスタント・コーヒーのマグを持ってベッドに腰を下ろし、国際電電の番号を回した。すぐにオペレーターに繋がり、オレはミラノの番号、吉野夏樹へパーソナル・

コール、そしてコレクト（先方払い）を指定した。「すぐにお繋ぎ出来ます。そのまま切らずにお待ちください」とオペレーター。おお、何年か前より随分と早くなったもんだ。でも料金はまだまだ高いと聞いている。先方払いだし長話は禁物だ。取りあえずナツキの相談を聞くだけにしよう。オレの入院の話は帰ってからゆっくりでいい。

カチャッと音がしてオペレーターの声。「吉野夏樹さま、お出になりました。どうぞお話しください」

「ヒロ？　もしもし、ヒロ？」

「オレだよ、ナツキ。夜中にごめん、寝てた？」

「ううん、いいの。今夜電話来るような気がしてた。元気？」

「まあ、生きてるわ。ナツキも頑張ってる？」

「ヒロ、ひとつお願いがあるんだ」

「イタリア人になりたいとか？」

ナツキはちょっと笑って、「そんなんじゃないけど、あのね、予定をちょっと延ばしたいの。七月の末まで」

「え、長いね。何やるの？」

「パパがこっちに作った会社を経営してくれるイタリア人との話がまだ終わってないの。

あと何人かバイトも雇うし。そういうこと、私が担当なんだ」

「担当？　マンマ・ミーヤだけで？」

「その人日本語も話せるの。あとは英語で。でもね、わたしミラノでサマー・スクールへ行きたいんだ。イタリア語会話の特別講座があるから。やっぱり言葉おぼえないと」

「ああ、そうだよな……」

「ごめんね。ヒロの奥さんなのに、こんなに留守しちゃっていいのかな……もしヒロが帰れって言うんなら、スクールは諦めます……どう、だめ？」

少し考えた後、「いいよ、ナツキ。勉強して来いよ。オレは大丈夫だから」

「いいの……」一瞬間を置いてナツキは明るい調子に戻り、「うれしい、わたし頑張る！」

ナツキの笑顔が見えるようでオレも嬉しい。

電話を切って、オレは何となく納得したような気分だった。

ナツキとは長い付き合いだ。かつて、オレは一年半も待たせてしまった借りがあった。

ここでナツキに二か月ほど待たされるのも、『あたり前田のクラッカー』です。

オレも仕事しよう。ニッセンで、まず何か掴まなければ！

近くの喫茶店でモーニング・サービスを食べる。トースト、ゆで卵、サラダとコーヒー。

医者がオーケーしていたかどうか忘れたが、まあいいや。

家に戻ってシャワーを浴び、体操と軽い筋トレをやった。

たった五日間の入院でも体がなまっている。

海でディンギーに乗っていた時のように、腕立て伏せとスクワットを十五分ほどやった。

キツい腹筋運動はまだ手術の痕があって無理。それでも体温が上がって来て気分が良い。

これからは週に何度かやろうと決心した。


昼頃、郵便屋さんが一抱えもある段ボール箱を持って来た。ナツキの土産だ。

イタリア語の送り状が貼ってあり、下の空欄にナツキのメッセージが書いてあった。

『ちょっとヘンな物なんだけど、ヒロなら気に入るかなと思いました。ナツキ』

箱を開けると、まず帽子が出て来た。黒いビロードのつば広帽だ。その下に厚い布の袋があった。紐を引いて開き中身を取り出す。

「あ!」とオレは声を上げた。

それは〈仮面〉だった。日本の能面のような素材に、丁寧に肌色を塗り重ねてある。

だがカタチはまるで違う。眼には真ん丸いガラスが眼鏡のようにはまっており、そして鼻が異様に大きい。三十センチもあるだろうか、鳥のくちばしのように曲がって突き出している。これは写真で見たことのある〈ペストの医者の仮面〉に違いない！　何百年も前、ベネチアでペストが大流行した時に医者が瀕死の患者からの感染を防ぐために、長い鼻の中に薬草をつめて被った一種のフェイス・ガードなのだ。

オレは仮面をつけて帽子を被り、鏡の前に立つ。

目のガラスを透してちょっと歪んだ、おぞましい〈鳥男〉の姿がそこにあった。

そしてオレは二か月前に母から聞いた、不思議な夢の話を思い出す。

夢の中で、母は運河のほとりの店でこの仮面を買い、『郵便で日本へ送った』と言った。

それが今オレの手もとに届いた。でもこれをベネチアから送ったのはナツキだ。

単なる偶然の一致？　わからん……。

翌週月曜日、オレは定刻十時に出社。大船部長に復帰の挨拶を済ませた。

近くの喫茶店〈花園〉でゆうこと風早にモーニング・サービスをおごる。

「先週は二人が飛んで来てくれてうれしかったよ。ありがとう」とオレ。

「あれからね、いつ出社するのか心配してたの、カントク」ゆうこはコーヒーに何杯もの砂糖とミルクを入れながら、「せっかくのチャンスだから」

「そうだよ吉野さん、美生堂の新製品だってよ！」と風早。

「えっ、何それ？」オレはゆで卵をむく手を止めた。

「カントク、まだ知らないのね」ゆうこはニヤリと笑って、「大丈夫、ギリギリだけど間にあったの。樺山チームの清水プロデューサーに『先週末に退院しました』って伝えたら、今日すぐにでも打ち合わせしたいって。良かったです」


昼前。七階の二番でオレとゆうこは清水と向き合った。

薄いグリーンの麻のジャケットに赤い極太ネクタイ姿の清水はニッコリして、「退院おめでとう。何日か遅れたら諦めるしかなかった。きみは運がいい」

「ありがとうございます。あの、美生堂の仕事で？」とオレ。

「まずは販促用の五分間映像なんだけど、うまく行けば次はテレビCMに発展する。あのエアコンの十五秒見せてもらってさ、藤木かおるの描き方が面白いと思ったんだ。うちのディレクターが撮るとやたらキレイキレイになっちゃって、ああいうごく普通っぽい可愛さが出せないような気がしてね。樺山さんもぜひやってみろと。この新製品です」清水は美生堂のロゴが入った紙袋から、ピンクの丸っこいボトルを取り出してオレの前に置いた。

「バスロン・シャンプー。可愛い名前ですね」

「吉野くん、以前にレオン油脂の仕事やってたな」清水はジタンを一本くわえてカルチェのライターで火をつけると、「レオンのエメール・シャンプーがずばりライバル商品だ」

「オレはエメール石鹸と洗剤のブルースカイが担当だったんで。あれっ！　エメール・シャンプーは電広とニッセンでやってるんじゃ？」

「ははは、あれは三田村さんに持って行かれちまったよ。ＣＭキングダムへゴーン！」

「あ、そうなんですね、ま、そういうことも……」

「この仕事、実はモデルが決まってる。根本チエミっていう名前だ。知ってるかい？」

「知りません」

「知る訳ない。ド新人だからね」清水の話し方は東京の下町言葉だろうか、落語のような気持ちのよいリズムがある。「そもそも美生堂さんは既存のタレントを使うのを嫌う。映画やテレビや他社のＣＭで『色がついてる』からだ。あくまでまっさらな新人を美生堂の色に染めるってのがあの会社のやり方なんだ」

「新人の歌い手さん？」

「いちおう歌手ってことになってるけどさ、ヘタだろうなあ。でも可愛いよ。十七歳だ。今年宣伝部長になった河野さんは『今までの美生堂広告になかった、なにか新しい表現』を求めてる。どーかな吉野くん、やるよね？」

「やります」オレの隣でゆうこが答えた。

その午後、オレはビートルに清水とゆうこを乗せて、銀座へ向かって走っている。

「クルマ持ち込みの社員ディレクターなんて、ウチにいたかなあ?」と助手席の清水。

「靹浦監督は」後席からゆうこが身を乗り出して、「ポルシェで打ち合わせ等へいらっしゃってました。あたし乗せて頂いたこと二回あります」

「清水さん、すいません」とオレ。「同じフェルディナンド・ポルシェのクルマです。空冷水平対向の四気筒で、ポルシェ911には二気筒ほど足りませんが、我慢してください」

「ははは、これから僕の仕事であと二気筒分稼ぎなさいよ。カントク!」清水は上機嫌だ。

4

美生堂本社は銀座通りに面しているが、宣伝部はその隣の〈並木ビル〉の地下一階から四階までを占める。当時の美生堂は『季節ごとに日本女性の顔を作っている』と言われたほどの化粧品トップ・ブランドだった。〈美生堂チェーン店〉を全国隈なく展開して、二位以下を大きく引き離す巨大な売り上げを誇っていた。

広告宣伝部門だけで百数十人の社員スタッフを抱え、化粧品やあらゆるトイレタリー商品の全国キャンペーンをすべて自社内で取り仕切る。またクリエイターを育てる文化サロン的な場としても戦前から有名で、数多くのデザイナー、ライター、写真家などを世に送り出していた。コトブキ酒造や竹下電機と共に、当時我が国最強の宣伝部だ。

ただしテレビCMなどの動画映像は、ニッセンを中心に選ばれた企画制作会社に直接発注していた。それも宣伝部長名でクリエイターを指名する、徹底したクリエイティブ重視の姿勢が業界に鳴り響く。亡き鞆浦監督も含めて数々の伝説に包まれた〈広告の牙城〉だ。

うちのサガチョウ社長は美生堂の前を通る時は常に、うやうやしく頭を下げるそうだ。ほんの三軒隣にある電広の銀座別館営業部など、新聞やテレビの媒体買い付け業務以外には、美生堂宣伝部からはまるで相手にしてもらえないと聞く。

並木ビル地下二階の駐車場にクルマを停め、オレたちは一階ロビーの受付へ。

三人並んだ美生堂らしく化粧映えのする受付嬢の一人が、「ニッセンさん、直接四階の制作部へどうぞ」と案内してくれた。オレもついに牙城の内部へ踏み入るのだ！

四階はちょうどニッセンの七階のような〈クリエイティブ・オフィス〉になっており、その片隅に小さな待合室があった。オレたちの他にスーツにネクタイ姿の若い男が数人、ベンチに座って〈週刊明星〉や〈平凡パンチ〉を読んでいる。

間もなくガタンとドアが開き、ロング・ヘアの小柄な若者が現れた。

「お世話になっております！」「お邪魔しております！」という大声と共に、スーツの男たちがガタガタと一斉に起立して、深々と頭を下げた。

「ああ、花村印刷さんいるね。ちょうど良かった」とロング・ヘア。

「はいっ！」呼ばれた男がかしこまる。

「ちょっとタバコ切らしちゃってさ。いつもの頼んでいいかなあ？」

「あ、もちろんです。すぐに！」

「じゃあ、これ」とロング・ヘアが千円札を出す。

「いや、とんでもない」と男は金は受け取らずに部屋を飛び出して行った……。

オレは隣の清水にささやいた。「あの人たちは、ここで何を待っているんですか？」

清水も小声で、「みんな印刷屋さんだ。何か仕事を貰えるのを待ってる。競争激しいからね。まる一日座ってることもザラにある。声がかかれば喜んで何でもやる」

「あの……」オレはちょっと嫌な気がして、「清水さん、オレたちも印刷屋さんと同じような身分なんでしょうか？」

「あはは、全然違うよ！　おっと」清水はボリュームを下げて、「まぁ、敢えて言うならば『電広や博承堂よりもずっと上。印刷屋さんとは比較にもならない』というところかな？　誇りを持ってやろうぜ、吉野カントク！　でもさ、そもそも上だの下だのって考え方は、僕はあんまり好きくないけどね」

その時ドアが開いて、やたらに陽焼けした若い男が入って来た。「ニッセンの清水さんはいらっしゃいますか？」年は三十前後。中背で痩せており、水色のコットン・ジャケットの襟に美生堂の〈花のバッチ〉が光る。

清水が右手を上げて立ち上がり、「宮下さんですよね、初めまして」

「どうぞ応接室へ」宮下がオレたちを招き入れて、「河野部長がお待ちかねです」

広々とした応接室の壁には、豪華な額に入った絵画が並ぶ。どれも美しい女性の肖像画で、美生堂宣伝部のモットーである『女性美の追求』を象徴している。

中央にあるアンティークのソファーでオレたちは名刺交換した。

「宮下学と申します。これから〈バスロン〉ブランドの担当です」この人の顔、どこかで見たことがあるなあ……そうだ、豊臣秀吉だ！　歴史の教科書に載っている秀吉の肖像にそっくりだった。宮下は内線電話を取り、「部長、ニッセンさん揃いました。はい」

すぐに、河野武宣伝部長が現れた。四十代半ばに見える。明るいグレーのスーツに黄色いネクタイ。背は高くないが、がっしりした体格で姿勢が良い。ツヤツヤした四角い顔に大きな鋭い目が光る。「やあ、いらっしゃい。ラクにしてや。樺山さんから話は聞いてるよ。清水プロが面白い新人連れて来るってね」

「これです」清水がオレを促す。

「吉野洋行です。よろしくお願いいたします」オレは六十度・三秒の礼。

「ほぉ……」河野部長は目力が強い。「樺山さんが言うにはな、吉野洋行は『自分の中にドラマを持っているクリエイター』だと。ほーんとかねぇ？」

「やらせてみなくちゃわかりません」と清水。

「清水はバカ正直だからなあ。ははは！　プロデューサーなんだから、もっと調子のいいこと言えないのかねえ？　『保障します！　クビを賭けます』とか」

「うち、クビ賭ける男が多すぎまして」清水が自分の首に指を当てながら苦笑する。

河野部長が愉快そうに、「その通りだな。この部屋にもクビがいくつか転がっててもおかしくない。さてと、仕事しよう」河野は宮下を見て、「こいつ先月宣伝部へ来たばかりなんだ。鹿児島の販社にいたんだけど宣伝部行きを志望してね、僕が抜擢した。今までのこの〈美生堂宣伝サロン〉的なカラーに染まってないところがいい。今回のバスロンは美生堂らしくないものが欲しいんだ。それにはヘンな奴が必要だ」

「よろしく」宮下が秀吉のようにくしゃっと笑いながら頭を下げた。

「こちらこそ」と清水。「この吉野も相当にヘンですから、いいんじゃないんでしょうか」

「そう、かなりヘンです」オレは河野をしっかりと見据えて、「ヘンなもの作ります」

「それでも美しくなきゃダメだよ。吉野くん」河野は宮下を促して、「じゃあ宮下、あの子なんてったっけ？　根本……」

「根本チエミです」

「写真をここに」

「はい部長」と宮下は大判に伸ばしたポートレート写真を三枚、テーブルの上に並べた。

これがオレの根本チエミとの出会いだった。


夕刻。オレは清水、ゆうことニッセン七階の四番でチエミの写真を見ている。

短めの髪に広い額。ちょん、と小さな目。上向き気味の鼻に横に広い口。

可愛いとも言えるが、美生堂CMで美貌を競うモデルたちとは似ても似つかない。

一番の特長は〈独特の笑顔〉かな。笑っているような泣いているような、不思議な表情が見る者をなぜか惹きつける。それがバスロンでデビューする根本チエミ・十七歳だった。

「まず五分の販促映像から入れるから、いろいろ撮ってみてキャラを掴もうよ」と清水。

「コンテはいつまで?」とオレ。

「いらない」

「えっ?」

「適当に撮ろうよ。場所だけ決めてさ。帰り際に宮下さんに聞いたんだけど、チエちゃんは『遊園地が大好き』なんだって」

「遊園地ね……」コンテなしで、カメラと対話するように撮るのはいい考えだ。

「十八、十九、二十と三日間スケジュール貰ってあるから、晴れた日を見はからってさ、多摩川園でも連れてかない? 半日遊ばせて撮ろう」清水はなにやら楽し気だ。

三日の中で『晴れた日』に『多摩川園で遊ばせる』とは、さすが美生堂チームは余裕が違うなあ! だがしかし、ひとつ問題があった。カメラマンがいない。

〈かわかぜ〉で頑張ってくれた関さんは、ニッセンの仕事が出来たことは喜んでくれたのだが、「悪いけれど二度目はやりたくない」と言って来た。カメラ機材の出し入れや撮り残しフィルムの返却で、ひどく不愉快な思いをしたようだ。「池谷さんみたいな巨匠ならいいんだろうけど、おれ程度じゃいじめられるばかりよ。ニッセン撮影部は排他的すぎるぜ」

関はつい最近、CMキングダムの三田村さんに誘われ、カメラマンとして契約することになったという。「よっちゃん、お互い巨匠になってから一緒にやろう」と言い残した。

「清水さん」オレは煙草をつけて、「カメラマン、何とかなるんでしょうか？　前の仕事では撮影部は誰も受けてくれなくて」ふーっと煙を吐いた。

「ああ、そんなこったろう。ディレクター連中がきみをバージしてるからな。『ガイチュウ駆除運動』ってゆうんだって。ひどいねえ！」清水はどことなく楽し気に、「撮影部も調子合わせて来るんで、ちょっと困ったな……ま、僕にちいと考えさせてや」

その晩、オレは清水に連れられて花園町の〈カディス〉という店へ行った。古いビルの地下二階にあるスペイン風のお洒落なバーで、清水の『シマ』だそうだ。

オレたちが入って行くと、すでに先客がひとり待っていた。

「カントク、これ撮影部の筒井です」清水はオレを筒井に向けて、「問題の吉野洋行くん」

「よう！」手を上げて立ち上がったその男はオレを睨みつけると、「おれのこと憶えてるかな？　パリでNALの撮影だよ。ブローニュで馬使ったやつ」

「ああ、あの時の！　柏崎カメラマンのアシスタントでしたよね！」

「そーだよ！　筒井研二だ」筒井は陽焼けした鬼瓦のような笑顔で、「あの後、ムトウの会社の巻き添え食らってクビになったバイトの吉野が今やカントクだ！　おっもしれえなあ！」

「筒井はね、吉野より三級上かな。僕と同い年」清水は席に着きながら、「今年チーフから一本立ちしたばっかなんだけど、まだディレクターとコンビ組めてない。センス抜群なんだけどね。なんでかねぇ、研ちゃん？」

筒井はトボけた表情で、「うちのディレクター連中さ、何でも言いなりになるカメラマンとばかり組みたがる。筒井研二はナマイキで態度がデカいんだとよ、はっはっは！」

オレも人のことは言えないけど、確かに筒井は『デカいツラ』をしてるように見える。でもどこか愛嬌があって、惹きつけられる感じもあるな。

「吉野、よろしくな」筒井は右手を差し出して、「作品集、見せてもらったけど、けっこう斬新なもんがある。企画演出部の優等生連中に嫌われる感じ、何となくわかる。ははは」

「わかってくれて嬉しいです」オレも握手を返した。

オレたちはボックス席に座って飲み始めた。

六年前、パリを追い出された後の話をオレは筒井と清水に披露する。

マリー・ラポールやコードウェル教授の話がウケた。

ストックホルム、リシアとの生活、そして警察に拘留まで進むと、二人とも身を乗り出して聞いてくれた。帰国後、零細プロダクションに始まる五年間の業界体験も、彼等にとっては『別世界の話』で面白かったようだ。

「吉野、やりたい放題やってきたんだなあ！」筒井は煙草をつけると、「おれも結構乱暴なつもりだったけど、かなわねえや！　わっははは」

清水がオレと筒井を見較べて、「じゃあ、このコンビで行こうって結論で、いいすね」

5

日付はとっくに六月十七日に変わっていた。

オレは〈カディス〉で清水、筒井と別れ、会社へ戻る。企画演出部にはもう誰もいない。バスロンのCMをちょっと考えてみよう。まだ発注は来てないけれど、どうせやることになるのだから。オレはドリンク・コーナーでコーヒーを淹れ、自席でくつろいだ。

根本チエミの写真を前に、いろいろと連想してみる……。

だがどうもイメージが湧いてこない。写真を見れば見るほど、チエミがどんな性格なのか、わからなくなってくる。なんとも不思議な表情なんだ……。

しばらくして、部屋の窓側の方からコトリ、と小さな音が聞こえた。

誰か戻って来たのかな、と立ち上がってブースの上から首を出す。

「あ！」オレは小さく声を上げた。鞆浦監督のアトリエに明かりがついている！　中に誰かいるような気配……それにいつもは堅く閉ざされていたドアが開いている。

中が見たい。立ち入り禁止と言われているだけに、余計に入りたい！

オレは自席を離れ、足音を忍ばせて二十メートルほど歩き、アトリエのドアから入る。

二十畳ほどもある広い個室に人影はない。

片側は企画演出部との仕切りのガラス壁。その反対側は御苑の闇を見下ろす大きな窓だ。そして残りの壁面は、過去十数年に渡る美生堂化粧品のポスターで埋まっていた。

壁に向かって木の画架と白い天板のデスクがあり、ライトが灯っている。

くっきりした光の中に、描きかけのコンテと鉛筆。試供品らしき口紅も何本かあった。

卓上カレンダーを見ると一九七三年十二月のまま。オレは鳥肌が立ってきた。

つい今しがたまで、ここで鞆浦監督が仕事をしていたような錯覚を覚える。

オレはデスクの上のコンテを覗き込んだ。

「おい！　何してるっ！」背後から突然の大声にオレは振り返る。いつの間にか、そこに骨ばった背の高い男が仁王立ちしてオレを睨んでいた。佐々木だ。

「さ、佐々木さん、どこから？」

「そこの作業台の下に潜り込んで、床を拭いていたんだよ」佐々木は腕まくりして雑巾を持っていた。「ヒマのある時に、トモさんの仕事場の掃除してる。夜中が多いけどな」

ああ、そうだったのか。オレはチョッコのプール掃除を思い出してうなずいた。

亡くなった大切な人のための〈拭き清め〉だ。オレはちょっと共感して微笑んだ。

「なにをヘラヘラしてんだ！」再び佐々木が吠えた。「この部屋を何だと思ってる？　ここはきみなんかの来るところじゃない。おれたちニッセンのディレクターにとっては、今もここでトモさんがお仕事をしてらっしゃるんだよ。おらぁ、ガイチュウは出てけよぉ！」佐々木はかなり酔っているように見える。

だがこっちだって酔ってるんだ。「佐々木さん」オレは佐々木を見返した。「ガイチュウじゃあない。オレはニッセンのディレクターです。今週から美生堂の仕事を始めました。あなたは嫌だろうけど」

「美生堂だとぉ！　おい、トモさんの前でそれ口にするな！　外へ出ろ、吉野」

「そうしましょう」オレは佐々木と並んでアトリエを出た。

一発来るのかと思いきや、佐々木はそのまま何も言わずに企画演出部のフロアを抜け、通路から階段へ。オレも黙ってついて行く。

二人は二段飛ばしに一階まで駆け降り、ロビーを突っ切って玄関から路上へ出た。にわかに佐々木が足を止め、「吉野」

オレは佐々木にぶつかりそうになりながら、「な、なんなんだよ？」

「飲みに行こう」

「はぁ？」

「ゴールデン街にまだやってる店がある。行こう」


午前三時に近かった。オレたちは小さなバー、飲み屋、スナックなどがひしめく路地を歩く。この時間でもまだ通行人がいる。この街はアーティストや左翼系のインテリなどにも結構人気があり、そこら中の店で演劇批評や革命論を朝までやっているのだろう。

佐々木とオレは〈カルチェ・ラタン〉という、カウンターだけの小さなバーに入った。

地肌がすけた灰色ロング・ヘアの店主が、ひとり黙々とグラスを拭いている。

佐々木もオレも角瓶のストレートにして、煙草に火をつける。百円ライターが同じ赤いチルチルミチルで、ふたりともちょっと苦笑した。

「吉野くんよ」佐々木は顔をゆがめて、「きみ〈アラビアのローレンス〉なんだって？」

「それ、どーいう意味ですか？」

「大船部長に聞いたんだわ。砂漠に一人で乗り込んで闘うのが好きなんだろ？」

「映画の話でしょ！　オレ砂漠なんて行ったこともないよ」

「きみにとってはニッセンが砂漠なんだ。おれたちは企画演出部のベドウィン族だぁ！　吉野洋行は外国人なのに、オレたちの指導者になりたいんだと？　冗談じゃないぜ！」

バカげた言いがかりだ。オレは何も答えなかった。こいつが作ったクリッパーの〈駄作〉の批評でもしてやろうかと思ったが、何となく樺山さんに失礼な気がしてやめた。

二人ともしばらく沈黙……。

話すことがないので、オレはカウンターの中の店主に〈カルチェ・ラタン〉という名前の由来を尋ねた。オレにとってなつかしい街でもあるし。

「あたしね、そこにおりました」店主はポツリと一言。「一九六八年のあの時に」

オレがバイトで行く一年前、革命派の〈解放区〉が出来た時のことだな。

でも店主も、そしてオレもその先を話す気にはならずに黙り込んだ。

四時ちょっと前に店が閉まるまで、結局オレと佐々木は『腹を割った話』などはまるで出来ず、まあ殴り合いにならない程度の小突き合いでお互いに自制した。

佐々木は別れ際にひとこと。「サガチョウにだまされんなよ」

その週末、撮影キープの三日間のうちアタマの二日は『天候不良』で待機となる。

雨が降っていた訳ではない。雲間から時おり陽も顔を出す天気だったのだが、筒井研二カメラマンによれば「こんなのは晴れとは言わねえ」そうだ。

その晩大雨が降って、三日目の朝は眩しいような快晴となった。

八時半にスタッフ全員がニッセンに集合。

美生堂からは宮下学、メイクヘア直島《なおしま》まり、スタイリスト香川秀子《かがわしゅうこ》の三人。

そして根本チエミと、所属事務所〈竹林組〉の社長兼マネージャー竹林明。ゼネコンのような社名だが、社長一人、社員一人、所属タレント数人という零細企業だ。

「よろしくお願いしまーす」ぴょこんと頭を下げたチエミは思ったより小柄で痩せている。小さな目がくりくりとよく動き、顔ぜんぶで漫画のように大きく笑う。この笑顔、写真の印象通り〈泣き笑い〉のような不思議な可愛さを持っているな。広い額にかかった、やや茶色っぽい髪はショート・カットだ。シャンプーのモデルといえば『長く美しい黒髪』が常識とされていた。つまり根本チエミは、河野部長の言うように『美生堂らしくない』だけではなく『シャンプーらしくもない』モデルということだ。


十一時。快晴の多摩川園で撮影開始だ。

大げさな構えは一切ない。筒井は全カット手持ちの撮影で通す考えだ。アリフレックスに小型の二〇〇フィート・マガジンをつけて軽々と振り回す。

助手たちの動きは、オレが今までに見た撮影クルーの中でも最高だな。ライトは使わない。最低限の群衆整理はゆうこが二人のPAを使って能率良くこなす。その間、初めての撮影現場に興奮して何かやりたくてたまらない担当者の宮下を、清水プロデューサーが巧みにあやしてくれた。

ともかく根本チエミを楽しませることがポイントだ。観覧車、メリー・ゴーラウンド、コーヒーカップなど、チエミと筒井とオレが三人で乗って、お喋りしながら撮って行った。筒井の手法はカチッと画面を決めるのではなく、流れの中でチエミの可愛いところへカメラを寄せて行く、師匠の柏崎さん譲りのカメラワークだ。

チエミもカンが良く、オレが何か語りかけるとパッと反応してくれる。表情の変化が豊かで自然な感じもいい。

ソフト・クリームを舐めながらブラブラと歩き撮りしている時に、チエミは面白いことを言った。「カントクっていくつですか?」

「オレの年?」筒井の回す手持ちカメラのすぐ横を歩きながら、オレは答えた。「もうじき二十七だけど」

「若いんですね」

オレは噴き出して、「チエミいくつよ?」

「十七です。でもさ、カントクさんって、もっとおとーさんなのかと思ってたから」

「悪かったね」

「いいの。チーコはお父さんが怖かったから嫌い。若いやさしい人が好き」

オレはまた笑った。「チーコって呼ぶんだね。それでいい?」

「いいよ、カントク」


編集、ダビングまで含めてわずか五日間で作られたバスロンの販促映像は、美生堂社内の各部門に何度も試写された。

当初宣伝部内には『どうも気品がない。如何なものか?』との意見が多く出たそうだ。だが河野部長と宮下が『絶対にこれはイケる』と言い張って、販売本部や美生堂チェーン全国本部などに見せたところ、『可愛い! 売れそう!』と営業マンたちの支持が集まった。にわかに、テレビCMとグラフィックの大キャンペーン計画が始まる。

特にテレビは重視され、三十秒・十五秒のセットで年間四本制作。美生堂がレオン油脂などのトイレタリー・メーカーに遅れを取っている安価なシャンプー・リンスの分野で、「トップ・シェア奪取が目標!」と、河野部長は冷や汗をかきつつ宣言したそうだ。

6

七月一日火曜日。美生堂から正式に発注が来た。河野宣伝部長名でディレクター吉野、プロデューサー清水、カメラマン筒井の三人が指名。平均年齢は三十に満たない。宣伝部内にはこの人選に対しても再び、「大丈夫か？」と疑問の声が上がったと聞く。だが河野部長は「黙れ」のひとことで押し切った。山本五十六提督のような人だ！

バスロン・シャンプー、リンスの新発売は八月第一週。テレビＣＭを盛り上げる期間は、化粧品の秋キャンペーンが大々的に始まる前の三週間だけだ。

企画に与えられた期間はわずか一週間。七月八日には部長プレゼンと決まっている。

会社の許可を得て、一人で自宅にこもることにした。ゆうこが手伝うと言ってくれたが、「悪いけど一人にしてくれ」と断った。ゆうこの気持ちだけ、ありがとう。

その夕方、青山の〈ユアーズ〉で飲み食い出来る物を買い込んで帰った。

八時過ぎ、ワインとオイル・サーディンに前田のクラッカーをつまみながら、オレはバスロンの企画を始めた。

Ａ４版の大学ノートに字でも絵でも、思いついたことを何でも書きなぐっていく。

オレはバスロン・シャンプー、リンスをどうしようというのか？

一言で言い切ってみよう……そうだ、美生堂らしくないＣＭを作る。それにチーコは〈長い艶やかな黒髪〉じゃない。シャンプーらしくない。でもそれでいい。シャンプーのＣＭじゃなくて〈バスロンのＣＭ〉を考えればいいんだ！

シャンプーから切り離されたバスロンとは何か？　得体の知れないものだ。そのヘンなものを、テレビ画面でよく見えるカタチにあらわす。それはどんなカタチか？

当時の広告界に〈ブランド広告〉という言葉はなかったが、その晩、オレはバスロンのブランド作りを探り始めたのかも知れない。『バスロンらしさ』とは何だろう？

午前二時頃まで考えたが、いいアイデアにブチ当たらない。

今夜はこれまで。寝ましょう。


翌日からオレは一日十八時間、頭に浮かぶあらゆるイメージや言葉をノートに書き続ける。

うんうんと悩む時間が経つにつれ、絵や言葉にある方向性が見えて来た。

根本チエミに別な何かを組み合わせることで、そこに新しいシンボルが出来そうだ。

『チーコとナントカ』そのナントカをオレは探し始める。

チーコとネコ？　チーコと鳥？　チーコと植物？　チーコと鉱物？　そりゃないな。

胃が痛くなるまで考え続けたが、出て来るアイデアはイマイチのものばかり。

だがガッカリすることはない。こうやっていれば、必ずそのうちに何かが降りてくる。


土曜日の深夜。

腹が減ったので、ハムエッグとトーストを作ることにした。

ハムをバターで炒めて熱くなったフライパンの上に、卵を一個割って落とす。

丸いキレイな黄身がジュッと音をたてた時、オレにひとつ閃いたことがあった！

いや、タマゴとは何の関係もない。たまたまその時にアイデアが降りたというだけだ。

「うーん、なーるほど……」などと呟きながら、オレはハムエッグを完成し、トーストを焼いて夜食をとった。食べながらも、いろいろと考え続ける……。

アイデアの方はどうもまだ生煮えだ。コンテにするのは明日の朝からにしよう。

オレはウイスキーを一杯やってベッドに入る。

すぐに寝た……パッと目を覚ますと、窓の外は薄明るくなっていた。時計は五時前だ。

オレはベッドを飛び出してキッチンのテーブルへ。そこにはコンテ用紙と鉛筆がある。

なぜか眠っている間に煮詰まった企画が、もう頭の中にすべて出来上がっていた。

歯も磨かず顔も洗わず、オレは猛然とコンテを描き始める。

七月七日月曜日、オレは定時に出社。

企画演出部の自席へ行くと、デスクの上に小さな笹の枝が置いてあるのに気付いた。三色の紙テープで飾られ、短冊が一枚だけつるしてある。『バスロンの成功を信じます。ゆうこ』と意外な達筆で書いてあった。ああ、今夜は七夕だった。ありがとう、ゆうこ。

コーヒーを飲んでいると、仕切り壁の上から清水の笑顔が覗いた。「おはよう」

「お早うございます」オレは立ち上がる。

「どうすかね？　明日プレゼンする企画」と清水。

「出来てます。見ますか？」

「もちろん。今見せてよ、部屋取ってあるから」清水は先に立って出て行く。

おお！　このプロデューサーはすぐに見てくれるんだ！　森山さんとも花畑さんとも違う反応だ。スポンサーにウケなかったら『まだ見てなかったことにして、ディレクターを変えればいい』というやり方じゃない。オレと心中してくれるのか？

二番の部屋で清水と向き合って座ると、ゆうこがお茶を持って入って来た。

オレは手に持った七夕の笹飾りをさらさらと振って、「おはよう」

「カントク、七夕だって忘れてたでしょ？　ちゃんとお風呂とか入ってたの？」

「どーだったかなあ……」オレは自分の襟元を嗅いで。「ちょっとサイク」

「後でアラミス貸してやるよ。さぁて、仕事しようぜ」清水が身を乗り出して、「ゆうこ、カントクからコンテもらって、コピーしてください」

ゆうこはオレからコンテの原稿を受け取って、さっと出て行く。

「清水さん」オレは煙草をつけて、「待ってる間に、ちょっと能書き聞いてもらえます？」

「ぜひ」と清水。

「まずこのCMの目的です。〈シャンプーのCM〉じゃなく、〈バスロンのCM〉を作る。チーコは長い黒髪なんて持ってないし、キャラも漫画チックです。でも何か不思議な魅力があります。これを思いっきりふくらませてバスロン・ブランドを人格化したい」

「なるほど、アウフヘーベンするんだな」うなずく清水。

それ何だかわからないけど、オレは続ける。「ビジュアルはこれからコンテを見てください。それに加えてもう一つの重要な要素がある。コマソンです。チーコの歌を作りたい。歌のテーマは『特に美人でもない普通の女の子をたたえる』ことです。美生堂のCMには、絶世の美女ばかり登場しますが、チーコはそうではない。でもそれが素晴らしいのだと」

「コマソンねえ……そういえば、最近はヒットしたコマソンないなあ。あんまり商品を売り込まない〈イメージ・ソング〉みたいな歌が多いかな？」

「そーです。だからここは逆を張って、思いっきりコマソンらしい、楽しい歌を作ります。子供たちが喜んで口ずさむような〈昔のコマソン〉です」

清水が大きくうなずく。「ここまでは異議なし」

その時、コピーをかかえたゆうこがドアを開けて入って来た。

ゆうこはテーブルの上に三人分のセットを並べると、オレに満面の笑顔を向けて両手でVサインを作った。「カントク、最高！　最高！」


翌七月八日朝一番、美生堂で部長プレゼン。応接室ではなく、宣伝制作部の会議室だ。

河野部長、宮下担当、清水、ゆうこ、そしてオレの五人。

「おはようございます」清水は余裕たっぷりで、「イケると思います。じゃあ、カントク」

「部長」オレは河野に笑顔を向けて、「前説ぬきで、ずばりコンテから入っていいですか？」

「おっ自信あるね！　そうしてくれ」

オレが目配せすると、ゆうこがサッとコピーを配る。

ニッセンの黒表紙をめくると、まずタイトルの大きな文字。

「チーコと親衛隊！」オレが大声で読み上げて、「ページをめくってください」

ワンカット目は風呂上りのチーコ。外の光が入る窓際に立っている。

タオル地のガウンを羽織って、洗ったばかりの髪にそよ風が気持ちいい。

チーコは何気なく窓外の通りに目をやる。

パパッと、チーコから視線を外す二人の若い男（今までチーコをじっと見ていたのだ）。

二人とも、昔風の白い開襟シャツに黒い学生帽を目深にかぶっている。

どちらも長身でイイ男だが、動きがぎくしゃくしてえらく不自然だ。一人は宙を舞う蝶々を追いかけ、もう一人は路傍の花に身をかがめる。

再び窓辺のチーコ。男たちにはかまわず、無邪気な微笑み。もう一度、外を見る。
パ、パ、パ、パ、パッと同時に視線を外す五人の男。全員お揃いの学生帽、開襟シャツ。蝶々を見る。花を愛でる。腕をくんで思索する。文庫本を読む。伸びをする。
五人の動きは奇妙なダンスのように揃っていて、全員がチーコを意識しながらトボけているのがよくわかる（このように漫画チックな〈振り付け〉は、その後何百本ものＣＭでパクられて繰り返し使われたが、オレこそがその元祖なんだ）。

ラストカットは明るい並木道。スキップして来るチーコの後ろから、足並みを合わせて犬のように連いて来る五人の〈親衛隊〉。
商品カットはバスロン・シャンプーとリンスの丸っこいボトル。
間を置かずに、オレは次のページを見せる。自分で作詞した〈バスロンの歌〉だ。
オレはちょっと節をつけて、歌うように読み上げる。
♪まんまる顔の女の子は　いい妻になれるって
　わたしってなれそう？　ねっバスロン
　ちっちゃい目の女の子は　強い母になれるって
　わたしってなれそう？　ねっバスロン
　バスロン　バスロン　バスロン♫
（『いい妻』や『強い母』という言葉、今では女性差別と言われるかも知れない。だが、この時代にはまだ、『平凡な女性の幸せ』という意味で広く好感されていた。）
オレはバスロン・シャンプー、リンスのボトルを両手で掲げて、大きな笑顔でプレゼンを終えた。清水、ゆうこと共に河野部長の反応を待つ。
河野は腕を組んで両眼を閉じた。しばらく無言でそのまま動かない。
宮下は何か言うわけにもいかず、河野とオレたちとの間でおたおたするばかり。
清水はゆったりと、にこやかな表情をくずさない。

ゆうこは両手でヒザを握りしめ、貧乏ゆすりを押さえ込んでいる。

河野はいぜん沈思黙考を続ける……。

張りつめた、随分と長い時間だったような気がする。

やがて、河野部長の両眼がすーっと開き、強い視線がオレを捉えた。

7

七月十四日月曜日、朝八時。

調布の大東スタジオ、オープン・セットの南側ステージにオレたち全員が集まった。

「いやあ、吉野さん」ニッセンのTシャツを着こんだ宮下がくしゃくしゃな笑顔で、「撮影開始の日を夢見てました。部長プレゼンの時は、ボクもう心臓バクバク！　部長のたった一言『わかった。これで行こう』が出て、ああ、宣伝部来て良かったぁ！と感激でした。河野部長、吉野カントクに賭けてますよ」

オレは宮下に向かってガッツ・ポーズをキメて、「じゃあ、準備に入るので」とセットの中へ。待っていた筒井とカメラ・アングルを決めにかかる。

風呂上がりのガウン姿で窓辺に立つチーコのメイン・カット、普通ならばスタジオの中で撮るだろう。だがオレと筒井は、オープンの自然光を使うことにした。

窓辺は美術の七尾が作ったセットだが、チーコに当たる光は本物の空の光だ。人工的な照明とはまるで違って写る。特に今日のような明るい高曇りの日は、やわらかい拡散光が得られるんだ。ぬれ髪でごく薄いメークのチーコが優しい感じに撮れるだろう。チーコのメイン・カットはこれだけだ。シャンプーする場面も、サラサラの髪のアップもなし。

こんなシャンプーCMは今まで見たことがない。プレゼンよく通ったもんだな。

「髪を洗うシーンはないのか？」あの時、コンテをオーケーにした後で河野部長は訊いた。

「ありません。なくていいと思います」とオレ。

「なぜだ？」

「テレビの視聴者たちは、他社のシャンプーCMでもう何度も見せられているからです。たった三十秒・十五秒の中にそんなムダなもんいりません」

突然、河野はゲラゲラ笑い出した。しばらく笑いこけた後、「みんなが他社のCMで見て、わかってるのだから無用だと……きみは意外なこと考えるなあ！　面白いなあ！」

撮影準備を筒井やゆうこたちスタッフに任せて、オレは控室へ行く。

〈チーコと親衛隊〉の勢揃いだ。

五人の男性ファッション・モデルたちがチーコを取り巻いて談笑している。皆二十代の、平均身長で一八五センチほどもある大男ばかり。一五〇センチちょっとのチーコはすっかり隠れてしまう。

「カントク」最も年嵩らしき男がオレに頭を下げた。「岩波です。オーディションではありがとうございました。自分が親衛隊長を務めます。何なりとおっしゃってください」

「ありがとう。後で話しましょう」と、オレはチーコひとりを連れて、竹林マネージャーの待つ個室へ。そこに清水プロデューサーもいた。

オレはチーコと向き合って座り、撮影の話を始める。

「カントク」チーコはオレにすがりつくように、「CMの撮影なんて初めて。どんなことしたらいいのか、わかんなくて……」

「何もしなくていい」オレは微笑んだ。

「え？」

「窓の所に立って、外をぼんやり見てればいい」

「ええっ……ぼんやり、って言ってもさ、どんな顔して？」

「どんな？　そうだな……チーコ、こうしよう。ちっちゃな子供だった頃の何かを思い出すって出来るかなあ？　何でもいいよ……」

「こどもの、ころ……」チーコはしばらく考え込んで、「あのね……住んでたアパートの窓から通りが見えるの。お米屋さんがあって、その先が公園になってる。よく窓のところに立って、お母さんが仕事から帰って来るの待ってたな……」

「うん、そんな気持ちでいいよ。でもチーコ、お母さんの姿はまだ見えないんだ。だからなーんとなく空の雲を眺めてる。芝居して欲しいのは、外の親衛隊に気が付くところだけだ。オレがパチンと指を鳴らしたら、ふっとカメラを見てくれればいい。それだけ」

「チーコ、がんばるよ」

「頑張らなくていい。ラクーに行こう、チーコ」


親衛隊の五人との打ち合わせは楽しかった。

一人ずつ、振り付けを決めて行く。

チーコと目が合った瞬間に、パッと別の方向を向いて何か『不自然なこと』をやる。

隊長の岩波は宙を舞う蝶々を指差して、「ほうっ」と口を尖らせる。

隊長の左右に並ぶ四人は各々『道端の花の香りをかぐ』『分厚い本に顔をうずめる』『腕を組んで思索にふける』そして『ヨガのような伸びをする』どれもワン・アクションだ。

「タイミングを合わせて、出来るだけわざとらしく！」オレは五人を横一列に並べて、何度も同じ動作を繰り返し、微妙なズレを作った方が面白いことも発見した。

現在ではこのような〈振り付け〉は専門の〈振付師〉がやっているようだ。

だがオレはこのCMの面白さがかかる最も重要なことを、演出者である自分以外の人間に任せるなど考えもしなかったな。

五人の珍妙なアクションに、チーコも竹林や清水も大笑い。宮下も実に嬉しそうだ。

十一時から本番撮影の予定。

だが、その前にちょっとした議論があった。チーコのアイ・メイクのことだ。

美生堂のメイクヘア担当の直島まりさんは、『チーコの目を大きく見せるアイ・ライン』にこだわった。常識的な化粧法として理解できる。

「でもね、まりさん」オレはチーコを目の前にして、「大きく見せなくていいんだ。チーコのちっちゃい目が、くりくりとよく動くのが可愛いんだ！」

「ええっ！　で、でもそんな」

「大きく描いちゃうと、くりくりっていう感じがよくわからない。ほら、よく見てよ」

まりはチーコにぐーっと顔を近づけると、「上見て……左見て……下……もう一回上見て……」やがてまりは、チーコの倍ほどもある大きな目でオレをぐっと睨みつけた。「ネライはわかりました。直せばいいんでしょっ！」

「あ、お願いします」とオレ。チーコも微笑んでうなずいている。

「三十分もらいます。ほらチーコ、行くよ」チーコの手を引いて出て行くまりを、宮下があわてて追いかけた。


まりさんはメイクをうまく直してくれた。「チーコの特長が、かえって生きるかな」などと上機嫌。さすがに頭の切り替えが早い。

十二時近くに始まった撮影は昼食抜きでどんどん進む。ここはパリじゃないからね。

明るい高曇りの空は、しばらく安定した光をくれた。

無邪気で愛らしいチーコは、サラッと自然な表情で。

純情だが武骨な親衛隊の五人は、ぎくしゃくとした不自然な動きを追求する。

撮影は三時過ぎにオーケーとなった。


翌々水曜日。美生堂宣伝部の試写室で行われたオール・ラッシュ試写は、河野部長や宮下も、オレたちスタッフも、そしてチーコや竹林も全員がいっぱいの笑顔で終えた。

イメージ通りの画が撮れた。筒井カメラマンお見事。メイクのまりさんにも感謝だ。

通常ならすぐにラッシュ編集に入るところだが、この作品では〈音楽合わせ〉という手法を取る。つまり〈バスロンの歌〉を先に録音し、それに映像を合わせて編集するんだ。この歌こそがCM全体のメッセージになる。チーコも親衛隊も歌に合わせて動く。

まぁミュージカル映画のようなものだ。

撮影の前の週に、すでに音楽プロダクションとの打ち合わせは完了していた。楽京堂《ラッキョウドウ》というヘンな名前の会社だ。オレが東洋ムービーにいた頃に二回ほど、小さな作品だったがいい音を作ってくれた。今回はオレの指名だ。

社長兼音楽ディレクターの江戸川咲夫《えどがわさきお》さんは、オレよりもいくつか年上だろうか。落語家のような風貌に、刈り上げて頭の先を尖らせた奇妙なヘア・スタイル。ファッションは清水プロデューサーと似たタイプで、やたらカラフルで派手だ。

「♪チャララ、ツンチャララ、チャララ」と江戸川は自分がイメージする曲のイントロから、オケの音を全部口でやって聴かせる。『ロオケ』というやつだ。「♪まんまる顔の女の子は」といいかげんなメロディーで歌に入り、「わたしってなれそう？　バン、ドドンチ！ねっ、バスボン！　チャチャチャチャ、ドドンドドン、とまあこんな音の感じわかりますよね！　吉野さん、これかわいーい歌になりますぜ」オレにはまだよくわからん……。

七月十八日午後。いつものアカイ・スタジオ、地下二階の8スタで音楽どりだ。

8スタは、フル編成のオケが全員同時に演奏できる大型スタジオ。

七十年代の当時は、それぞれの音を別のチャンネルに録音して後で合わせる〈マルチ・チャンネル〉の技術手法はまだ導入されたばかりで、多くの音楽録音では全ての演奏者がスタジオに揃い、指揮者の〈棒ふり〉に合わせてぶっつけで実演していた。

この大交響曲のような録音スタイルを『せぇの！』でとる、という。

ただしチーコの歌だけは別に、オケの後で単独録音してダビングするんだ。

二時からオケどりが始まった。立ち合いはオレとゆうこ。

スーツにネクタイ姿の年配の指揮者が指揮棒をサッと振り下ろすと、楽器を構えた二十人ほどの演奏者たちが演奏に入る。イントロはなるほど江戸川さんの〈ロオケ〉に近い。

作曲家の横田さんは、三十代の女性。オレの脇に座って、オケに合わせて小さな声で歌って聴かせてくれた。優しく可愛い、いいメロディーだな。

何べんかのリハーサルで、横田がストリングスに細かい直しを入れる。

江戸川も、センター・マイク一本だけで録音する音のバランスに注文をつけた。

本番テイク1はギターがミスった。テイク2はドラムスとベースがNG。『せぇの!』だから、誰か一人のミスでもやり直しになってしまう。

やっとテイク5でオーケーが出た。


三時過ぎに清水と、差し入れの大きな紙袋を抱えた宮下が現れ、すぐ後から竹林マネージャーがチーコを連れて入って来た。

「おはようございますっ!」チーコは白いワンピースに麦わら帽子の夏休みスタイルだ。

「チーコ、ちょーっと緊張してない?」と江戸川。横田も覗き込む。

チーコは消え入りそうな声で「ばりばりです……」

江戸川が微笑んで横田と顔を見合わせ、「ぜんぜんオーケー! チーコさ、弘田三枝子さん知ってるよね?」

「あ、好きです。カッコイイ!」

「じゃあ、自分が弘田三枝子だと思って、カッコよく歌えばいい」

「そう思っていいの?」

「オーケー! じゃあ、すぐリハーサル行ってみようか、チーコ」

「お願いしまーす!」チーコはヘッドフォンをつけてスタジオに入り、高い天井から下がったセンター・マイクの前にぽつんと立った。オレたちはガラスごしに見守る。

「チーコ聞こえるね……オケを出すから、とりあえず合わせて歌ってみようか。歌のアタマは、僕のこの手のキュー見てね」江戸川はスタジオに向けて右掌を上げた。

「はい」チーコの声がスピーカーから聞こえる。

「カズちゃん」江戸川が隣のミキサーに小声で、「テープ回して。とっちゃおう」

「了解。テイク1」

イントロに合わせてチーコは体でリズムを取る。江戸川のキューで歌が始まった。

♪まんまるがおーのぉ　おんなのこぉはあ
　いいいつまぁまにぃ　なれるてぇ
ディレクター席の江戸川が、「バイヤ……」とつぶやくのが聞こえた。

すごくヘタ！　しかも音痴。こりゃいかん！

いちおう最後まで歌わせたところで江戸川はテープを止め、トーク・バックを使わずに直接チーコの所へ走る。オレの席からはガラスごしで声は聞こえないが、江戸川が優し気な素振りでチーコに何か教えているのが見えた。

間もなく江戸川が戻りマイクに向かって、「じゃあチーコ、本番行くよ。ラクーにね！」ミキサーがうなずいて、「テイク2。回します」イントロが流れ、スタジオ内のチーコがリズムに乗って歌に入る。

♪まんまる顔の女の子は　いい妻になれるって～

うん、アタマの音程は前ほどには外れていない。

最後の♪バスロン～までって、チーコはピョコンと頭を下げた。

「チーコ」江戸川がトーク・バックで、「そーね、ちょーっとだけ良くなったかなぁ……。でも、もうひとつ行こうかね？」

「はーい」とチーコ。

「テイク3、回します」再びイントロから歌へ。

うーん……このテイクもかなりヤバい！　当然『もうひとつ』となった。

テイク4。あまり変わらず。

テイク5にもダメが出されると、チーコも泣きそうな顔になってきた。

「江戸川さん」作曲の横田さんが立ち上がって、「ちょっとチーコとお話ししていい？」

「お願いします」と江戸川。

横田は防音ドアを開けてスタジオへ入り、チーコの肩を抱いてグランド・ピアノの前へ。

音階を弾きながら、「♪あ、あ、あ、あ、あ～」と音程練習を十五分ほど繰り返す。

最後にチーコに何か語りかけて、ぎゅっと抱きしめると横田は戻って来た。

再びテープが回り、テイク6が始まった。

オレはハラハラしながら、歌うチーコを見守る。

どうにか音程は外すことなく歌い終えた！　だが、やっぱりヘタ！　こりゃあ、どうしたもんだろう……。

「今の可愛くていい！」横田が声を上げた。「わたし、こんな感じの歌にしたかったの！」

「えっ！　横田さん、マジで？」と江戸川。

「聴いてて心配になっちゃうでしょ。なんとか頑張ってほしい、何か手伝ってあげることはないかな？って思うでしょ？　それが凄く可愛いの！　そんな気持ちで聴いてみて」

「……わかった」江戸川はミキサーに、「テイク6、プレイバック。歌を大きめにね」

チーコの歌声が流れ出す……やっぱりヘタなのは変わらない。

だが、オレも横田と同じようなことに気付く。歌詞の意味が強く伝わってくるんだ！

『わたしってなれそう？』わたし幸せになれるといいな、という感情が可愛らしく感じられる。『ヘタでごめんなさい』という歌い方が、結果的に聴いている者の自然な共感を呼ぶような表現になっているのでは？

二度のプレイバックが終わり、皆しばらく沈黙した。

「いいですか？」突然、宮下が口を切る。「素人考えですけど、僕も横田さんに賛成です。

チーコの歌、ホントに可愛いと思います。ヘタだから、かえって子供でもすぐに真似して歌えるんじゃないだろうか？　ごめんなさい、素人考えで……」

「ああ、そうかもなぁ……」と江戸川が考え込む。

清水は腕を組んで無言。ゆうこは横田や宮下に向かってうなずく。

次第に、皆の視線がオレに集まってくる。

そしてオレは、二度目のプレイ・バックを聴いた時に心を決めていた。

オーケーだ！　これに賭けよう！

8

七月二十三日水曜日。

バスロン〈チーコと親衛隊〉の初号試写が美生堂宣伝部の試写室で行われた。

まずは宮下担当と河野部長の二人のみが相手だ。

♪まんまる顔の女の子は　いい妻になれるって〜　ふわふわした不思議な歌に合わせて、窓辺のチーコと路上の親衛隊が珍妙な視線のやりとりをする。

三十秒・十五秒の映写が終わり、部屋が明るくなった。

オレ、清水、ゆうこ、そして宮下は神妙に河野部長の言葉を待つ……。

河野はしばらくポカン、としていたが、突然噴き出して大笑い、「こ、こんな美生堂CM、見たことがねえぞ、はっはっは！」

「……ダメですか？」宮下が恐ろし気に伺う。

「バカ！　オーケーだよ。面白い。このくらい美生堂カラーを壊したかったんだ！　おれの前任の下村部長だったら激怒しただろうなぁ。これでいい。これで売ってみよう！」

「やった！」宮下とオレたちが同時に叫んだ。


だがその日の夕方までに美生堂の社内で何度も行われた試写では、極端な賛否両論になった、と宮下から聞いた。『こんな下品なキワモノは美生堂のCMじゃない！』とまで言う宣伝部のアート系スタッフもいたと。逆に『いや、けっこう可愛いよ』とは販促部門の意見だ。結局、河野司令長官の『これで行く。黙れ』のひと声で決まりだったそうだ。

全国オン・エア開始は八月一日と決まった。


「プリント千二百本だと！　バカ言うんじゃねえ！」ニッセン八階の制作管理部で部長の

岩見沢が怒声を上げた。「聞いてねえよ、そんな話。清水よぉ、千本以上の大仕事を、いきなり極東現像所に出せるわけがあるか！　あと一週間しかねえんだよ」

フィルムの時代、完成したCMの放映はまだすべてテレビ局員の手作業だった。つまり十六ミリにプリントされたフィルムを映写機にかけ、写った映像をテレシネという変換機を通してテレビの電波に変える仕組みだ。プリントは映写する度に劣化するから、したがって一放送局ごとに数本から数十本が必要だ。美生堂のCMのように大規模な全国数十局オン・エアともなると、何百本あるいは何千本という数のプリントを北海道から沖縄まで配らなければならない（プリント運行、オンエア管理はもちろん電広などの代理店がやるのだが、その大量プリントをラボに発注して納品するまではニッセン制作管理の仕事だ）。

「おたくのチームの仕事で」岩見沢は声のトーンを上げて、「美生堂大メイン〈秋のキャンペーン〉が今月後半には立ち上がる。今、宮本監督が仕上げの真っ最中だよ。CMだけでプリント三千本焼かなきゃならねえ。その前に販促映像の長尺もの百本だってある。極東現像所おどかしてな、他社のプロデューサー何人も泣かせてな、無理やりラインを空けさせてるんだよ！　そこへお前のバスナントカを千二百本入れろだと？　ふざけんなよ！」

「岩ちゃんさぁ」清水とオレでは埒が明かないとみて、樺山副社長が口を切る。「そこを何とかやってくんないかなあ。美生堂さんもこの新製品には力が入ってるんだよ」

「そーですかねぇ？　副社長。初号ボロクソに評判悪いそうじゃないすか。千二百本も焼いちゃって、最悪オクラにでもなったら」

「おい！」樺山が血相を変えて、「そんなこと誰が言ってるんだ？」

「誰ってさぁ、企画演出部あたりで専らのウワサですよ。大船部長なんかもね……」

「真に受けるんじゃない、そんなタワごと。いいか、本日美生堂さんから正式に千二百本の発注を頂きました。これが真実です。お前、発注書見るか？」

「……わかりましたよ、はい」

「極東さんにもう一本ラインを空けさせる。イヤだと言うなら、この仕事横浜ラボに振る」

横浜ラボ！　なつかしい名前だ。モリスにいた頃バーチーのCMで、横浜ラボにネガと現金を持ってお願いしに行ったもんだ。プリント本数は三本とか五本だった。バスロンは何と千二百本！　もし本当に発注されたら、あいつら喜ぶだろうなぁ……。

ともかくこの話題、オレやゆうこには何も言えず、ただ見守るのみだ。

それにしても、『企画演出部あたりのウワサ』はひどすぎる！　オレが美生堂の仕事をやることが、それほどまでに許し難いのだろうか……。

まあいい。オンエアの結果を見てろよ！

翌朝の出がけ、ポストに一枚の絵葉書が入っていた。

ミラノの大聖堂の写真と、その下にナツキのメッセージ。それを読んで、オレは「ふーん」とうなずいた。何となく予測していたことだったから……。

出社したが今日は特に用事もなく、オレはトークリに電話してチョッコを昼メシに誘う。

「うちで食べようよ。ピザとるから」チョッコの言葉に甘えて、オレは麻布へ向かう。

マサミは学校。堺社長と社員たちは二階で会議。

オレはキッチン・テーブルでチョッコと向き合って、六本木〈ニコラス〉の十四インチピザを切り分ける。ニコラスは日本で最初の本格ピザ・ハウスとして有名だ。味もいい。

二人とも仕事が一段落で夏休みも近い、というリラックスした雰囲気。

「マサミの誕生日、行けずにごめんな」とオレ。「バスロンの企画ごもりの真っ最中でさ」

「いいよ。ヒロにとって大勝負だったんだ……それより、来月の合同誕生会の話しよう」

「おお、いいね」

「でもヒロ……ええと、ナツキさんって、もう帰って来るんだよね？」

「ああそれなんだけど、実は今朝ミラノから葉書が来ててね、サマー・スクールは八月末まで授業が延びるんだってさ。帰国は九月一日……ごめんなチョッコ、気を遣わせて」

「いいんだよ」チョッコはペロッと舌を出して、「不倫なんだから当然だよ」

オレはちょっとドキッとしたが苦笑して、「ははは、そりゃそうだ！」

「二人だけで、またキャンティでやろうよ。ヒロの誕生日・八月十九日に合わせる」

「そのあたり、岩手から戻って来れるんか？」

「今年は飛行機使わない。新しい東北道が四月に白石まで延びたの知ってる？　頑張れば一日で岩手まで走れるよ。サンダーバードで行く。えーと……八月九日の土曜日に出る。一週間父ちゃんたちやマサミとつきあって、わたしは十五日に一人で戻って来るよ」

「大丈夫？　距離あるぜ」

「ヒロだって、土佐の高知までビートルで突っ走ったじゃない。それより近いよ」

リビングの方から、階段を降りて来る五、六人の足音と笑い声が聞こえて来た。会議が終わったのだろう。

チョッコが立ち上がってドアを開け、声をかけた。「みんな、ニコラスのピザあるよ！」


八月一日、バスロンのオンエアが始まった。ほとんどすべての民放局で、午後遅くから夕食時にかけて凄い放送量だ。東洋ムービー時代、エメール石鹸やブルースカイのCMもよく見られたが、このバスロンはケタ違い！

数日の内に、オンエアを知らせておいた人たちから電話をもらった。母とクニ、チョッコ、ナツキのママ、啓介と友子、上城、温井、そしてジャン。全員の言葉は一致していた。
『面白い。可愛い。チーコも歌もいい』

誰もが好意的に言ってくれてると思うが、それを差し引いてもいつにない絶賛だった。なんとなくイケそうな気がして来る。


最初の結果報告が来たのは、チョッコとマサミが岩手へ発った翌週の火曜日だった。出社するとすぐに席の電話が鳴った。

「吉野さん、おはようございます。美生堂の宮下です」

「あ、おはようござ」

「やーったね！　吉野さん。大ヒットですよ！」

「え、ほんとに？」

「販売促進部からレポート来てましてね。昨日までに全国の販社に、流通からのバック・オーダーが殺到してるそうです。それと〈CMサーベイヤー〉社の速報値で、バスロンの認知度・好意度ともに抜群のポイントですよ！　宣伝部も皆が腰を抜かしてる。ははは」

オレは驚きのあまり何も言えず、ただ宮下が喋るにまかせる。

「吉野さん、もう一つ面白い話があるんだ。〈セントー・マーケティング・リサーチ〉っていう会社知ってる？」

「戦闘マーケティング？　闘う会社とか？」

「いやいや、戦闘じゃなくって銭湯。風呂屋の方ですよ。最近出来た会社らしいんだが、ユニークでねぇ。食品や日用品の広告を対象にしてね、今銭湯の中では何がホットな話題になっているか、を一緒にお湯につかりながら調べて広告効果分析をするんだそうです」

なるほど、とオレは感心した（当時の街にはまだ数多くの銭湯が繁盛しており、そこは庶民の社交場のように使われていた。連続テレビ・ドラマが大ヒットすると、『何曜日の夜何時前には皆が銭湯から上がってしまう』という表現が使われたほどだ）。

「その銭湯マーケティングの会社の人が昨日来ましてね、耳寄りな情報をくれたんです。東京都内五か所の銭湯で、若いお母さんやちっちゃな子供が　♪まんまる顔の女の子は〜って大きな声で歌いながら、バスロン・シャンプーで髪を洗っていたっていう報告です。これは吉野さんタイヘンなことだよ！」

「……」オレはその光景を想像して胸がかっと熱くなった。

「その人が言うにはね、一つのキャンペーンがスタートして一週間以内に銭湯でコマソンが歌われるのは『最大級のヒット』だと。僕もその通りだと思いますね」

その八月十二日の朝突然、オレは『ニッセンで最も注目されるディレクター』になった。清水、ゆうこ、風早、そしてカメラの筒井が七階に集まって気勢を上げる。そこへ取材の電話。〈広告会議〉誌からだ。ゆうこが出て、夕方のオレのインタビューの時間を決める。〈アド・マンスリー〉や〈週刊CM通信〉からもアポが入った。

午後一番で樺山、清水とオレは美生堂宣伝部へ挨拶に出向く。河野部長、宮下担当だけではなく、何人かのクリエイティブ・ディレクターや販促部、PR部などのチーフもオレの顔を見に集まった。

「吉野くん、大成功だ！」河野部長がオレの手を強く握りながら、「君に賭けて良かった。でもな、けっこうリスクあったんだ。反対も多かった」と河野は横に並ぶCDたちを示して、「こいつら今じゃあ『個人的には、初めからイケると思ってましたが』なーんてトボけた顔しとるがな、はっはっは！」バツが悪そうに顔を見合わせるCDたち。

オレと清水は恐縮して頭を下げる。

樺山が爽やかな笑顔で、「すべて河野部長の大英断の結果です。鞆浦監督もどこかできっと喜んで、い、いや、ブッタマゲていることでしょう」

皆が爆笑した。

夕方五時。オレは会社で〈広告会議〉誌のインタビューだ。

来月号のカラー・ページで大きく取り上げると言う。オレの写真まで載るそうだ。

「今年最大のヒットになるでしょうね」若い女性編集者は取材ノートを広げながら、「このところ、ちょっと理屈っぽい『広告コンセプト過剰』みたいなCMが多かったんです。このバスロン、誰からも愛されるっていうコマーシャルの原点を満たしてると思うなあ。始まって二週間も経たないうちに、これだけ全国にアピールしたCMは久しぶりです」

三十分ほどの取材はごく常識的な質問と、オレのちょっと外したお答えで完了した。

ともかく、メディアに載ることが広告屋としては大切だ。

八時過ぎ、長い一日は終わった。

どこかで一杯やってから帰ろうと思い、オレはぶらぶらとゴールデン街へ歩いた。

先日佐々木と飲んだ〈カルチェ・ラタン〉の看板が目につき、オレは店に入る。

カウンターに座ってから気が付いた。佐々木がいる。オレを見てちょっと驚いた様子だ。

「何しに来た?」とオレを睨む佐々木。

「この店に大根買いに来たり、頭刈ってもらいに来たりしないよね? 佐々木さん」

「なにを……」佐々木は言葉に詰まりながらも、「まあいいわ、飲もうかね」

「オレがおごりますよ。今日はいいことあったんで」とウインクしてやった。

「……あのシャンプーの仕事だろ、どうにかなったみたいね。ま、おめでとう」

「へぇ！　佐々木さんにそんなこと言ってもらえるんだ！」

「おれはいいと思わないけどね。嫌いだけどね。だがぁ、結果が全てだからな……」

オレはマルボロに火をつけて佐々木にも一本すすめた。佐々木は「それキツいから」と断って自分のホープをくわえる。「吉野くんよ」

「はい」

「きみね、今週から『ガイチュウ』と呼ばれなくなった」

「へえ！　じゃあ何と？」

「『色モノ』という呼び名がついた。これ大船部長のアイデアかな？」

「いろもの……」このことば現在でも使われてるよな？　元々は寄席の用語だ。メインの出し物である本格的な落語や講談に対して、その前座を埋める歌や踊りのこと。『本流を外れたにぎやかしモノ』という意味かな。「佐々木さん」オレはクールに、「色モノねぇ、ガイチュウよりも評価が上がったのかな？」

佐々木は顔をゆがめて笑い、「多少の使い勝手はある、という意味でね」

オレは佐々木を無視して、角瓶のストレートを飲み始める。

しばらくすると佐々木が立ち上がり、「帰る」と一言つぶやいて店を出て行く。

オレはカウンターで一人、マスターと差し向いになった。

何本目かのマルボロに火をつけた時、目の前の棚に並ぶボトルに隠れるように、新聞の切り抜きが貼ってあるのに気付いた。二人の男の写真とフランス語のキャプション『日本人も解放区を応援』。一人はマスターだ。今よりも多少若く髪も多い。そして肩を組んだもう一人の小柄な男の姿を見て、オレは「あっ」と小さく声を上げた。これ、パリのムトウさんだ！　間違いようもない。黒いヤッケにヘルメットを被り、あの優しいヒゲ面……。

「マスター、あ、あの」

「もう一杯作ります？」

「いや、そうじゃなくて、そこの切り抜きの写真のことで」とオレは指差す。

マスターは写真にチラッと視線を流し、「これが何か？」

「横の人、武藤章さんですね」

「え、知ってるの？」マスターはちょっと意外そうにオレを見たが、「ああそうか、あんたもニッセンの人だもんな。あのころパリでムトウと仕事してるんだな」

オレはうなずいて、「この業界で初めてオレをまともに雇ってくれたボスなんです。あの、今ムトウさんどこの国にいるんですか？　連絡あるんですか？」

マスターは答えずに煙草に火をつけた。

オレは身を乗り出して、「住所とか、もしわかるんなら手紙出したいんで」

「ムトウのことは……」マスターはゆっくりと煙を吐いて、「わからない」

オレはマスターを見つめた。言いたくないんだな、と感じた。

マスターは煙草を消すと、「もう飲まないんなら、今日は早めに店を閉めたいんだが？」

「ごめんなさい」オレは立ち上がって代金を払い、「また来ます」

9

八月十五日金曜日。

昼前まで寝ていたオレは電話で起こされた。

「岩手から国際電話です。ハロー、ヒロ」朗らかなチョッコの声。

「ああ、チョッコ……」オレはまだ半分寝ぼけたまま、「そうか、今日こっちへ戻るんだ」

「今ガソリン満タンにした。これから突っ走る！　着くのは今晩遅くになるから、ヒロに電話するのは明日の朝にする。ヒロ、それよりさ、バスロンのCMうちみたいな山奥でもガンガンやってるよ。♪まんまる顔の〜ってマサミも歌ってる」

オレはそれを聞いてシャキッとした。「うんチョッコ、大ヒットになってるんだ。商品の売り上げも一週間で目標を越えた。オレ、自分でブッタマゲてる」

「わたしは驚いてない。必ずこうなると思ってたよ、ずっと前から」

「チョッコ……」

「ヒロ」

「何？」

「い、いや、明日会った時に話すよ。じゃあ出発します！」電話は切れた。


シャワーを浴びて着替えると、もう正午に近い。テレビをつける。

終戦記念式典の風景が映った。花飾りに囲まれた会場はしんと静まり返っている。

時報と共に「黙とうをいたします」とアナウンサーの声。

澄んだ鐘の音が響き渡り、数千人の列席者が静かに頭を垂れる。

オレもテレビの前でコーヒー・マグを持ったまま、しばし黙とうした。

一時頃出社。ゆうことラーメン屋へ。

「ラーメンと餃子」とオレ。

「同じものを」とゆうこ。

「あれ？　大盛り・ダブルじゃなくていいの？」

「今、減量中なんです。ウエストを取り戻すの。吉野カントクのPMだからね！」

オレは驚いて、ちょっと感動した。ゆうこはオレを誇りに思ってくれてるんだ。

「ゆうこ、バスロンはほんとにラッキーな仕事だったな」

「うん……そうかも」

「その幸運の始まり、何だと思う？」

「え、何かあったっけ？」

「プレゼンの前の日、七月七日にゆうこがオレにくれた七夕の笹飾りだ。あれ、ラッキーな感じがした。あそこから流れが変わって、プレゼンも撮影もオンエアも全部ツイてきたような気がする」

ゆうこはちょっと照れたように、「そんな風に言われると嬉しい……PMは、カントクやスタッフたちを喜ばせるのも仕事なの。あの、トモさんの話してもいいですか？」

「もちろん」

「あたしがニッセン入って二年目だったかな、鞆浦監督とPMは唐津さんであたしはPA。新年CMの撮影で、十二月二十四日の夜に富士山五合目の山小屋にいたの。晩ご飯が終わってみんなで飲み始めた時に、トモさんが唐津さんに向かってこう言ったの。『クリスマス・ケーキに蝋燭でも灯したいなぁ……』唐津さんが笑って、『こんな山の上ですから』って言うと、トモさんは悲しそうな顔をして、『クリスマス・イブの夜に、若い男たちが何人もこんな山の上で茶碗酒なんて……』あたし瞬間的に立ち上がって、『すぐ買ってきます！』って言っちゃったの。一人でマイクロ運転して、ふもとの街までケーキ買いに行きました。なんとかちっちゃなケーキ見つけて、山小屋に戻ったのが十二時ちょっと前だったかな。でもトモさんもスタッフたちも待っていてくれて、ケーキに蝋燭つけてみんなで記念写真撮った。いい思い出です」

オレは黙って微笑んだ。

トモさんにまつわる思い出を大切に抱いているのは、ゆうこだけではないだろう。ニッセンの社員一人ひとりに、あの厄介な佐々木の心の中にもトモさんはいるんだ。

二年前に亡くなった鞆浦光一監督は、今でもこの会社を動かしている重要なエネルギーの源泉なんだ、とオレは気付いた。

でも吉野洋行は、残念ながらそれを共有していない。『ガイチュウ』だの『色モノ』だのと言われるのは、もちろんアタマに来るけど、彼等の気持ちも少しはわかる気がした。

オレにだって朝倉真さんがいるからね。死者は強い。もう老いることも死ぬこともない。

夕方、バスロンCMの話題で、ヤマト・テレビのイブニング・ショーの取材が入った。この番組には松木は関わりがないようだが、おそらく後で知ることになるだろう。テレビ・カメラと照明機材が企画演出部の中まで持ち込まれ、オレの席で撮影とインタビューが行われる。サガチョウ社長の命令で大船部長以下企画演出部は全面協力。ディレクターたち全員が撮影中は部屋から退去となった。『色モノ』のテレビ出演のためにね。ヒッヒッヒ！　こりゃあまた、風当たり強くなるだろうな！

インタビュアーは山根恵さんという二十代のアナウンサーだった。質問は型通りのものばかりで、まるで面白くない。純ナマ放送で十分ほどの時間と聞いたので、オレは実は、ちょっとしたハプニングをテレビ局側には無断で仕込んでいたんだ。

いくつかのやり取りを済ませて最後の数分となった時、突然清水、ゆうこ、そして風早がオレに抱き着くようにしてテレビ画面に乱入した！

「バスロンのチームです！」オレはカメラマンに向かって『そのまま回せ』というサインを出しながら、「清水プロデューサー、林プロダクション・マネージャー、風早プランナー。各々が知恵を寄せてバスロンを作ったクリエイターです。私一人ではCMは出来ません。ではみんなでバスロンの歌を！　せーの！　♪まんまる顔の女の子は～」

四人がカメラに顔を突き出しながら、酔っぱらった学生のようにがなり立てた。


取材は終わり、番組スタッフたちは多少呆れながらも満足した様子で引き上げた。

その晩は四人にカメラの筒井も加わって、花園町の〈カディス〉で酒盛りとなる。

家に帰ったのは明け方。シャワーも浴びずにすぐ寝た。


ベッドの脇の電話が鳴った。チョッコだ！　オレは受話器を取り上げる。

次の瞬間、オレは目が醒めた……窓から真昼の光が差し込んでいる。

気が付くと右手に受話器を握りしめていた。耳に当てたが、ツーッという発信音が聞こえるばかり……そうか、電話が鳴った夢を見て受話器を取ったんだ、とやっと悟った。

時計を見ると十二時前だ。チョッコはもうとっくに着いているはず。電話が鳴っていたのにオレが眠り続けてしまったのか？（スマホもケイタイも留守録電話すらない当時、連

絡がつかないのはよくあることだったな）

ともかく起きてシャワーを浴び歯を磨いて、体操と筋トレを二十分ほど。やっと体が目覚めた。

まずはチョッコに電話をかける。

十数回も呼び出し音を鳴らしたが誰も出ない。もう一度かけ直す。やはり出ない。

トークリの代表番号もやってみたが、同じだ。お盆の週末だからオフィスは無人か。

おかしいな、チョッコはどこへ行ったんだ？

ふと思い立って、堺さんの自宅へ電話してみる。

ワン・コールでつながった。「はい、堺です」

「吉野です。お休み中すいません」

「ああ、ちょうどよかった。電話しようと思ってたんですよ。きみのところに連絡入ってない？　チョッコからさ。今日昼までに仕事の報告済ませることになってたんだわ」

「えっ……い、いや、オレ今起きたばかりで、すいません。チョッコがクルマで岩手を出る時に電話もらったきりで……もう着いている筈なんで電話したんだけど、誰も出なくて。堺さん、トークリ行ってみたんですか？」

「さっきね。駐車場もカラだった。どっか途中で一泊してるんかなぁ？　距離あるからね」

堺の言葉にオレもなんとなく安心し、「ありそうなことだな。岩手の実家には連絡してるかも知れません。マサミもあっちにいるし。オレ電話してみましょうか？」

「いやちょっと待って……」堺はやや間を置いて、「もうちょっとだけ様子見ませんか？　マサミちゃんやお父さんをムダに心配させるのもさ、どーかな？　多分途中で一泊だよ。午後には電話入ると思いますよ」

「そーですね！　どっかの山の中で寝てるんだ。夜中で電話出来なくて、今頃やっと起きたばかりとかね。待ちましょう」

オレは堺との電話をいったん切り上げ、カップ・ヌードルで食事を済ませる。窓を全部開けて風を通し、リビングで本を読みながらひたすら電話が鳴るのを待った。長い午後が過ぎ、陽が傾いてカナカナの声が聞こえてくる。

オレは堺に電話し、今からトークリへ行くと伝えた。堺も来ると言う。二人とも昼頃とは違って、本気でチョッコの身を案じ始めているのがよくわかった。

オレのビートルと堺のメルセデスは、ほぼ同時にトークリ屋敷の駐車場へ入る。

オレたちは居間に落ち着き、ともかく何かが来るのを待った。テレビのニュースも一応はチェックしたが、お盆や各地の行事などの埋め草ネタばかり。あとは業界のつまらないウワサ話を漁ったり、独身で料理が上手い堺が作ったパスタを食べたり……。

やがて夕闇が降り、そしてたちまち夜が更けてゆく。

「堺さん」オレは立ち上がって、「岩手に電話しましょう。チョッコは何かの事情であちらに戻ったのかも知れないし、ともかくマサミやお父さんに何も言わないわけには」

堺は静かにうなずいた。「そうですね。電話しましょう。でもマサミちゃんじゃなくて、お父さんに話した方がいい。僕がやります」オレも堺に任せようと思った。

電話はコーナーのテーブルにある。堺は小さなアドレス帳を見ながらダイヤルする。

相手が出たらしく堺が喋り始めた。名前とトークリの社長という立場を言うと、相手はすぐに了解したようだ。堺は丁寧な口調で、「会社の資産相続手続きのおりは、お世話になりました」もうお父さんと話してるらしい。堺は続ける。「実はつかぬ事ながら、直子さんのご予定を伺いたくお電話しました」お父さんが答えている。堺は何度もうなずきながら聞いた後に、「では昨日の昼頃、クルマで出発されたと。その後、到着のお電話などはございましたか？」お父さんが何か言って、堺の表情が少し曇った……。

その後十分ほどで話は終わった。

結局チョッコの安否については何もわからず、オレたちはただお父さんと心配を共有するだけの結果となった。そして『マサミには直子の無事を確かめてから話します』とお父さんは言ったそうだ。オレたちも同感。

深夜。オレも堺も電話のそばから離れられず、ただ楽観的な推測を繰り返すのみ。警察に連絡することも考えたが、堺が『それじゃあ失踪人という扱いになってしまう』と反対し、オレも納得した。こりゃあ酒でも飲むしかない。堺がキッチンから持って来た〈ブルー・ムーン〉のボトルを据えて、チーズを肴にオレたちは飲み始めた。ともかく酔っぱらってしまおう、と二人ともピッチを上げる……堺さんとも長い付き合いだけど、今日ほど『友達だ』と感じたことはなかったな……ああ、少し眠くなってきた。

コン！コン！コン！コン！という硬い音にオレは目を醒ました。あたりを見回す。庭に面したガラス戸から強い光が入っている。昼近くのようだ。

コン！コン！　もう一度音がした。玄関のドア・ノッカーが鳴っているんだ。

オレの向かいのソファーで堺も身を起こしていた。「誰か来てる！」と立ち上がる。

堺に続いてオレも玄関へ。

ドアを開けると、スーツに白い開襟シャツの中年の男が立っていた。男はポケットから手帳のようなものを取り出して掲げ、「麻布警察署です。こちらは株式会社トウキョウ・クリエイターズさんでしょうか？」

「は、はい。そうです」緊張する堺。

「代表取締役会長の朝倉直子さんはおられますか？」

「いや、今朝倉は休暇中でして。私は社長の堺と申します。あの、どういう御用で？」

「えーと、ですねぇ……」警官はちょっと考えた後、手帳をめくって何かを確かめて、「品川3ナンバーの外車ですね」とオレも知っているナンバーを読み上げ、「フォードです。六四年度新車登録。六九年に御社の朝倉直子会長の名義に変更され、現在もお持ちです。以上、間違いありませんか？」チョッコのサンダーバードのことだ！

「はい、確かに。それが？」

「ああ、やっと見つかった！　都の公安委員会から麻布署に至急確認するよう要請されてるんです。福島県警から公安にね、金曜の夜中、そのナンバーのクルマの持ち主を問い合わせて来たそうです。しかしなにぶん公安もお盆の土日で、登録車検証原本の確認に時間がかかってしまいまして、今朝になってやっとこちらの住所が判明した次第で」

「ふくしま？　なんでナンバーの確認など？」

「他には手がかりになる物がなかったそうでね……」警官は目を伏せた。

10

その八月十七日の午後、オレは堺の運転するメルセデスに同乗して東北道を福島へ。目的地は福島警察署だ。そこにチョッコのお父さんも来ることになっている。お盆のUターンとは逆方向で空いている車線を走りながら、オレたちは一言も口を開かなかった。何か言葉にするのが怖かった。

ともかくこの目で見るまでは何も信じまい、とオレは思った。堺も同じだろう。

夕方六時頃、オレたちは福島西インターで高速を降り、三十分ほどで福島市中心部に入った。夕陽に光る阿武隈川から振り仰ぐ空には、ピンク、オレンジ、グレーの雲が濃紺の空に拡がる壮大な夕焼け。福島警察署の古びたビルも、赤黒く照らし出されている。

受付で来意を告げると、すぐに青い制服の若い警官が現れ、「県警交通機動隊の山田であります」と丁重に挨拶した。「遠路ご苦労様です。朝倉さんの会社の方、ですね?」

「社長の堺と申します」「吉野です」オレたちも名乗る。

「……朝倉さんのお父様が、先ほど到着されました」

オレたちは山田に先導されてロビーから裏口を抜け、駐車場の向こう側にあるプレハブの大きな倉庫のような建物の中へ入る。

ガランとしたコンクリートの床の中央に、異様な物体が置かれていた。

真黒く焼け焦げて妙な形にねじ曲がった鉄の塊が大小十数個、五メートルほども乱雑に絡み合っている。腕のように突き出た鉄骨から何か溶けた物が垂れ下がり、異臭が漂う。

その物体と対峙するように、背の高い初老の男性が立っていた。山田がそっと声をかけると、男はオレたちにゆっくりと視線を向け、「谷川です。ご迷惑を掛けまして……」

「そんな……」と言ったきり、堺は次の言葉が出ない。

オレは一歩前へ出て、「吉野です」と頭を下げる。

「ああ、吉野さん。直子からいつも話を聞いてます」

「失礼します」と山田が割って入る。「谷川さん、先ほどお見せした物品は御確認よろしいですか？」

谷川、いや『父ちゃん』でいい。父ちゃんは横のテーブルに置かれた白い紙皿に目を向けて、「直子の物です」とひとことと。

紙皿の上には何か小さな物が二つ置かれている。オレはそのテーブルの前へ。

見るとひとつは腕時計の残骸。ひどく壊れているが、文字盤のブランド・ロゴはオレにも見覚えがあった。もう一つは銀のブレスレット。まだ輝きがわずかに残っている。

「吉野さん」山田は父ちゃんからオレに視線を巡らすと、「朝倉直子さんとの連絡は、現在に至っても取れていない状態でありますか?」

オレは何も言えずにただうなずく。ここから先は真っ白な頭の中を、山田の言葉だけが、その意味だけが通過して行った。

「事故の状況説明、よろしいですか?」と山田。「金曜日の夜半過ぎ、十二時四十分と記録があります。今から四十三時間ほど前、自分も現場におったです」山田はちょっと間を置いてオレたちを見回す。「事故が起きたのは東北道上り線、国見インター付近であります。福島西インターまで二十キロ地点です。朝倉直子さんが運転していたとみられるクルマは、推定時速百五十キロ以上で車線分離帯のコンクリート・ポストに激突し、転覆して激しい火災が発生しました。大型の燃料タンクが爆発し、このようになってしまうまで」と山田は黒焦げの残骸に目をやり、「消火不可能でありました。事故の原因はまだ特定出来ませんが、交通量のない見通しの利く直線での単独事故であり現場にブレーキの跡もないので、居眠り運転の可能性が高いとみられます……お気の毒ながら、ご遺体はまったくカタチをとどめておらず、亡くなられたのがお一人であることが辛うじて推定出来た程度です。しかしかかる状況ですので」と山田は目を伏せて頭を垂れると、「苦しむことはなく……即死されたものと」

「直子の……」父ちゃんが口を開いた。「直子の体だとわかったんですか？」

「申し訳ないこってす。お一人の体ということがわかるのみで、たまたま燃え残った二つの遺品の他には免許証も車検証も見つかりませんでした」山田はテーブルの下から五十センチほどの金属片を取り出した。ちぎれたバンパーの一部に繋がったナンバー・プレートだ。辛うじて焼け残った文字が読める。「爆発時に飛散したこのプレートだけが、クルマと持ち主にたどり着く手がかりでした。時間がかかってしまいまして……」

父ちゃんは繰り返す。「直子に会わせてください」

山田は頭を下げて、「暑い盛りであります。ご遺体の状態からも、長時間の保存は無理でありまして、署長の判断により本日の午後荼毘《だび》に付しました……ご対面はこちらで」

山田はオレたちを倉庫の片隅の小部屋へ案内した。

うっすらと香の匂いが漂って来る。

部屋の中央に白布の台があり、その上に素焼きの骨壺と線香が一本だけ焚かれていた。

山田は骨壺に一礼して掌を合わせると、「どうぞ、中を」と父ちゃんを促した。

父ちゃんが骨壺の蓋を開き、中を覗き込む。すると驚いたように目を見開き、壺の中に手を入れた。父ちゃんの指の間から、灰色の粉のようなものがサラサラとこぼれ落ちる。

「これだけですか？」と父ちゃん。

「申し訳ないこってす」山田がかしこまる。

オレも父ちゃんの後から壺の中身を覗いた。ほんのひと握りの粉だけだ！

「これはチョッコじゃない……」心の中で呟く。「チョッコじゃない……」


深夜。

東京へ戻る堺のメルセデスの助手席で、オレは膝を抱いて丸くなっていた。

何も見たくない。聞きたくない。言いたくない。

チョッコに会いたい。どこへでも行くから、何でもするから、チョッコに会いたい……。

うちの前にクルマが着くまで何時間も、オレは無言で涙を流し続けていたのだろう。

堺はオレの肩を抱くようにクルマから降ろしてくれ、「休もう。二人とも疲れてるから。

明日月曜は臨時休業にする。午後、連絡し合いましょう」

部屋に入ると、オレはシャワーも浴びず着替えもせず、ベッドの上で丸くなった。

チョッコに会いたい……ただそれだけを思っているうちに眠りについた。

眼を醒ましたのは月曜の九時過ぎだった。よほど疲れていたんだろう。

ああチョッコに電話しなくちゃ、とトークリの番号をダイヤルする。

すぐに出た相手は堺だった。「おはよう……ちょっとは眠れたかい？」

「ああ……いままで」と答えた時、オレは自分が少し現実に追いついたのを感じた。

チョッコは……もういないんだ。

「きみのクルマこっちにあるけど」と堺。

「これから行きます」

「朝から岩手のお父さんと電話してた。いろいろあるんで来たら話します」


オレは家を出る前に会社へ連絡した。ちょっと迷ったが、樺山さんに繋いでもらった。

チョッコの事故のことを話すと、樺山は息を呑んでしばらく言葉が出なかった。

「オレの家族ではないんですけど、何と言うか、特別に世話になった友達なんで」と言うと樺山は察してくれたようだ。「吉野、何日か休め。やることとあるんだろ？　会社の方は僕がちゃんと説明して置くから心配ない」オレは樺山に礼を言って、電話をゆうこに替わってもらう。数日休むことを謝り、「知り合いに事故があって」と言いわけした。

その午後はトークリで堺社長や数人の事務系社員と一緒に、チョッコのために働いた。岩手の父ちゃんと電話で話し、お葬式は今週の土曜日、二十三日にトークリ屋敷でやることに決まる。『お葬式』という言葉を口にするのはオレにはひどく抵抗があったけれど、他に何が言えるだろう?

東京での式に男兄弟二人は家を空けられず、父ちゃんとマサミだけが来るそうだ。オレはマサミの様子がとても気がかりだった。

「マサミはまだ知らんです」と父ちゃん。「先週の金曜から近所の友達と、涸沢のあたりにキャンプ行っとる。明日帰って来てから話します」

「……大丈夫でしょうか?」とオレ。

「あれは強い子だ」父ちゃんの声にも力がある。「それにな、直子もまだその辺におるよ。ずっと前に死んだあれの母親だっておる。みんなマサミと一緒におるから」

父ちゃんとの電話を終えて、オレは少しだけ気持ちが温まった。

夕方、トークリの顧問弁護士・大賀さんが来た。オレも堺の許しを得て同席する。トークリの持ち株の話。チョッコは朝倉さんから相続して百パーセントの株主だ。その株はすべてマサミが受け継ぐのがチョッコの遺志、と堺は言う。オレもそう思う。

「朝倉さんのご兄弟の了解は私が取りましょう」と弁護士。「それとですね、娘さんが成人されるまでは、えーあと九年ですか、どなたか後見人が必要です。これは岩手のお父様にお願いするのがよろしいかと。えー、それと、直子さんに関する書類のコピーは？」

「ここに」と堺は一枚ペラを出した。『死亡通知書』という文字が目に入ってしまった。

弁護士の後は、三友銀行麻布支店長と担当者の来社。保険会社や税理士も来た。

ほぼ同時に葬儀屋さんの打ち合わせ。そして業界へ広く数百通出す〈訃報・葬儀案内〉の確認など、オレはすべての仕事を手伝った。そうしていれば気がまぎれる……。

十一時過ぎ。オレはうちに帰った。

すぐにシャワーを浴びて着替え、インスタントの焼きそばを食べた。

そしてリビングのソファーで体を伸ばして煙草に火をつける。

ああ……ついに一人になってしまった。

チョッコに会いたい。

もうじき十二時を回れば八月十九日。オレの誕生日だ。チョッコと二人でパーティーをやる筈だった……ああ、こんなこと考えていたら頭がおかしくなりそうだ！

オレは煙草を消してベッド・ルームへ。

部屋の照明を暗くして、ベッドに体を投げ目を閉じた。

眠りは訪れそうにもなかったが、オレは闇の中にいたかった。何も見たくない。

どれほど時間がたったろうか？　まだ眠ってはいなかった、と思う。

にわかに、閉じた瞼を透してふわーっと光が差したような感覚があった。

突然、歌声が響く！

♪ハッピー　バースディ　トゥ　ユゥ
ハッピー　バースディ　トゥ　ユゥ
驚いて目を開け起き上がると、そこにチョッコが立って歌っていた！

♪ハッピー　バースディ　ディア　ヒロユキ
ハッピー　バースディ　トゥ　ユゥ〜

オレは夢を見てるのか？　いや、パッチリ目は開いている！

「ヒロ誕生日おめでとう！」ああ、チョッコの笑顔だ！「パーティー出来なくなっちゃったんで、ここでお祝いしよう」

オレは混乱して何も言えず、ただチョッコを見つめるだけ。

「ヒロ、驚かせてごめんね。わたしは幽霊です。金曜日の夜中に死んだからね。ちゃんと脚もあるけど幽霊なの。今時こんな短いスカート、誰も履いてないよ」

「……」そうだ。これはオレが七年前に初めて出会った、あの時のチョッコの姿だ。

「ヒロ、幽霊のわたしとお話ししてくれる？　怖い？」

「チョッコ！」オレは思い切ってベッドを飛び出しチョッコに抱きつく。ああ、チョッコの匂いもちゃんとする。肌も髪もある。これはチョッコだ！「会いたかった！」オレは涙を流しながら、「ああ、ここにいるじゃないか！　チョッコ。死んでなんかない！」

「ううん、死んだんだよ。ごめんね、わたしは幽霊なの。わかって、ヒロ」

「……もう幽霊だっていい。来てくれてうれしい！」オレはチョッコを抱きしめた。

そしてオレは戸惑いながら、チョッコに居間のソファーをすすめる。何か飲み物を、とオレは〈ブルームーン〉のボトルとグラスを二つ並べて、「酒とか……飲めるの？」

「まだ幽霊になったばかりだけど、飲んでみる」とチョッコはグラスに注いで一口。美味しそうに微笑んだ。

「良かったぁ！」とオレもグラスを満たす。

チョッコはテーブルの上のマルボロの箱を見て、「あれも一本欲しいな」

オレはチョッコが咥えた煙草にそーっと火をつけてやった。

チョッコはゆっくりと煙を吐いて、「……ヒロ、この六年間のこと聞いてくれる？」

「え……朝倉さんが……亡くなった後の？」

「わたしね、いつかはこんなことになるって思ってた。彼と何度も話してたからね」

「朝倉さんの……幽霊と？」

「そーだよ。今ヒロと私が話してるみたいにね。でも大事な話がある時だけだよ。初めは朝倉さんが死んだ翌月。わたしも今すぐそっちへ行って毎日一緒にいたい、って言った。でも彼はちょっと待ってくれ、と。まだいくつかやって欲しいことがある。何年もかかるし、幽霊には出来ないことだ、ってね。わたしはもちろんオーケーした。朝倉さんの頼み事をやり遂げてからあっちへ行こうと思ったの」

オレはグラスにも煙草にも触れずに、ただチョッコの言葉に耳を傾ける。

チョッコは煙草を灰皿に置いて、「まずトークリのことをまかされた。わたし頑張ったよ。借金は全部返したし賞も取った。今はずいぶんと仕事も増えてる。そしてマサミのお母さん役。あの時はまだ五歳だったけど、もうちっちゃな子供じゃない。今は岩手の父ちゃんや家族もいる。学校出たら会社を継いでくれるって言ってるよ……最後にヒロのこと」

「オレ？」

「そうだよ。朝倉さんはヒロが大きな仕事で成功するのを見たい、って言った。わたしもヒロを……ちょっと好きだったしね。これも出来た。ヒロは売れっ子ディレクターになって、わたし結婚式まで見ちゃったし。で、今年はついにニッセンに入って、美生堂の仕事で大ヒットを飛ばしたんだ。朝倉さんが望んだことはどれも実現したよ。だからね、もうわたしもあっちの世界へ行って一緒に暮らしたい！」

チョッコの幽霊が語る、朝倉さんの幽霊との対話はオレの心に刺さった。六年もつきあっていたのに、オレはチョッコの辛さも迷いも、あの古い屋敷のベッドルームで深夜、朝倉さんの幽霊を待つ寂しさも、何ひとつわかってなかったんだ。チョッコ、ごめんな。せめて今のオレに出来るのは、チョッコの旅立ちを笑って見送るだけ。オレはチョッコを見つめて小さくうなずいた。

チョッコは続ける。「金曜日の夜中、サンダーバードで東北道を飛ばしていた時、ハッと気がついたら運転してるのは朝倉さんだったの。助手席のわたしに微笑んでこう言った。『チョッコ良くやったな。さあ、あっちの世界へ行こう。また一緒に走ろうぜ』朝倉さんはアクセルを踏み込んだ。サンダーバードはぐんぐんスピードを上げ、道路からふわっと浮き上がって星空へ昇って行った。いーい気持ちだったよ！」

「……チョッコ」

「ん？」

「朝倉さんとまた一緒に暮らすんだね」

「そう」チョッコは嬉しそうにうなずいて、「まだ三日目だけどね。今日は外出です」

「こんな風に、いつでもこっちへ来れるのか?」

「わからない……でもわたしはまた来たい。ヒロにはまだすごい未来があるんだ。それを見たいしね。今日はこれで終わり。これから父ちゃんやマサミの所へ行かなくっちゃ」

チョッコは立ち上がり、オレを見つめて両手を握った。

「ヒロ、また来るよ」と言いながらチョッコの姿はスーッと消えて行った。


気がついたらもう夜明けだ。

テーブルの上には〈ブルームーン〉のボトルとグラスが二つ。

そして灰皿には、燃え尽きた煙草の灰が一本そのまま残っていた。

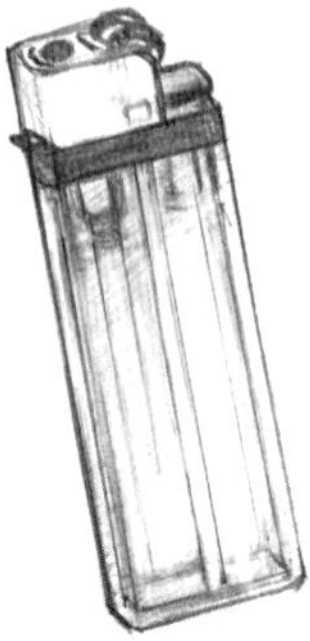

第四章

マンマミーア！

1

「うーん……マジっすか？」長尾くんがアゴに手をやって、ちょっと眉を寄せた。

「マジだよ」とオレ。「半世紀も前のことだけど、いま目の前に見えるようだ」

「その話、おれも憶えてます」と風早がベッド脇のスツールでうなずく。「バスロンが大ヒットした夏、八月の終わりの頃だったかなぁ？　ヒロさんと飲んだ時に聞きました。さっきの話とピッタリ同じ。あの時、おれバーのカウンターで泣いたの憶えてます」

「そうだった。泣いてくれてありがとな、風早……」

長尾はいぜん首を捻りながら、「風早さんは、その、幽霊とか見たことあるんすか？」

「ない」と風早。「でも金沢で大学行ってた頃、教授や同級生から心霊的な話はずいぶん聞いたな。ああいう古い町には確かにいるね。幽霊が普通にいる。ま、たまたまおれは見てないというだけのことだ」

「長尾くんよ」オレはコーヒーを啜って、「チョッコの幽霊とホントに会ったのか、それとも悲しみのあまり見た幻覚だったのか、自分でもよくわからないんだ。だがそんなことほんとうはどっちでもいい。オレはチョッコという人がどんな気持ちで生きて死んだのか、やっと実感できた。ストックホルムから帰ったオレと再会したチョッコはもう、朝倉さんの幽霊と共に生きてる人だったんだ。でもオレにキレイな夢を見せてくれた。

『青春のまぼろし』なんて甘い言葉だけど、それが仕事で頑張る力になった。長尾くん、きみもこんな所で働いてるんだから、きっと近いうちに幽霊さんから何か貰えるよ」

「……楽しみにしてます……ああ、鳥肌！」と長尾。

「ところでヒロさん」風早がちょっと調子を変えて、「あの時カミさん、初めの奥さんがいたよね？　でもおれ名前も知らない。ヒロさんはその話を全然しなかったもんな」

「風早、よく憶えてるなぁ。そうだ、ニッセンに入ってからバスロンのヒットまで半年近く、ナツキはほとんどうちに居なかった。オレも悪いけど、女房のことを忘れていた。今考えるとな、二人とも夫や妻っていう自覚があまりなかったのかなあ。そうしている内にチョッコの大事故が起きて福島へ走り、戻ってトークリでお葬式を出し、マサミはこれから岩手の父ちゃんの家で暮らすことになった。ほっと一息ついて、ひどく寂しくなって、〈カディス〉で風早とゆうこにチョッコの話を聞いてもらったんだ。その次の日にイタリアから国際電話が入った」

＊

一九七五年に戻る。それは八月三十一日の朝のことだ。

七時に起きて体操と筋トレをやっていると電話が鳴った。

オレはすぐに受話器を取った。「吉野です」

「吉野洋行さまにイタリア・ミラノの吉野夏樹さまからパーソナル・コールです」とオペレーターの声。「先方のお支払いです。お出になりますか?」

「はい。繋いでください」とオレ。すぐに回線が切り替わる音。

「もしもし、ヒロ?」ナツキの声がとても懐かしく響いてくる。

「オレだよ。ナツキ、元気? バッチリ勉強出来たかい?」

「あ、あの、ヒロ、そのことなんだけど」

「なに?」

「明日の飛行機で帰る予定で」

「ああ、待ってるよナツキ」

「それさ、もう少し先に延ばしてもいいかなぁ?」

「ええっ、また！　だって学校はもう……」

「ヒロ……ごめん。いろいろあってさ……もう少しだけ」

「…………」

「もしもしヒロ、聞こえてる？」

「ナツキ……いったいどういうことになってんだ？　もう三か月にもなる」

「そう、でも、どうしても……いまは」

「オレもいろんなことがあってさ。ナツキに聞いて欲しい」

「……ごめんなさい……わたし、やっぱりもう少しこっちにいたいんで」

「ミラノの仕事のことだったら、オレからもお父さんにお願いするから」

「仕事のことじゃないの」

「……」

「ヒロ……あんまり長く話出来ないから、今日はこれで切らせて。また電話するから」

「ナツキ、ちょ、ちょっと待って、話がよくわからないよ」

「また電話するから……体に気をつけてね」カチャッと音がして電話は切れた。

オレはソファーに体を投げて煙草に火をつける。ゆっくり煙を吸って吐いてを繰り返しているうちに、胸の中に嫌な予感が浮かんできた。

ナツキはもう帰って来ないのかも知れない……。

『仕事のことじゃない』のなら他に何がある？

六年前にオレ自身がやったことか？

ナツキを捕まえにすぐに飛んで行くか？　いいや、ナツキはオレに似たところがある。警察の力でもなければとても連れては帰れないだろう。母が見た〈ベネチア駆け落ち〉の夢ことを思い出して、ゾッとした……今はただ、不安な思いに耐えるのみ。


九月一日月曜日。定刻に出社。

すぐに大船部長に呼ばれて打ち合わせ室で話。角《すみ》さんがお茶を出してくれた。

「美生堂の、例のシャンプーは驚いたよ」と大船。

バスロンと言えよ、と思ったがオレは頭を下げて、「テレビ取材ではお騒がせしました」

「ま、ここは謙虚な姿勢で、皆といい関係を作ってくれたまえ。さて」大船は煙草に火をつけると、「ちょっと組織的な話なんだが、ワン・チーム持って貰いたい。入社してまだ日が浅いあなただが、これから相当な量の仕事が来るだろう。そのための受け皿が必要だ。あなたがチーフ・ディレクターで下に風早がつく。ＰＭは林ゆうこに宅間謙三がＰＡだ。撮影部の筒井も実質的に吉野チームをメインとして組む。どうかね？」

「やります」オレは即答した。中途入社して半年のオレを、あっさりとチーム・リーダーに昇格させてしまうこの会社は、やっぱり他のプロダクションとは違う！

ニッセンへ来て良かった。

その日の午後から、たちまち『相当な量の仕事』というやつが始まった。

バスロン・シャンプーの第二弾と、同時進行で新製品〈バスロン石鹸〉のお歳暮。

どちらも十一月一日オンエアで、もちろんチーコ主演と決まっている。

「初号は来月の十五日。たいして時間はない」清水プロデューサーは例によって、厳しい条件を楽しそうに語る。「シャンプー第二弾の方は〈チーコと親衛隊〉のパターンを面白く展開する。石鹸のお歳暮は、今まで〈美生堂石鹸〉という定番商品だったが、今年は急遽バスロンのブランドで商品化することが決まっちまってな、いま戸塚工場で緊急生産中さ。当たったブランドはすぐ横展開して使う。以前の美生堂にはこんなスピードはなかったね」

「三十秒・十五秒セットですか？」

「そうだ。だがバスロンの歌はさ、石鹸には使わないでおこうよ」

オレはちょっと考え込んで、「清水さん、ひとつ問題というか」

「え、何？」

「オレ、去年までレオン油脂のエメール石鹸やってました。モロに競合するお歳暮ＣＭ。今回いきなりバスロン石鹸のお歳暮やるって、なんだか両方に申し訳ないような」御代田
ＣＤや花畑プロデューサーの顔が浮かんでくる。闘いたくないような気もする。

「ああ……」と清水は腕を組んだ。「そうか、まだ一年も経ってないんだ。美生堂さんも競合には気ィ遣うかも知れないね」

「うちはシャンプーだけにしときますか？」

「いや、ちょっと待って……うん、こうしよう。吉野チームで全部受けて、石鹸の演出は風早くんにやらせよう。そうすれば彼の作品になるから、どこからも文句出ないさ」

「そーか」とオレ。風早喜ぶだろうな！「でも……あいつ大丈夫かなぁ？」

「そんなこと、やらせてみなきゃわからないでしょ」

オレはうーん、とうなずいた。清水は外見によらず度胸が良く決断も早い。ディレクターと心中してくれるプロデューサーだ（それはこれから繰り返し発揮されることになる）。

オレが納得した、とみて清水は念を押す。「シャンプーも石鹸も、企画は吉野チームでまとめましょう。美生堂に返事するよ。プレゼンはカントク自身が責任持ってやってね」

「オーケー」とオレ。

「ところでさ」清水はジタンを一本咥えるとカルチェのライターを鳴らし、「このところ、カントクいろいろ大変だったんだね。その……風早から聞くまで知らなかった。大切な友だちが事故に遭われたとか？」

オレは小さくうなずいて、「彼女と知り合わなかったら……オレは今、ここにいないと思います」

清水はちょっと目を潤ませて、「そんな女性だったんだ……きみに何て言えばいいのか、僕にはよくわからなくてごめんな。そもそも女性とお付き合いした経験ってものがあまり多くないんで。お恥ずかしながら、ははは……でもさ、急に仕事いっぱいで大丈夫？」

「その方が気がまぎれます」オレは清水に微笑んだ（清水はゲイじゃないぞ。ただえらく真面目な性格で、たぶん、女性の前でオレみたいにバカなことが出来ないだけだろう）。

三日後の木曜日。吉野チームと清水プロデューサーで、初の企画打ち合わせだ。

風早とオレは各々アイデアを持ち寄ることになっていた。だが、オレが演出する〈チーコと親衛隊〉はまだいい考えが浮かんでない。ところが風早に任せる仕事が心配になったせいか、〈バスロン石鹸・お歳暮〉の方では、イケそうな案をアッサリ思いついていた。

「お早うございます」企画の四番で清水がオレたちを見回す。「まずはシャンプーの方からアイデア出し、行きますかね」

「うーん……」オレはマルボロを一服吹かして、「……ごめん。まだイマイチ」

四人がズルッとコケる。

「でもなぜか石鹸の方で面白いのが出来ちゃって」オレは一枚ペラの漫画のようなラフ・コンテをさらっと出して、「風早カントクにプレゼント！」

「おお！　かたじけない！」風早が笑顔で取り上げた。

オレはコンテの説明を始める。

チーコのバスト・ショット（胸から上）。白いタキシードの盛装。バックは真っ暗だ。
頭上から神々しい光がチーコを照らしている。その光に向かってチーコは祈る。
チーコ「神さま、今年はありがとうございました」
天の声「よろしく　取り計らったぁ！」
チーコ「チーコはスターになれるでしょうか？」
天の声「心がけ　ひとーつ！」
チーコ「お歳暮にバスロン石鹸をおくります」と、お歳暮のセットを見せる。

天の声「……」一瞬の間を置いて「スターッ！」と、チーコに告げる！

次の瞬間、チーコの背後で〈ＳＴＡＲ〉という巨大なネオンが輝き、照明がつく。

フル・バンドの演奏で合唱隊が♪スターッ！と大コーラス。

フラダンスの踊りと共にＮＡＬのスチュワーデスが花のレイをチーコに掛ける。

大漁旗やみこし、神楽なども出てタイトルがキマる。


「ともかく何でもいいから『お目出たいもの』の総出演で終わるんだ」とオレ。

一同大爆笑！　特にゆうこは絶賛だ（こいつは企画を見る目がある）。

「これ頂き！」と風早。「最高！　舞台劇みたいで面白い。こういうの大好きです」

清水もニヤリとして、「ちょっとした風刺も効いてるね。お歳暮をおくって『天の声』をいただくんだから、今風で笑える」（政治家などの贈収賄事件が多い年だった）。

オレは清水にウインクして、「アウフヘーベンしてるでしょ？」

「してるけど、コンテとしてはぐちゃぐちゃだね。風早くん、もうちょっと細かいところを描き込んで、美生堂さんへ持って行けるようにしてください。セリフのやりとりがあるから、十五秒タイプはギリギリなんでそこの計算もよろしく」

さて、バスロンの本線であるシャンプー〈チーコと親衛隊・第二弾〉の話だ。

打ち合わせの後半で、今度は風早が面白いアイデアをオレにくれた。「実はこの企画さ、ゆうこさんと共同で考えました。話題作になりまっせ」

ゆうこも隣でうなずいて、「あたしなんかが余計なことを。でも、ぜひやってみたいの！」

風早は説明を始める。

これはパロディーだ。しかも名作テレビCMのパロディーCMという前代未聞のもの。

そのオリジナルとは、ニッセンでは『鞆浦監督の化粧品CM最高傑作』と言われている〈図書館で出会ったひと〉だ。風早は、六年ほど前の作品をまず映写して見せてくれた。

秋の午後、薄暗い図書館の中。

その美しい女性は窓際の席で静かに読書していた。

革表紙の古い本が並ぶ書架を背景に、ほの白い横顔を柔らかな光が浮き立たせる。

フェルメールの絵画のような空気感だ。

少し離れた席から十五、六歳の可愛い少年が彼女の横顔をじっと見つめている。

カメラは少年の魅せられた気持ちになって、ゆっくりとズームで寄って行く。

ふと彼女が本から目を上げて、こちらを見た！

その顔に微かな微笑みのようなものが浮かんだところでタイトルがきまる。

商品はアイシャドウとアイブロー。

この〈伝説の名作〉のパロディーを〈チーコと親衛隊〉にやらせよう、というわけだ。

美少年のかわりに、学生服の大男が五人。チーコと目が合った瞬間に本で顔をかくす。

今この場でコンテが描けるくらい明快なアイデアだな！　面白い。オレもいただきだ。

「ヒロさんがガイチュウだの色モノだのって言われるのにアッタマ来てるんです」と風早。

「ならば、鞆浦監督の名作中の名作をパロッて、笑い飛ばしてやろうじゃん！」

「それでこそ吉野カントクよ！」ゆうこも愉快そうだ。宅間ＰＡは唖然としたまま。

風早は得意気に、「ニッセンに一発爆弾落としたろう！　こりゃパール・ハーバーどころかニューヨーク爆撃でっせ！」風早がこんな言葉を使うとは意外だが、まさにその通り。

「ちょっと企画の動機は不純なんだがぁ」と清水もオレを見て、「でも、トモさんの名作のパロディーを吉野カントクがバスロンでやるってのは、こりゃあ是非見たいもんだね！　いいんじゃないの！　あとは河野部長がどう判断するかだけど、たぶん乗るだろうね。ただ、むしろウチの社内の方が心配かな？　ともかく、これでまとめましょう」

2

それから一か月あまり経った、十月十七日金曜日の夕刻だ。

オレは受付のサトルさんと仲良く駄弁ってる風早を捕まえて、二人で会社を出た。

ビートルは路駐の〈定位置〉に置いたまま、枯葉の舞う舗道をぶらぶらと歩き出す。

週の前半までに、風早のバスロン石鹸もオレのシャンプー第二弾も無事完成していた。

結果はすべて清水プロデューサーの予想通りだ。

まず石鹸のお歳暮・十五秒は大好評で企画オーケー。これは実に単純明快な撮影し易いコンテで、風早カントクも名古屋弁を連発してチーコを笑わせ、とても楽しい現場だった。

初号試写でも愉快なムードは全く変わらず、河野部長、宮下担当とオレたちの間に何の立場の違いも感じられなかった。今までにこれほどリラックスした試写はなかったな。

さて〈図書館で出会ったひと〉のパロディーである〈チーコと学習隊〉の方だが、清水の心配した通りプレゼン前の段階からニッセン社内では大モメになってしまった。

オレのコンテには、『セットなどの美術、衣装、ライティング、カメラワークのすべてを鞆浦監督作品と全く同じに作る』と指示がある。実際、美術担当の七尾は六年前に使われたセット図面を美術部の資料庫から持ち出してきた。フェルメールの絵画のような色彩、光、そして陰影と質感は出来るだけオリジナルに忠実に再現する。

ただし演じるのは『美女と美少年』ではなく『チーコと五人の大男』がまんまる顔の歌に乗って漫画チックに動く。ここがパロディーたるところだ。何をやるのかは、だいたい見当つくよな。つまり格調高く美しい映像で、ドタバタ喜劇をやる。

大問題になった。震源地はもちろん企画演出部だ。

企画書とコンテは、クライアント提出の前に部長の承認を得る、というルールがあった。これは実際には形式化している、とは清水の弁だが、今回に限り大船部長と宮本副部長から異例のストップがかかった。『亡き鞆浦監督を侮辱する許し難い暴挙』だそうだ。

『許し難い暴挙』って前にも誰かに言われたような記憶がある……そうだ、東洋ムービー時代、ナナサンというクルマのプレゼンでそれと気付かずに博承堂に勝ってしまった時だ！　いずれにしても、オレにとってロクでもない事態を意味する言葉だな。

清水プロデューサーの上司・樺山副社長は『ビミョーな抵抗感はあるけど、パロディーとして面白い。見たいような気がする』と言ってくれ、最終判断をなんとサガチョウ社長まで上げてしまった。そしてサガチョウの出した社長命令がふるってる。『六年も前の作品をネタにして、もう一回制作費取って儲けられるなんて最高！　ぜひやんなさい！』

オレは美生堂宣伝部への企画プレゼンの時、このニッセン内輪話をあえて持ち出した。

清水プロデューサーは平然と聞いている。

コンテの内容も鞆浦作品パロディーの是非論も、河野部長の興味を引いたようだ。

「よりによって図書館とはな！」河野はニヤリとして、「おれもトモさんとは何度も一緒に仕事したよ。尊敬すべきクリエイターだ。でもな、ニッセンの連中が彼を神様扱いするのは、ちょっとどーかなぁ？」

「そのご意見は」と清水が言葉を挟む。「実はうちの樺山も同様に申しております」

「ああ、カバちゃんならそう言うだろう」

「えっ……」オレには意外なやりとりだ。

河野は続ける。「トモさんもよく言ってた。作品は公開された瞬間から作者の手を離れる。作品だけではなくオマージュもパロディーも、単なる模倣作ですら『時代の反応』として若いクリエイターを刺激し、新たな表現を生み出す力となる。吉野くん、それわかるか？」

「……はい」実は、まだよくわかってない。

「この〈チーコと学習隊〉面白い。いいパロディーにしてくれ」河野が結論を出した。

一か月後、完成したＣＭはコンテ以上のものになった。

チーコの不思議な中間表情には、相変わらずふんわりと人を惹きつける魅力がある。親衛隊の五人のアクション。分厚い本をつかったそれぞれの〈視線の外し方〉〈逃げ方〉は第一弾以上に笑える。

初号は風早の〈石鹸・お歳暮〉と共に一発オーケー。再び大量のプリント発注が来た。バスロン・プロジェクトはオレたち制作者から美生堂宣伝部や各地の販売会社、そして流通の末端までが一丸となって大波に乗って行く。シャンプーも石鹸もどんどん売れた。

オレが初めて経験する〈広告と販促全体の大成功〉だった。


そして今日金曜の晩。

オレたち吉野チームは清水と筒井も招いて、〈カディス〉で祝杯を上げた。

全員いい具合に酔って解散となった夜半過ぎ、オレは一人でゴールデン街へ向かう。行く先は〈カルチェ・ラタン〉だ。

店へ入ると他に客はいない。オレはカウンターの一番奥に腰かけた。

「ダルマのストレートをダブルで」と注文して、オレはマルボロに火をつけた。

マスターは黙ってグラスとピーナッツの小皿をオレの前に置く。

オレはグラスを傾けながら、それとなく目の前の棚を観察した。

あれ？　先日貼ってあったムトウさんの写真入り記事の切り抜きが見当たらない。

「これのことで」と、マスターがその切り抜きを前掛けのポケットから取り出して、オレの前に置いた。「ムトウのことで来たんだろ？」

オレはちょっとたじろいだが、「……そうです。何かご存じなんですか？」

マスターはカウンターから出ると店の引き戸を施錠し、看板の灯りも消した。

カウンターへ戻り、自分のグラスにもウイスキーを注いで、「吉野さんだったよな？

佐々木にそう呼ばれてた」

「はい」

「下の名前まで訊いていいかな？」

「吉野洋行です。太平洋の洋に行くと書く」

「ひろゆき……フランス人が発音したらイロユキだね」マスターはジタンの箱を出し、一本くわえ火をつける。「この前あんたが帰って店を閉めた後、二階のねぐらでムトウから六年前に貰った手紙を読み直してみた。そこにヨシノ・イロユキという若者が出てくる。

それ、あんたのことだね？」

オレは煙草をもみ消してマスターを見つめる。「そうです。イロと呼ばれてました」

「お、まだ名乗ってなかったな。僕は北澤というんだ。あの何年か前に、パリでフランス料理の修行始めてた。いい歳だったけど、和食から転向しようと思ってね。ムトウアキラとは六十八年の解放区で、これもいい歳でな、意気投合した仲だ。あいつがあんたも関わってるあの四月末の晩、役者のジル・シュバリィの事務所に脅かされて散々な目に遭ったことは、その十日ほど後に市外から届いた手紙に詳しく書いてあった」

そうだ。ムトウさんは旧友だと信じていたジル・シュバリィにNALのCM出演を依頼した。だがジルの事務所は撮影後にギャラをつり上げ、ただでさえ多額の借金で行き詰まったムトウにはとうてい支払えない額を要求した。

あの時のムトウの惨めな姿はオレの目に焼き付いて離れない……。

『ジル、君からも何とか言ってくれよ、頼む！』

ジル・シュバリィはちょっと考えた後、『アキラ、おれもな、必死に頑張って嫌な役もこなして、やっと取れるようになった立派なギャラなんだよ、わかってくれるだろ』

『ジル行くぞ』もう話は終わりだ、とブロン（事務所社長）が歩き出す。

『お願いしますっ！』叫ぶなり、ムトウがブロンの前に身を屈め、べったり土下座した。

ブロンは戸惑いながら、『その作法はどういう意味だ？　私はサムライじゃないんでね』

ムトウはさらに額を床に擦り付けて、『どうか僕を破滅させないでください！　払えません。お願いです。ジル、ジル、ジルは友達じゃないか！』

『アキラ』ジルは悲し気にムトウを見下ろすと、『もうやめてくれよ。君だって、一度はエリザの夫になった男だろ。これ以上がっかりさせないでくれないか』

二人のフランス人は出て行った。

床の上にカエルの死骸のようなムトウが残った……。


「吉野さん」北澤がオレの目を覗き込む。「あの晩、あんたがカルチェ・ラタンのアパルトマンまでムトウを送った後どうなったか何も知らんのだね？」

オレは首を横に振り、「翌朝、撮影の集合時刻にムトウさんは来ませんでした。それっきり行方不明で、ロケ隊は大騒ぎになった。結局コーディネーターは急遽、佐野英子さんに交替となり、ムトウ・ビュロウは解任、オレもクビになりました。それで、ムトウさんはやっぱりスペインとかへ逃げたんですか？」

北澤はちょっと間を取って、ジタンをゆっくりと吹かす。

狭い店の中に独得のかおりが漂い、本当にカルチェ・ラタンにいるような気分だ。

「いや、ムトウは逃げられなかった」北澤は続ける。「それどころかサイ親子の中国人組織に捕まっちまった。あんたが引き上げたすぐ後に、サイ・フミオが貸した金を取り立てに、手下を連れて乗り込んで来たのだそうだ」

オレは息を呑んだ。「……そ、それでムトウさんは？」

「手紙には『セ・フィニ』と書いてあった。これで終わったとね。金はもうないから担保を取り上げることになったそうだ。ムトウは身の回り品だけ持って、その場で奴らのクルマに乗せられ、遠いピレネー山中のどこかにある小さな病院らしき場所に連れて行かれた」

「病院……」オレは鳥肌が立つのを感じた。

「可哀そうに……ムトウは左の眼と片方の腎臓を抜かれた。だが、ピレネーへ行く前にいくつかの条件をサイ・フミオに呑ませたことは手紙で誇っていたぞ。まずNALのロケを絶対に妨害しないこと。制作費はまだニッセンからムトウへ支払われてはいない。別のコーディネーターに引き継がせることが出来る。第二に、社員のコレットに手をつけないこと。そして三番目にあんたが出てくる。『ヨシノ・イロユキはこの件には無関係なので、決して何かを要求したりせず帰国させること』この三つをサイ・フミオは渋々了解した。『その目玉一個とくたびれた腎臓ぐらいじゃあ担保不足なんだが』と言い捨ててね」

オレは絶句した。ムトウは逃げたんじゃなかった！　ＮＡＬの仕事とオレの身を守ろうとしてくれたんだ。でも、サイは裏切ってオレまで捕まえに来た。追加担保だったんだ！　北澤は煙草を消してウイスキーを一杯あおると、ポケットから黄ばんだ封筒を取り出した。「ムトウはな、この手紙をピレネーの病院を出る時に出したんだろう。最後のところだけ聞かせてやるよ」と便せんを開いてぼそぼそと読み始めた。「『手術から五日ほど休めた。明日の朝、ここを発ってスペイン国境を越える。僕はエリザやショウタの村へ行くんだ。場所はだいたい見当がついてる。僕の体はもうボロボロだけど、どんなことをしてでも、這ってでも行く。キタ、いろいろと世話になった。達者で暮らせ。あばよ』」

「そ、その後は？」オレは身を乗り出す。「エリザやショウタには会えたんですか？」

「会えた、と思いたいね。」北澤は遠くを見るような目で、「でも本人からは、それっきり音沙汰ナシだ。僕もしばらくして、フランス料理は諦めて帰国した。ここで飲んだくれているうちに、なぜか店長にされちまった、という訳さ」


オレはその後ダブルを三杯空け、北澤マスターにお礼を言ってカルチェ・ラタンを出た。

タクシーで家に戻る。

五階まで階段で上がり５０１号室のドアを開けると、そこは何だか空き家のような感じがした。がらーんとして人の気配がない、ただの無意味な空間。

今夜は早く自分のスイッチを切って、ぐっすり寝よう。

3

十一月だ。

バスロン〈チーコと学習隊〉と〈石鹸・お歳暮〉のオンエアが盛大に始まった。

吉野チームは忙しい。メインの美生堂に加えて、電広クリエイティブからも複数のプロジェクトがオレ指名で打診されている。佐竹ＣＤ、亀山プロデューサーの〈トーヨー　クリッパー２２０クーペ〉第二弾もその中の一本だ。ついにオレがやることになるんだ！

九日の日曜日。

目を覚ますと十時前だ。窓の外は雨で夕方のように薄暗い。

洗顔して着替え、モーニング・サービスでも行こうかと思っていると電話の音。

何回か鳴らした後に受話器を取ると、国際電電オペレーターのやたらに明るい声が響く。

「イタリア・ミラノから吉野洋行様へパーソナル・コールです」

受けますと返事をすると、すぐに通話がつながった。「はい、吉野です。ナッキ？」

「……」微かな息づかいのような音が聞こえるだけ。

「もしもし、オレです。返事して！」

「……ナツキです」いつもとはまるで調子が違う。「げんきですか？」

「あのさ、先月から三回も電話したんだけど、そっちの夜中にいつも留守だった」

「ヒロ……話さなきゃいけないことがあって……聞いてくれますか？」

「話せよ」

「わたしね……赤ちゃんができちゃったの。今、三か月です」

「え……」オレは絶句した。ナツキが日本を出て五か月だ。

「赤ちゃんが……来年の六月に生まれます……ごめんなさい、日本には帰れません。ほんとうにごめんなさい……」カチャッと音がして電話は切れた。

オレが握ったままの受話器を置いて立ち上がるまでに、ずいぶんと時間がかかった。

ベッドの窓際にふらっと腰を下ろして、煙草に火をつける。

何か考えようと思っても、頭のどこかが詰まってしまって動かない。

赤ちゃんが……この部屋のこのベッドでは出来なかった赤ちゃんが……ミラノで出来た。誰かとの間に生まれる赤ちゃん……ナツキが語ったことは嘘でも冗談でもない。それだけはわかる。

でもそこから先は？　今のオレには何も考えられない。

しばらく時間が過ぎるままにしておこう。

オレは窓ガラスを流れ落ちる雨滴を、ぼんやりと目で追った。

夕方近くに雨は上がった。オレはいぜん思考停止のままだったが、起きている事態の方から先に動いてオレの前に押しかけて来た。

ドア・チャイムがけたたましく鳴った。

「渡辺です」聞きなれた声にドアを開けると、ナツキの両親が立っている。いつもとは違ってキチンとしたスーツで、紫色の小さな風呂敷包みを持っていた。

居間のソファーで、渡辺一樹パパ、明美ママはオレと向き合う。

二人とも無言でかしこまり、オレが出したインスタント・コーヒーにも手を付けない。止むを得ず、オレから口を切った。「今朝ほど、ミラノから電話がありました……そのお話……ですよね？」

突然、二人はソファーから床の上に降りて正座する。

「申し訳ありません！」大声を張り上げ、額を床に擦りつけるほどに下げて、「吉野くんに対して、きみのご家族に対して、娘は取り返しのつかない不貞行為をしてしまいました。私も家内も親としてひとことも言い訳出来ません。ただただお詫びいたしに参りました」

パパは顔を上げると、「私は娘からすべてを知らされ、一昨日帰国したばかりです。もし、きみが聞いてくれるなら、事情を説明してもよろしいですか？」

「お父さん」オレは手を差し伸べ、「どうぞ、腰かけてください」

二人はソファーに戻った。ママはハンケチでしきりに涙を拭っている。

パパはちょっとためらった後、思い切ったように話し始めた。「相手の男性は、私が設立したミラノ現地法人の経営を任せている三十代のイタリア人です。名前はご容赦ください」

ああ、やっぱり！　こういう話になることは覚悟していたが、ショックだ！

パパはオレを気遣いながら、「今年の春先に会った時から、夏樹は彼を気に入ってました。仕事の上ではいいことだったんですが、申し訳ない、男と女の関係になってしまい……私が気付いたのは八月に入ってからです。夏樹には厳しく叱責したのですが、きみも知っての通りの性格でして、止まりませんでした。そして先月の末私がミラノへ戻った時に、夏樹自身の口から、その、妊娠のことを告げられました。それでね、吉野くん」パパは鞄の中から一枚の書類を出してオレの前に開くと、もう一度深々と頭を垂れた。

ママも泣きじゃくりながら、「吉野くん、ごめんなさい……こんなひどいことを！」

「夏樹と別れてください！」パパは懇願するような口調で、「こんなことお願い出来る立場じゃないことは承知の上です。でも夏樹はミラノで彼と再婚して子供を産むと言い張って動かない。彼も夏樹と子供に人生を賭ける、新しい会社も二人で経営すると約束しました。……申し訳ありません。吉野くん、どうか、どうか夏樹を忘れてやってください！」

オレは書類を手に取った。〈離婚届〉と緑色の文字が目に入った。そして特色のある踊るような字で『吉野夏樹』とサインがあり、すでに印が押されていた。

「夏樹に署名・捺印させました。私がきみにお願いしてサインをもらうと申し渡しました」話し終えてパパはほっと息をつき、「煙草吸ってもいいですか？」

「どうぞ」オレも自分のマルボロを一本取って火をつけ、深々と一服した。

今朝のナツキの電話から始まって、オレにとってこんなムチャクチャな話はない。

『急にバカなことを言わないでください。ナツキとここで面と向かって話し合いもせず、何も決められるわけがないでしょう！』ぐらいのことを言うのが常識というものだろう。

ところが、パパの話を聞きママの涙を見ているうちに、オレは自分でも驚くほど冷静になっていた。これはオレも通ってきた〈道の分岐点〉なんだ、と気付いた。

一九七〇年四月。ストックホルム市警察の留置場がその分かれ道だった。オレは悩んだあげく、リシアと別れて日本へ送還される道を選んだ。その結果、今があるのだと思う。

そしてナツキは逆に、これからイタリアで生きる道を選ぶんだ。

オレを捨てて、イタリア人を夫とし子供を産む。ナツキだってさんざん迷った末の選択だったんだろう。オレはナツキを責める気にはなれない。ミラノでナツキが悩んでいた時、オレは毎日チョッコのことばかり考えていたじゃないか。そのオレに何が言える?

オレはふーっと煙を吐いて煙草をもみ消し、離婚届を持って立ち上がりデスクへ行く。引き出しの中から印鑑と朱肉を取り出し、署名捺印した。

オレはパパの前へ行き、それを丁寧に手渡すと、「お父さん、ナツキばかり責めないでください。オレだって、そんなにいい夫じゃなかった。オレたち二人とも大騒ぎして結婚したけれど、本当にいい夫婦には結局なれなかったんです。ごめんなさい……ナツキをどれだけ愛していたのか、今は自信が持てません。そのイタリア人の男性は、オレよりもずっと強く深くナツキを愛しているんでしょう。ナツキはそんな気持ちに凄く敏感だから、彼を信じたんだと思います」

「吉野くん！」ママがまた泣き出した。

パパは離婚届を大事そうに鞄に仕舞うと、「さて、もう一つきみにお願いしたいことがあります。どうか怒らないで欲しいのだが」そしてママから風呂敷包みを受け取ると、オレの目の前で開いた。紫の布の上に分厚い一万円札の束が三つ！「きみをこれだけ酷い目に遭わせて、『ごめんなさい。許してください』で世の中通るとは思ってません。三百万円あります。きみがこれを受け取ってくれないと、私がきみに本気で謝罪したことにはならない。吉野くん、不愉快だと察するが、どうかわかって欲しい」（今の価値ならば三倍近くの金額になる）。

オレは煙草をもう一本つけた。「ちょっと考えさせてください」と言って立ち上がり、ベッド・ルームの外の小さなベランダへ出た。雨上がりの空にはもう星が見えている。

自分の胸の内は意外にわかりやすかった。

ここでナツキと別れて一人に戻るのは、実はオレも望んでいたことのような気がする。ナツキも、万事に堅苦しいこの日本よりも、多少ルーズで情熱的なイタリアで生きる方がよっぽど性に合ってるんじゃないか。『マンマ・ミーア！』で行けばいい。

やっぱりこれは〈道の分岐点〉なんだ。

オレはベランダの灰皿で煙草を消して居間へ戻る。

「お父さん」ソファーに腰を下ろしながら、「お金は受け取れません。オレに一方的な謝罪なんてしないでください」

「な、なぜだ？　吉野くん」パパは意外な表情だ。

「オレにも、ナツキに謝らなければいけないことがあります……だから、この離婚のことはお互いイーブンでいいと思います」

「……でも、こちらの気持ちとしてはさ」

「ナツキは何も悪いことはしてません。ただ短気で不器用なだけです。オレもそうです。ナツキにはイタリアでやり直して、いいお母さんになって欲しい。だから謝罪は無用です。もう離婚届もお渡しししたんだから、この話は終わりにしましょう」

その後多少の押し問答はあったが、二人とも結局納得する他になく、あらためて何度も頭を下げて引き取った。

本日、一九七五年十一月九日、吉野洋行と夏樹はたった一日で協議離婚成立した。

思えば、結婚を決めたのも一日の出来事だったな。オレとナツキらしいことだ。

翌朝、オレはミラノに電話した。ナツキはすぐに出た。

「もしもし、オレです」

「あ、ヒロ……さっきパパから電話があったの……ゆるしてくれたなんて……」

「体の調子は、そ、その、赤ちゃんは大丈夫？」

「元気だよ……ごめんなさい。ほんとに、わたしヒロにひどいことばかり……」

「ナツキ、オレだってひとつ話さなきゃいけないことが」

「ヒロ、いいよ……わかってるから、言わないで」

「えっ？」

「結婚式に来てくれたひとのことだよね。いいんだよ……キレイなひとだった」

「ナツキ……」オレは言葉に詰まった……そのひとはもう死んでしまったよ、なんてとても言う気になれない。せっかくナツキがイタリアで新しい旅を始めるのに、後ろ髪を引かれるような思いを持たせてしまうのはいやだ。

「それよりもさ、ヒロ」ナツキが懐かし気に、「あの四国の山の中でカーチェイスやった後、ビショ濡れで泊まったちっちゃな温泉旅館、最高に楽しかったね！」

「楽しかったな」オレは気を取り直して、「ナツキ、これからもっと楽しいことがあるさ。イタリアの優しいお母さんになってな！」

　オレとナツキの一年半の結婚生活は終わった。

4

数日後の夜。世田谷・赤堤の実家だ。オレは応接間で母と向き合っている。

「ひろゆき」母はオレの長い離婚報告を聞き終えると、「悪いけど、あたしは初めからそうなるような気がしてたのよ。初対面の時から」

オレはうなずいた。ナツキを紹介した晩、母にそう言われたのはよく憶えている。

「それにあの夢で見たことも不思議だわ。〈ペストの医者の仮面〉だって！　それが本当にナツキさんから、ベネチアからあなたに送られて来たなんて！　予知夢かしら？」

「ナツキは……イタリアでなんとかやっていけるんだろうか？」

「これからも、いろいろあるでしょうね。あなたにはもう関わりのないことよ」

「お父さんからは慰謝料みたいな話もあったけど、断りました。オレにも、何と言うか、いろいろ反省するところあるんで」

「そうね。知らないけど、どうせあるでしょ。反省するのが自分のためよ。お金なんかの問題じゃありません」

「そうだよね」

「いくらだったの？」

「三百万円」

「えーっ、そんなにぃ！」

「もらっておいた方が良かったですか？」

「……お金の問題じゃありません」母はビールをぐっと飲み干した。

母と二人で夕食を食べ、九時過ぎにオレは実家を出る。

五分も歩けば、久しぶりの〈ユー・ユア・ユー〉だ。古い三階建ての店の周囲には、また新築のマンションが増えたように見える。

店内には数人の客がボックスにいるだけ。友子はもう上がって、啓介ひとりがカウンターでぼんやりしている。

「よう」オレは啓介の目の前に座る。「まだ開いてて良かった」

「元気そうだな」と啓介。

「上城《うえき》は最近来てる？」

「先月来た。今月は沖縄の新しい路線へ出張してるわ」

「ちょっとさ、お前に話したいことあってな」

「角のハイボールでいい？」

オレはうなずいて煙草をつけた。

啓介は飲み物を作りながら、「なんの話？　離婚するとか？」

オレはさらっと、「そう、離婚したんだ」

「げっ！」啓介は思わずグラスを落としかけて、「冗談で言ったのにぃ！」

「冗談じゃないよ。もう届け出した。ナツキはミラノでイタリア人と再婚する。もう子供もお腹にいるし」オレはできるだけ他人事のように言った。

「そんな……バカな！」啓介はハイボールを忘れてオレを見つめ、「な、何があったわけ？　僕には話が見えない！　そもそもの所から話してよ、吉野よぉ」

そもそも、とオレは話し始める。


一時間後。客も帰った店内で、オレと啓介は何杯目かのハイボールを傾けていた。

「僕はさ、お前のために泣くよ」と啓介。「理不尽な立場になっちまったのはなぁ、お前が渡世の筋目を無視して、人情だけで突っ走ったことに原因がある」

「人情？」

「そうさ。お前は死んだ亭主のために貞操を捧げる女にわざわざ惚れて、現世にいる女房をイタリア男に寝取られて、どちらもオーケーだと！　どこに男の筋目がある？」

「……そーだなぁ。すじめ、ないなぁ」とオレ。

「僕が泣くのはなぜだと思う？」啓介はほんとうに泣きそうだ。「お前が可哀そうだからだよ。その朝倉さんっていう女性はお前に惚れられて幸せだったろうよ。ナツキもお前からずいぶん良くしてもらったよ。でもお前はどうよ、吉野？」

「男のサンバ、かなぁ？　でもオレも楽しかったみたいな」

「わかってない！　よし、もう客も帰ったし今夜はコンコンと説教してあげましょう」

「お願いします」オレは煙草に火をつけた。


それから半年はあっという間に過ぎた。一九七六年が加速してゆく。

クリスマスも正月も大雪も桜の季節も、オレはコンテを描いているか、撮影しているか、編集室やアカイ・スタジオで徹夜しているか、新宿三丁目で朝までバカ騒ぎしているか、ともかく『ニッセンの吉野ディレクター』一〇〇パーセントの生活に浸りきった。

こんなことが出来たのは風早、ゆうこ、宅間のチームと清水や筒井のおかげだ。彼等が毎日オレをうまく転がして、働かせて、遊ばせてくれた。私生活のことは誰も問わない。

オレは会社に近い四谷三丁目に引っ越した。路地裏の古いビルの六階、ちょっと広めの一LDKだ。物干し台を兼ねたベランダにも出られる。『飛び降りる時にラク』と言ったら、ゆうこに『その冗談、ゼッタイに会社では言わないでください』と釘をさされた。

ちなみに、ゆうこは厳しいダイエットの効果あり、半年の間にウエストを取り戻した。もはや『デブ』ではなく『グラマー』という部類かな。ありがたいことだ。


仕事は常に何本かダブッている。何かの撮影や仕上げをやりながら、次の企画を考えてプレゼンするというペースだ。

〈バスロン石鹸〉以来、風早との分業もうまく行ってる。風早は美大出だけあって絵が上手く、コンテを描くのもオレの三倍速い。もうひとつ、現場でタレントやスタッフをいい気分にさせてノセるのが得意。これは天性のモノか。

PAの宅間は今で言う『オタクっぽい感じ』の入社二年生だが、ゆうこの酷使に耐えてウケない冗談を言いながら頑張っている。メシも五分で食えるようになった。

この間、バスロンでは〈チーコと親衛隊〉の第三弾〈チーコと洗髪隊〉を作った。シリーズ初の、シャンプーで髪を洗うシーンを見せるという画期的（？）なものだ。

ただし場所は花咲く草原。親衛隊は手分けして、水桶を支える者、柄杓で水をかける者、シャンプーで洗う者、それを流す者、そしてチーコの機嫌を取る者と五つの役割を機械的にギクシャクと務める。バックに流れる〈バスロンの歌〉は春先にドーナツ盤（小型のシングル・レコード）が発売されヒット中だ。オレに作詞の印税が入ると聞いて驚いた。広告が当たり商品が売れまくっている時には、プレゼンも試写も当然のようにオーケーがもらえる。オレにとっては初めての体験で、なんとなく不安になってしまうけどね。

ニッセン直のクライアントではもう一社、大正製菓の仕事を二本続けてやった。

まず若者向けのキャンデー〈コーヒー・ビター〉。

セクシーな女教師とウブな男子高校生がからむストーリーだ。リズム・アンド・ブルースに乗って『ソウルフルなほろ苦さ』を表現。

このCMも試写で、実際のオンエアで、そしてマスコミで大ウケした。

大正製菓のもう一本は〈ウィンダミア〉というホワイト・チョコレート。これは風早の企画・演出で〈赤毛のアン〉のような少女のポートレートだ。美しく仕上がった。

電広クリエイティブからは、ラジカセの新製品と、カー・オーディオのタレントものが入った。どちらも電広サイドの企画だが、二クリの三原さんというプランナーが面白い人で、コンテが良かったのでオレたちも乗ったんだ。吉野チームとしては、直の仕事が大切なのは当然としても、代理店の仕事も『企画が良ければ大歓迎』という方針だ。企画演出部の一部過激派のように、電広をアタマから否定してかかるのは時代錯誤だと思う。言いたいことを言って対等以上の関係が作れるならオーケーだ、というのがオレたちの意見(それほど簡単なことではない、と気付くのは世紀が変わった後になる)。

そして電広推進派のトップ、亀山チーフ・プロデューサーは、東洋自動車でリベンジを成し遂げた。トーヨー　クリッパー220クーペ第二弾をついにオレに撮らせたんだ。

企画のポイントだけを話す。

コンセプトは〈プレミアム・スポーツ〉つまりラクに乗れて高性能なクルマということだ。今回は主役の男は運転しない。助手席で眠っている。若い奥さんがハンドルを握り、ギアを切り替え、別荘帰りの峠道でスポーツ走行を楽しむというアイデアだ(当時はまだ奥さんが運転することは珍しかった)。後席の娘もお母さんのマネをしてはしゃいでいる。男は左右に揺れながらぐっすりと眠ったまま。コピーは『妻の運転で眠れるのは、幸せなことだ。トーヨー　クリッパー220クーペ』

自信作が完成し、電広の評判も良かったが、残念なことに西牟田部長はまたもアメリカ行きで不在。一発オーケーでオンエアされたが、オレは西牟田さんに褒められたかった。

ゴールデン・ウィークも終わった五月十日の月曜日。

定時に出社したオレの席の電話が鳴った。

「吉野です」

「おはようございます」交換台オペレーターの声。

「美生堂宣伝部・河野部長さまからですが、お繋ぎしてよろしいでしょうか？」

「えっ！　オレに直接ですか？」

「吉野ディレクターと指名されてますが」

「……取ります。繋いでください」緊張する。こんなの初めてだ！

「吉野か？」突然、河野部長の太いバリトンが響いた。

「は、はい。おはよう、ございます」

「秋の仕事、きみに頼みたい。やってくれるかね？」

「……へ？」

「秋のキャンペーンだよ。テレビCM全部まかせる」

「えっ、ええっ！　あの大メインの秋キャン！　で、でも部長、なんでオレに直接？」

「仕事始まるまではマル秘なんだ。社内秘。だからおれからディレクター本人へ直接電話して、その場で返事もらうことにしてる」

「あ、そんなに凄いことで……ありがとうございます。も、もちろんやらせてください。お願いします！」

「よーし、やるんだな。頼むぞ。じゃあな、樺山にすぐ連絡してこの電話があったと言え。どうすればいいか、あいつが全部知ってる。プロデューサーは清水でいい」

「わかりました」

「吉野」河野に電話の向こうから睨みつけられたように感じた。「吉野、この仕事は美生堂の大看板に関わる。まんまる顔のバスロンほどラクじゃないぞ」

「……はい」

「しかし、きみらしいもの作れ。そうでないと頼む意味がない」

エライことになった。

5

その午後、オレは樺山の出社を待って九階の副社長室へ。

「どうした、改まって？」樺山は早くもアロハ・シャツ姿だ。「辞めるのか？」

「辞めません。美生堂の河野宣伝部長から電話もらいました。今朝一番で」

「え……秋キャンか？　きみに来たのか？」

さすがに樺山は察しが早い。オレはうなずいて、「そうおっしゃいました」

「吉野！」樺山は感極まったようにオレを見つめると、「おめでとう！　大抜擢だぞ！」

「ありがとうございます。樺山さん、オレを推薦してくれたんですね」

「いやいや……」樺山は苦笑して、「僕は去年の秋と同じ宮本ディレクターで行くつもりだったんだ。ははは……でもこれは全て河野部長が決めることです。宮本にどう引導を渡すか多少悩ましいけどさ、僕は今アタマが切り替わったぞ！　吉野が秋キャンやるのは面白い。実に新しい！」

「樺山さん！」

「実はな、きみがバスロンやるのを見てる内に、僕も少しは元気になって来たんだよ」


夕方、再び副社長室に吉野チーム全員が集まり、清水も加わってテーブルを囲んだ。冒頭で樺山は打ち合わせを清水に委ね、自分のデスクで寛いで細い葉巻をくわえた。清水がやや上気した様子で口を切る。「これは大仕事だ！　商品もメーク・アップもまだ全部マル秘でわからない。ただひとつ間違いないのは、この秋は激戦になる、ってことだ」

「誰と闘うんですか？」とオレ。

「ベル・ビューティー化粧品。略してベルと言ってる」

「美生堂より安いのよ」とゆうこ。「スーパー・マーケットならどこでも置いてあります」

「使ってるわけ？」と風早が睨む。

「とんでもない！　そんなことしたらトモさんが化けて出ます」

「そのベルは」清水が苦い顔で、「化粧品店ではとうてい美生堂の大チェーン組織に対抗出来ない。だがデパートや最近新規開店が増えている大型スーパー業界は違う。安価で数が出る商品をより安く仕入れたい。そこへ流通を抱き込んでベルが攻勢をかけた。それでも初めの頃はブランド・イメージが貧弱で、女性にウケなかったんだが、ここ二、三年広告予算をぐっと増やして有名タレントをＣＭに使うようになった」

「その仕事、どこがやってるんですか？」とオレ。

「言わなくってもわかるでしょ？」

「電広！」オレと風早が同時に言った。

「そーです。銀座の三クリ。美生堂本社の三軒隣だよ、ははは。ともかく猛烈に追い上げてきた。売り上げはまだこちらが倍近く上だが、年々差は詰まって来てるのが現状だな。今年の秋キャンは予算が大幅に増える、と宣伝部内ではもっぱらのウワサだ。九月のアタマには日本中の女性が美生堂の顔をするか、ベルの顔に変わるか、どちらかになる」

清水の話は決して誇張ではない。当時、美生堂の化粧品は『季節ごとに日本女性の顔を作っている』とすら言われた。

風早がひゅう、と口笛を吹いて、「関ヶ原じゃあ！　負けられんぞ！」

五月十二日。これから初夏へと向かう季節、オレたちの〈一九七六年秋〉は始まった。昼前、オレと清水は美生堂の宮下を伴って、ゆうこの運転するバンで出発した。目的地は長野県軽井沢・三笠の森にある〈美生堂美容技術研究所・研修センター〉。これから二泊三日で、この秋の商品とメイク・アップ技術講習を受けるのだ。季節の大キャンペーンとは、こんなことから始まって半年もかかる長丁場なんだ。

当時は関越道もまだ東松山止まり。先は十七号線をエンエンと高崎まで走って、碓氷峠を越えて軽井沢へ辿り着く。暗くなってから、オレたちは研修センターの門をくぐった。

高い木立ちに囲まれた、モダーンな美術館のような建物の前にクルマは止まった。

オレたちは受付で、一人ひとり〈情報守秘義務誓約書〉という二ページの書類に署名させられた。ざっと読むと、『ここで見聞きしたことを一切外部に漏らさない』という主旨だ。

メイク技術というものが、これほど重要な企業秘密だとは知らなかった。

その後は小さなダイニング・ルームで軽い夕食をいただき、食後は解散となった。明日まる一日かけて技術講習を受けるという。今夜は皆疲れているので、地下一階の鉱泉でもつかって寝ようということになった。

オレの部屋は二階のシングル・ルームだ。

窓を開けると、目の前に大きな山法師の樹が白い花をつけているのが見える。

オレは窓際に椅子を寄せ、ゆうこがくれたウイスキーの小型ボトルを口飲みした。木立ちを通して入って来るひんやりとした夜風が心地良い。

久し振りにチョッコのことを思い出す……。

今この部屋に（幽霊として）来てくれないかなぁ。幽霊には守秘義務もないし。

あれからオレがどれだけ頑張ったか、チョッコにいろいろ聞いて欲しい。

こちらでは、マサミも元気でやってるぞ！　先週、岩手から手紙を貰った。チョッコの遺産は父ちゃんの後見でしっかりと役に立ってる。マサミは盛岡市の名門ミッション・スクールの中等部に入ったんだ。将来はトークリを継ぎたいって、マサミは書いてた。

それからもうひとつ嬉しいことがある。手紙と一緒にマサミが描いた絵が届いた。セルフ・タイマーで撮ったチョッコ、マサミ、オレのスリーショットから、マサミ得意の鉛筆画で描き起こしてくれたんだ。いい絵だぞ。オレのベッドの横に飾ってある……。

あれこれと心の中で語りながら、オレはボトル半分ほど飲んだ。

夜も更けて、チョッコの幽霊はついに来なかった。

やたらに来れないよ、と以前言っていたのを思い出す。

でもオレの人生があまり変わってしまわないうちに、もう一度会いたい……。


翌日は八時半に起こされ、ダイニング・ルームで朝食。本格的なイングリッシュ・スタイルで美味かった。そして十時から講習室でまず商品説明だ。

「商品開発主任の原と申します」四十代の長身で白衣の女性だ。「アイ・シャドウとアイ・ライナーの新製品です。瞼の微妙なボカシが作りやすく、色はブルー系が中心になります。目尻のラインはきゅっとシャープに濃く描ける、こういった点が特色です。では、この秋の流行となる新しいメイクをご覧ください」主任の合図で、美容部員らしき女性がモデルとして椅子に座り目を閉じた。「ベースはすでに作ってあります。はい、では始めましょう。皆さんもっと近くに集まって、よーく見てくださいね」

それから午前中いっぱい、オレたちは新しいアイ・メイクのポイントを勉強した。オレにとって、もちろん初の体験だ。あとの三人、宮下、清水、ゆうこはそれなりに基礎知識があるようだった。

カレー・ライスの昼食と休憩をはさんで、一時半からは〈実習〉が行われた。

実習室という別の部屋に移動すると、そこには四人の美容部員たちが並んで椅子に座り、先ほどと同じように仮のモデルをつとめる。

「さあ、やってみましょう」オレたちは各々道具を渡され、モデルと向き合って座った。

それから夕方まで、オレは生まれて初めての女性メイク・アップに挑戦だ。

初めは上手く描けなかった。瞼の薄い皮膚はふにゃふにゃと柔らかい。ペンシルで目を突いてしまいそうで怖い。「大丈夫ですよ。ラクにして」彼女が目を閉じたまま声をかけてくれた。メイク中、原主任も順番に回って来て直しを入れる。

何度かやるうちに、かなりイイ感じに描けてきた。目を開けてオレを見つめてもらう。なるほど！　なにか深みがあって謎めいた表情だ。静かだが挑発的にも見える……。

「上出来です」原主任が横で微笑んでいる。「この感じを映像や言葉でどう表現するか？」

「考えます……」オレはモデルさんを見つめ続ける。

その晩は宮下が万平ホテルのレストランで夕食をおごってくれた。宮下は学生の頃から毎夏軽井沢に遊びに来ていたそうで、「ジョン・レノンと小野ヨーコを何度も見たことがありますよ」と自慢していた。

東京へ戻って週明けの十七日。美生堂宣伝部で〈社内向けキック・オフ・ミーティング〉が行われた。クリエイティブ・スタッフ以外にも、地域ごとの販売会社代表、チェーン部、販売促進部、さらにPRやイベント担当も集まっている。

ニッセンはオレたち吉野チーム全員に清水、樺山。

これから直接関わる宣伝部のクリエイティブ・スタッフたちと名刺交換した。

CDはコピー・ライターを兼ねて有賀勝《ありがまさる》さん。四十前か。小柄で痩せているが、短髪で切れ長の目をした男前だ。丁寧に挨拶してくれた。

ADは大崎和夫《おおさきかずお》さん。三十代だろう。四角い顔に優しい目をしてる。

女性の若手グラフィック・デザイナー小森優《こもりゆう》さん。大崎ADの部下だ。

彼等はオレと同じクリエイターの立場だが、スポンサー宣伝部の社員でもあるわけで、CM担当の宮下さんも含めてどういう関係性になるのか興味深い。

大会議室はテーブルが片付けられ、たくさんのパイプ椅子が並ぶ。

正面に小高いステージがしつらえられ、その中央に（仮の）モデルさんが、スポット・ライトに照らされて静かに座っていた。この秋のメイクが鮮やかに仕上がっている。

皆が着席すると間もなく、ダーク・スーツにゴールドのタイでキメた河野宣伝部長が小走りに登壇した。

「おはようございます」河野は手持ちマイクを握って叫ぶ。「一九七六年秋の全国キャンペーン、本日只今より準備に入ります！」おーっと声が上がる。

河野は横のモデルの目もとを指し示し、「この秋、日本中の女性がこのまなざしで美しく微笑む。そうならねばなりません！」盛大な拍手を受けて続ける。「当社史上最大の宣伝費が承認されています。今までにないタイプの新人モデルを発掘し、テレビCMも最大露出を狙う。さらにグラフィックにおいても、新聞雑誌・駅貼り・店頭貼りポスターに加えて、さらなる斬新な交通広告を検討中です！　もう一つ、今回はいわゆるコマソンではなく、イメージ・ソングというものを作りたい。まだ名前は言えませんが、皆さんがよくご存じのアーティストを起用して本チャンのレコードを発売する！　今日はまだみえてませんが、〈キャッツ・レコード〉川浪《かわなみ》社長と私で話が進んでます。曲の題名は皆さんがこれから考えるキャンペーン・タイトルと揃える。目標は邦楽ヒット・チャートで一位を取ることです！　そしてキャンペーン全体の大目標は」河野はちょっと間を置いて一同を見回し、マイクを握り直して叫んだ。「ベル・ビューティー化粧品をブッ潰すこと！」

どーっ、と異様な歓声が会議室を包んだ！

「さて、何から話すかね？」清水がジタンに火をつけた。

その夕方、ニッセン九階の三番小会議室だ。ドアはロックされ、表には『八月三十一日まで美生堂チーム以外立ち入りを禁ず』とデカデカと貼り紙がある。

「キャンペーン・タイトルもモデルもビジュアル・テーマもまだ何もない。決まってるのは『ベル化粧品を潰す』ことだけです！」清水の冗談に皆笑った。

オレも一服つけて、「美生堂のCDやADとは、いつもどんな風に話を始めるんですか？」

「そうねぇ、僕もまだ経験値が低いんだが」清水は少し考えて、「撮影場所選びから入る、ってのがある。どんな世界観で表現したいか、の話にも発展するからね」

「ロケ地、ですか？」

「うん。なぜかってゆうと、秋キャンの撮影は大体六月から遅くとも七月ケツまでが完了のリミットだ。仕上げにも時間かかるからね。でも、日本ではそこ梅雨の時期になる」

「ああ、そうか」オレはうなずく。「それに、天気だけの問題じゃないな。風景も秋とはまるで違う。季節感が出ませんね……ということは、海外ですか？」

「うん、南半球だと季節的には逆になるけどね」と清水。

「オーストラリアとか、行ってみたいねぇ！」と風早。

「いや、あそこは三年前に夏キャンで行ったんだが、カラッカラの砂漠が多い」

「あたしもそのロケ行きました。ほんとにカラッカラ」とゆうこ。

清水は続ける。「ビジュアル・テーマにもよるけど、今回はもっとしっとりした、緑が深い場所がいいんじゃないの。どうかね、カントク？」

その時、ドアにノックがあった。「樺山です」と声がかかる。ゆうこがドアを開けた。

「どーかね？」樺山が咥え煙草で入って来て、「どうせロケ場所の話あたりだろ？」

清水がうなずいて、「南半球っちゅうアイデアも出てます」

「いや、オーストラリアやニュージーランドの話だったら、僕はあまり乗らない。風景が単調で情緒がないんだ。だがな、気候の問題なら、南半球以外にもいくらでも場所はある」

「例えば？」と清水。

「カナダだ。トモさんと一度行ったことがあるんだが、六月頃ならキレイな所あるぞ！」

オレは煙草を消して注目。「カナダ太平洋岸ですか？」

「そう、初めに着くのはバンクーバーだ。だがそこからまた飛行機乗り換えて、内陸部のカルガリーへ飛ぶ。さらにクルマで三、四時間。バンフという町まで行く。国立公園になってるカナディアン・ロッキーの麓だ。草原も山も森もふかーい景色だぞ！」

ここは世界中を知っている人の言葉に従ってみるのが良さそうだ。

6

五月十五日土曜日。

オレ、ゆうこ、そして清水は午後一時半に羽田空港に集合した。

六年前、ストックホルムから帰国した時の光景を思い出す。空港そのものはさほど大きくなってはいないが、発着する飛行機の大きさと便の数はケタ違い。NALもボーイング747・ジャンボ・ジェットを就航させており、日本の空は文字通りラッシュ状態だ。

さて、今回は美生堂の担当者もグラフィック・チームもなしで、取りあえず『どんな感じがする場所か見てみよう』という、キャンペーンの仕事ならではの贅沢な〈シナリオ・ハンティング〉だ。だがさすがに吉野チーム全員でというわけにはいかず、風早と宅間は留守番となった。さらに座席は三人ともエコノミー（仕事でビジネス・クラスを使わせてもらえるようになったのは、八十年代になってからだ）。

CPエアの6便、使い古したDC8―63は十六時二十五分に定刻通り離陸した。

あまり眠れないまま、翌朝九時四十分、バンクーバーに到着。

入国手続き後、ロビーで数時間待ち、国内線のB737に乗り換えてカルガリーへ。

午後三時過ぎ。オレたちはスーツ・ケースを転がしながらカルガリー空港の到着ロビーへ出る。すぐ目の前に『歓迎　日本宣伝映画社様』という文字が見えた。日本人らしき、ジーンズにTシャツの中年女性がそのカードを掲げている。

「コーディネーターのネリガンさんですか？」と清水。

「おお、アイコ・ネリガンです」女性はいっぱいの笑顔を浮かべ、「ビアン・ブニュ！カナダへようこそ。あ、ごめんなさい、ここはケベック（フランス語圏）じゃないですね。ウェルカム・トゥ・カナダ！　いつもはケベック州中心で動くことが多いです。でもカナディアン・ロッキーもオーケー！　詳しいですよ」

オレたちはそれぞれ自己紹介し、四人は駐車場へ向かった。


青いシボレーの大型バンに荷物を積み込む。

ドライバーは二十歳くらいの、おそらく日本人と白人系のハーフだろう。スッキリした目鼻立ちの美青年だ。「ショーンです」と名乗ってオレと握手した。

「私の息子です。ハンサムでしょ？」とアイコさん。「この仕事に撮影完了までつかせます。

ショーンは日本語、英語、フランス語どれもオーケー。よろしくお願いします」

「よろしく」と、ショーンは日本式に深く頭を下げた。


オレたちは今日の最終目的地・バンフに向かって出発する。

ハイウェイ・一号線を北西へ約二百キロ。夜七時過ぎには着くそうだ。

クルマが動き出して間もなくオレは失神するように眠ってしまい、カルガリー空港周辺の景色は全く記憶にない。清水もゆうこも同様だったようだ。

途中一度だけ、キャンモアというあたりで森の中にあるコーヒー・ショップに寄って、サンドイッチを食べた。食事を終えてクルマへ戻ると、オレは再び眠り込む。


「バンフに入りましたよ」アイコさんの声に目を覚ますと、クルマはすでにハイウェイを降りて鉄道駅の前を過ぎ、左側にホテルや商店が立ち並ぶメイン・ストリートらしき道をゆっくりと走っていた。

小さな美しい町だ。夕食時で観光客の姿も散見されるが、さほど混みあってはいない。

「ここは特別保護エリアです」とアイコさん。「ですからエア・ラインの乗り入れは禁止されてます。観光客の数も限られますから、手付かずの自然がたっぷりです！　撮影の許可は簡単ではないけど、フォレスト・レンジャーに友達いるので、なんとかします」

間もなくクルマはホテルの前に止まった。〈マウント・ロイヤル〉という古いロッジ風の板張りの建物で、いかにもカナディアン・ロッキーらしい佇まいがオレは気に入った。

チェック・インを済ませ、オレたちは各々の部屋に引き上げた。

夕食も『勝手にルームサービスで』取り、今夜は体を休めることが優先と決まった。

オレはあまり食べる気がせず、シャワーを浴びて着替え、ベッドの上に体を伸ばす。

いい部屋だ。アルペン風の板張りで、家具も木彫りの素朴な感じ。ベッド、ライティング・デスクと椅子、そして壁には野生馬の群れを描いた油絵が飾ってある。その下の花瓶に白い花が一輪。尾根道にそっと咲いているような風情だ。

オレはデスクに置いてあったカナディアン・バーボンの小瓶を取り、三口ほど飲んだ。

そして木枠の窓のカーテンを引き、毛布の下に潜り込んだ。

ノックで起こされるまで、おそらく十時間以上眠ったろう。疲れがとれている。

七時半、オレたちは一階のダイニングに集合。

たっぷりしたカナディアン・ブレックファーストと旨いコーヒーを飲んで一服している

と、「おはようございます！」元気な声と共にショーンが顔を見せた。

　シボレーの大型バンは、ボウ川沿いの国道をゆったりと走る。

　小さな市街地を出ると、そこはもうカナディアン・ロッキーの真っただ中だ。

「右の手前はトンネル山、奥の尖がった頂上がランドル山です」ショーンは時々ハンドルから両手を離して説明に熱中する。この運転の感じ、前にどこかで見たような気がするが、よく思い出せない。ショーンは助手席のオレにミシュランの地図を示して、「監督、今日は一日目ですけど、でも一番いい所を真っ先に見せます」

「おやぁ？」後席からゆうこの声。「ふつうはコーディネーターって、まず全然ダメな場所から見せて、だんだん小出しにいい所へ連れて行って、ギリギリの最終日にいよいよ決めダマを出す、というもんだよねぇ？」

「ふつうはね」ショーンは後席を振り向いて、「うちは、ふつうじゃないんです！」

「前見て運転して」とゆうこ。

　快晴の高い青空を背景に、カスケード山の万年氷河が望める。

　オレたちはバンク・ヘッドという、西部劇のゴースト・タウンのような小さな町を通って、ミネワンカ湖畔に出た。クルマを降りてちょっと歩く。無風の鏡のような水面に遠い山なみが鮮やかに写っている。

「カントク、どうですか？」

美しい所だとは思う。だが絵葉書のような世界で、ここに主役の女性が立っても何も起こらない感じがする。「そーだなあ、何て言うか、遠くの雄大な景色は素晴らしいけれど、手前はほっと落ち着くような優しい場所。あ、ごめんなショーン、これじゃぁ何言ってるかわからないよね？」

「や、何となくわかります。これから一号線で二十キロくらい南東にあるカナナスキス・カントリーへ向かうんです。そこ、ファースト・チョイスになると思います」

ショーンの言った通りだった。カナナスキスは最高だ！

すぐ西側にはロッキーのごつい岩肌が連なっており、ギザギザのスカイラインが続く。東側は針葉樹の深い森だ。だが、カナナスキス・ビレッジに始まるカントリー・エリアは、渓流にそってなだらかに起伏する一面の草原で、色とりどりの花が無数に咲いている。

ショーンは〈バウンディ・ランチ〉という看板のある牧場に入ってクルマを停めた。

オレたちは大きな厩舎と並ぶ、オフィスらしきログハウスへ。

「ヘイ！」とショーンがカウボーイのような中年の男に英語で声をかける。「電話で話した〈ネリガン・コーディネート〉です。これからロケーション・スカウトでこの辺を見たい。フィルム・コミッションには話通してあります」

「聞いてるよ。ヘイ、おれはテリーだ」男は微笑んでショーンの手を握り、「裏に馬を五頭用意してある。あんたたち全員行くだろ。おれが案内してやるよ」

オレたちは半ば戸惑いながら、カウボーイとショーンに連いてハウスの裏へ。

長い横木に五頭の馬が繋がれていた。クォーター・ホースというのだそうだ。茶色、白、黒の混じった、ややずんぐりした馬たち。

オレたち三人は馬に乗ったことなどない。ショーンだけは何回かあるようだった。

テリーが親切に一人ずつ、鞍の座りかた、革のあぶみの踏み方、手綱を左手にまとめてゆるく持つことなどを教えてくれた。「こいつらは皆」とテリーは馬たちを指して、「おれの馬にキッチリついて来るように仕込んである。だからリラックスして何もしなくていい。手綱は引くな。脚をバタバタ動かすな。重心をまっすぐ下に下ろして肩の力を抜く。あとは馬に任せてともかくリラックス！　オーケー？」

先頭にテリー、そしてオレ、清水、ゆうこ、ショーンの順で五頭は牧場を出て、トレイルと呼ばれる小道をゆっくりと進みだした。

目線が高い！　初めちょっと緊張したが、言われた通り馬に任せているとすっかり快適になってきた。

雑木林を抜けると、周囲はゆるやかに起伏する一面の草原になった。馬の脚が半分隠れるほどの草丈。海で長いうねりの中をヨットで行くようないい気持ちだ。

いくつめかの丘に上がると、百メートルほど先の斜面に数十頭の馬の群れが見えた。テリーが右手を上げて馬を止める。オレを振り向いて、「野生馬だ。このあたりでは何百頭もいる。ゆっくり、静かに近づいて行くからな。みんな、静かにだぞ……」

徐々に距離を詰め、やがてオレたちは群れのすぐ横を通って行く。

馬たちが草をはみながら、オレたちの方を見る。たくさんの視線を感じて、オレは一頭ずつ見返した。優しい目だ。悲しい感じもするかな？　でもとても美しいまなざしだ。

「ヒーン！」と、突然嗚き声が響き、群れの一番奥にいた栗毛の大きな馬が後脚で立ち上がり、すぐに駆け出した。すると群れ全体がその馬について、どーっと響きを上げてついてゆく。群れはオレたちの目の前で跳ね上がり、馬体をぶつけあいながら一団となって駆け去って行く。

「野生馬の群れはリーダーの動きについて行く習性がある。今見た通りだ」とテリー。

「こんな凄いの初めてです。感動しました」とオレ。

「ここいらでは毎日見られる。野生馬の種類もいろいろあるしな」テリーが煙草をくわえて火をつけた。マルボロだ。オレも同じだけど、やはり本物のカウボーイはサマになる！

それから三時間ほど、林の間を抜け渓流を渡り西部劇のようなトレイルが続く。陽が傾く頃、オレたちは帰途についた。皆だいぶ馬に慣れて来たので、速足と駆け足も少しだけやらせてもらった。テリーの馬に合わせて動いてくれるので、乗っている方は体を合わせるだけで良い。これが意外にうまく出来、いい気持ちで駆けることが出来た。

その夜の夕食後。

オレたち四人はホテルのバックヤードにある屋外暖炉を囲んで一杯やる。暖炉といっても、古びた石積みの井戸のような丸い炉で薪を焚く。四人でちょうどよいサイズだ。

ひんやりと澄みきった夜気が心地良い。晴れ渡った濃紺の空に北斗七星や北極星が驚くほどくっきりと見えた。

「最高に気持ちいいね、カントク」清水がワインを舐めながら、「どうかね、今日のツアーで何か閃いたかね？」

「……まだヒントの段階かな」オレもグラスを口に運んで、「馬たち。たくさんの馬たちがオレを見ていた。それぞれ違った感情でね……オレも彼等をじっと見た。馬って人の目線に反応するんだってわかった。感情のやりとりができるんじゃないかな？」

「出来ますよ」とショーン。「カウボーイ連中は、言葉なしで馬と会話してます」

「気持ち、伝わるかも知れない」ゆうこは大きくうなずいて、「あたしが今日乗った馬ね、アリスっていう名前なんだけど、性格良かった。可愛い！　目がとてもキレイだった」

オレはマルボロを一本くわえて火をつけ、頭の中でイメージを動かしてみる……。

草原……遥かなロッキーの山なみ……野生馬の群れ……彼等の目、目、目……そして誰かのまなざしがそそがれる……飛び跳ね、狂おしく駆ける馬たち……一人の女性が草の中に立って、じっとこちらを見ている……。

それから数日、オレたちはバンフ周辺をあちこちと見せてもらい、ロケハンを終えた。再びクルマと飛行機を乗り継いで、カルガリーからバンクーバーへ、そして日本へ。

帰りのフライトはジェット気流に対して向かい風になるので、十二時間以上もかかる。しかも西向きに飛ぶので三十二時間もの一日となってしまう。だがオレは寝なかった。アイデアがまとまってきたので、コンテを描き始める。調子が出て来て、描いてはさらにふくらませている内に、いつの間にか時間が過ぎて着陸前最後の軽食になっていた。

食後のコーヒーで一服吹かしながら（当時は機内で煙草が吸えたんだ！）、オレは六十秒のコンテを仕上げた。面白くなりそうな気がしてきたぞ……。

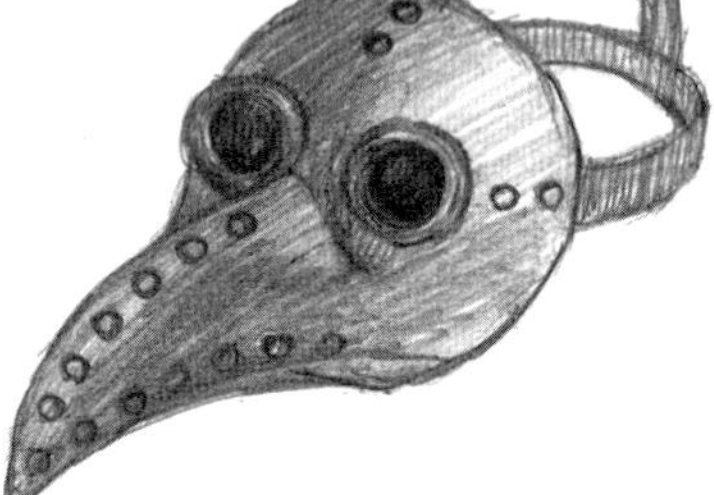

第五章

そして、時代は変わる

1

五月二十四日の月曜日、美生堂宣伝部会議室。

前回同様のニッセン、美生堂のクリエイティブ・スタッフに加えて、今回からスチール・カメラマンが入る。ADの大崎さんが立ち、「ポスターや新聞、グラフィックすべての写真をお願いする千谷地茂《せんごくじしげる》フォトグラファーです」

「千谷地です。よろしく」立ち上がって会釈した男は三十前後だろうか。丸坊主の頭に黒縁の眼鏡。筋肉質で姿勢が良く修行僧のような雰囲気だ。オレも名前だけは知っていた。ファッション写真の気鋭で、ここ数年で多くの賞を取り注目されている。美生堂の仕事は初めてと聞くが、河野宣伝部長らしい若手抜擢だな。

「では今から本題に入る」河野が立って皆を見回した。「スピード上げて行くぞ！　それでは有賀くん、〈キャンペーン・コピー〉を皆さんにお見せしてくれ」

「はい」チェックのシャツの有賀が立ち上がり、伏せてあったA3のボードを取り上げて胸の前にかかげた。『まなざし、なにを語る』と大書してある。

「ああ……」オレは声を呑み込んだ。

「メイク・アップの説明ではなく、その意味を表現したつもりです。僕は今回のメイクを見て、とても不思議な謎めいた印象を持ちました。何か言葉にならないものが男性である僕に伝わって来るような。だから『なにを語る』というナゾをポンと投げ出すんです」

なるほど……これは面白いコピーだぞ。オレが帰りの飛行機の中で描いたコンテにピッタリとつながる。横を見ると、清水もゆうこも小さくうなずいている。

「吉野くん」河野部長がオレを見て、「CMの立場から見て、どうだい？　カナダの印象も含めて話してくれや」

「魅力的なコピーだと思います。カナダで感じたことと共通点がある」と、オレはバンフの町やカナナスキス・カントリーの魅力、とりわけ野生馬たちの生命力と美しさを語る。

「乗馬で出会った野生馬の群れの中へ入りました。そうすると『馬たちに見られている』のがよくわかるんです。馬の目はすごく優しくてキレイです。それに、何かを語りかけてくるように感じる。有賀さんのコピーは当然知りませんでしたが、メイクは研修所で見ていたので、もし馬たちの前にあの〈不思議なまなざし〉の女性が立ったならば、と想像して六十秒の画だけ描いてみました。歌やコピーは入っていません」

オレはゆうこに目で合図する。ゆうこは用意してあったコンテをすぐに全員に配った。

「ほう……」河野はコンテにサッと目を通すと、「おお、これは面白い。有賀コピーライターと吉野ディレクターが離れた場所で同じことを考えてる」

「僕は日本で考えましたから、飛行機代使ってませんよ」と有賀が苦笑する。

「飛行機代出してやるよ、有賀！」と河野。「大崎も一緒にカナダ見てこいよ」

「吉野さんのコンテ見て、実はちょっと行きたくなってます。どうかな、千谷地さん？」

千谷地は有賀を見返して、「カナディアン・ロッキーも野生馬も、主役のモデルにからむ存在としてはいいと思う。おれも見に行きたいです。でもともかく、これから選ぶモデルがすべてよ。彼女の目に特別な力がなきゃ何も表現出来ません」

「よーし！」と河野が笑顔で、「愉快なことになって来た。お前ら、今週すぐに出発しろ。場所をフィックスして帰って来い。早くモデルのオーディションにかかりたい」


打ち合わせ終了後、オレたちは宮下と共に四階の部長室へ呼ばれた。

ロイヤル・コペンハーゲンのカップで旨いコーヒーを頂いているとドアが開き、河野がもう一人を連れて入って来た。オレたちは一斉に立ち上がる。

「紹介するよ」と河野。「こちらはキャッツ・レコードの川浪雄二社長」そしてオレたちを示して、「川浪さん、ニッセンの精鋭チーム。吉野洋行ディレクター、例のバスロンの

ＣＭは彼の作品だ。それに清水克典プロデューサーと林ゆうこＰＭです」

川浪は四十過ぎだろう。長身で恰幅も良い。髪は多少薄くなっているが、日焼けした顔は精悍で愛嬌もある。オレと名刺交換しながら川浪は、「バスロンのＣＭ、好きだなぁ！　あのまん丸顔の歌が特にいいね。あれ、オリコンのヒット・チャートにも入ってましたね。ぜひ一緒に仕事しよう！」

「川浪くんのキャッツ・レコードは」と河野は川浪の背中を押して、「ここ数年大ヒットの連発だ。特に神楽《かぐら》ゆうさんの作品がいい。〈まだ見ぬ花のかおり〉とかね」

「僕も好きです！」と宮下が横から口を出す。「なんか、こう、繊細な感じというか」

「お前は黙ってろ。調子に乗るな！」と河野が睨み、宮下は小さくなった。

「あれは大化けでね」川浪は多少戸惑いながら、「百五十万枚もいきました。ただ、あの後がちょっぴり苦戦してはおりますが」

「いやあ、ご謙遜で結構！　吉野くん、この男は元々最大手〈ライオンズ・レコード〉のディレクター。ヒット・メーカーだった。今から、えーと五年前だっけ？」

「そうです」

「何人かのアーティストを連れて独立してキャッツ・レコードを創業した。今じゃライオンズも真っ青の急上昇インディペンデント・レーベルだ」

「部長、もうそのくらいで充分光栄でございます」川浪が苦笑しながら、「吉野さんもいるので、仕事の話しましょうよ」

「ほう、仕事の話したいか？」河野の目が鋭く光る。

「しましょう」川浪も受け止める。

河野は煙草を一本つけ、ふーっと吹かすと、「こういう仕事だ。〈まなざし、なにを語る〉という題名の新曲を、神楽ゆうさんの作詞・作曲・歌でキャッツ・レーベルから発売する。その曲はテレビCMで最大限に流す。当社で何十万枚かの買い取りもやる。この秋の全国ヒット・チャートで一位を取りたい！　実にわかりやすい目標だろ」

「三位以内とかじゃダメなんですか？」

「一位！　美生堂は一位のほかは認めない！　以上だ。仕事してくれ」

オレと川浪社長は目を見合わせる。年は一回り違うが、なにか相通ずるものを感じた。


日を置かず、モデルの選考準備が始まった。

まっさらな新人に限る、というのがよく知られた美生堂の厳しいルールだ。しかしこの大キャンペーンでデビューすれば、たちまち全国的な売れっ子の座が約束される。

この〈登竜門〉を目指して、業界中のモデル・クラブ、役者や歌手の事務所、タレント養成所、果ては正体不明の怪人物まで応募にどっと殺到する。

　これらを厳しく選り分けて、オーディションとカメラ・テストのスケジュールを組み上げて行くのは〈美生堂宣伝部・キャスティング室〉の仕事だ。

　モデル採用の最終決定者はもちろん河野部長だが、その手前での有賀CD、大崎AD、そしてCMのオレを含めた合意が実質的な決定になるのだそうだ。ただし今回はもう一人、スチール・カメラマン千谷地さんの意見も重視される。この四人で行うオーディションは六月の第一週と予定されている。

　ところで〈せんごくじ〉という読み方はちょっと発音しにくいため、有賀や大崎は短縮して『センゴクさん』と呼んでいる。本人も「どこでもそう呼ばれてます」と認めたので、これからはオレも従おう。

　その週の内に、有賀、大崎、センゴクのグラフィック組はカナダへ出発した。

　CMのコンテは六十秒、四十五秒、三十秒、二十秒、十五秒と描き分けてプレゼンしたが、河野部長の出した結論は実にアッサリしたもんで、『アイデアは良し。あとは任せるから作って見せてくれ』となった。

　驚きだ！　こんな大胆な決め方をする宣伝部長が他にいるだろうか？

「それが河野流ってもんさ」と清水。「こんな風に任されたら、クリエイターとしてはどれだけ必死になって力を出すか？　人の使い方が上手いね」


金曜日の夕方、企画演出部の自席で別件〈大正製菓コーヒー・ビター第二弾〉のコンテを描いていると内線電話が鳴った。清水だった。「ちょっと紹介しなきゃいかん人がいるんで、六階の二番へ来てくれないかな。名刺持ってね」

オレが二番のドアを開けると、大きなテーブルの片隅に寄って五人が座っていた。

樺山と清水に加えて大船部長までいるのはなぜだ？

客らしき人物が二人、オレを見て立ち上がった。

樺山がオレを示して、「ディレクターの吉野です。例のバスロンで大ヒットを飛ばして、今回秋のキャンペーンに抜擢されました」

「よろしくお願いいたします」オレは二人に名刺を差し出す。

「小田原と申します」六十年配の白髪の紳士が丁寧に頭を下げて、両手で名刺を捧げた。

もう一人の若者も「谷です」と名乗る。

「吉野、小田原さんはね」と樺山。「〈オム・エ・ファム〉っていうモデル・クラブを経営されてます。業界ではおそらくいちばん格の高いクラブだね」

「いやいや、古いだけです」苦笑する小田原。

樺山は続ける。「ずっとトモさんの作品のキャスティングをやってくれてた。中山ツヤさんとか、サリー赤城さんとか、もう何十人もいいモデルさんたちを育ててらっしゃる」

「僕の仕事でもね」と大船が口を挟む。「長いこと世話になってるよ」

小田原が上品な微笑みを浮かべながら、「オーディションは来月早々と聞いております。美生堂さんのキャスティング部門からも昨日連絡を頂きました」そしてオレに向かって、「どうぞよろしく、吉野さん。お若いのに大変な大仕事です。とくに昨今は、テレビCMディレクターがモデル選定において重要な立場であられます。私に何でもご相談ください」

オレはなんとなく答えにためらって、横の清水に目をやる。清水はちょっと苦笑して首を傾ける。何を言いたいのかわからない。オレも小田原に曖昧な笑顔を返した。

「じゃあ吉野」樺山が立ち上がって清水、大船、そして小田原を促し、「我々は社長室へ行くんで、後はよろしく」

小田原が行きがけに、「実は吉野さん、今日は良い新人を一人だけ連れて来てます。まだ正式のオーディション前ですが、特別に顔見てやってください。谷くん、頼んだよ」

四人はさっと出て行き、後には谷とオレが残った。

「吉野監督」谷がニヤリと笑い、「二分で戻ります。ここでお待ちください」

オレはうなずいて腰を下ろし、煙草をつける。

半分も吸い切らない内に、谷はそのモデルを連れて戻って来た。

百八十センチ近い長身にシンプルな黒いワンピースをまとい、髪は束ねて結んである。

真っ白い肌に二重瞼の大きな目。鼻すじや口元もシャープで日本人離れした印象だ。

谷がオレの反応を横目で見ながら、「はい、吉野監督にご挨拶」

「お早うございます。私は澄川《すみかわ》レイです」柔らかい、いい声だ。

「吉野です」オレは煙草を消してアタマを下げる。モデルやタレントとこのように個人的に面接するのは初めてだ。二人はオレの向かいに腰を下ろした。

「レイは小田原社長秘蔵の大型新人です。日本での面接は、正直言って今日が第一回目！　彼女はオレゴン州立大学の二年生でポートランド在住です。美生堂のオーディションのためだけに呼びました。他社には連れて行きません」

「そりゃ凄いな！」と正直に驚くオレ。レイに直接話しかける。「本格的なマヌカンを目指してるんですか？　パリコレとかの」

「ファッションではなく、日本で女優の仕事をしたいです。父が日本人で、私は将来日本に住みたいですので」レイの日本語はちょっと不思議な〈日系二世風〉アクセントだが、正しい言葉使いではある。

「吉野監督」いつの間にかオレの背後に回っていた谷が小声で囁いた。「小田原には内緒ですが、お食事の席を用意してあります。これからいかがでしょうか？」

「は？」オレは意味がわからない。

「もっと落ち着いたところで、レイと差し向いで親しくお話しいただければ、と」

空気を読むのが苦手なオレでも、さすがにこの『お食事の席』だけは遠慮しておいた方がいいと思い、「ま、まだオーディション前ですし、今夜は仕事も、ありまして……」

「あ、もちろんカントクはお忙しいですよね。申し訳ありません。正直、他意はないので、またオーディションで、と」

オレも気を取り直して、「レイさん、オーディションで会いましょう」

「はい、よろしくお願いいたします」レイは深くお辞儀して出て行った。

2

六月七日月曜日。モデル・オーディション本番だ。

グラフィック・チームの三人はすでに先週末に帰国しており、ロケ地はカナダ・バンフと決定していた。

厳重なマル秘を守るため、オーディション会場としては美生堂宣伝部の地下二階にある〈小スタジオ〉があてられた。

グレーのアール・バックが立てられ、二台の大型ビデオ・カメラがモデルの全身と顔のアップを撮るんだ。ビデオ・エンジニアの手を借りて、オレのコンビ、筒井カメラマンがライティングの指示を出している。

カメラのすぐ隣に横長のテーブルとベンチが置かれ、審査員はそこからカメラ前のモデルと対話するのだ。有賀、大崎、センゴク、そしてオレと清水の五人だ。

テレビCM担当の宮下はスタジオ内には入れて貰えない。外の通路でモデルの出入りをチェックする作業をしている。このところ宮下は宣伝部内でどうもうまく行ってないように見えた。清水が言うには『バスロンの大ヒットではしゃぎ過ぎ、社内で睨まれている』のだそうだ。美生堂といえども、やはり大企業サラリーマンの世界は同じなんだな。

オーディション開始の三十分ほど前、オレと清水は控室へ入った。

樺山も一緒だった。「僕はスタジオには行かないけど、宣伝部長室で河野さんとコーヒー飲みながら、きみらの仕事ぶりをモニターで見させてもらう」

　スタジオへ戻るとグラフィック組はすでに席について雑談している。

「吉野カントク」センゴクさんが親し気に声をかけてきた。「あなたのアイデア、よくわかった。バンフは最高だったよ。空の光と背景の色彩が素晴らしいから、ポスターなんかも顔のアップじゃなくて半身像くらいまで引いて、広い画を見せてもいいと思う」

「今回のメイクは」と有賀。「どアップで押し付けなくても充分強い印象がありますよ」

「そう、だからね今日選ぶモデルには、異常なくらいの目力が欲しいのよ！」センゴクが皆を睨みつけた。


　十時にオーディション開始。最終選考に残ったのは十二人で、一人三十分以内でやる。配られた人名一覧表の五番目に、例の澄川レイの名前があった。下までざっと見ると、最後が空欄になっていて、『千谷地カメラマン推薦』とある。

　オレは「すいせんって何ですか？」と質問。

「へへへ」といたずらっぽく笑うセンゴク。「横須賀の若い子なんだけど、ちょっと面白いんで特別に加えてもらったんだ。でも事務所にも入ってないし、本人の気分次第で来ないかも知れない。ま、あんまり期待しないでください」

最初の子がカメラの前に立ち、ビデオ・テープが回る。部長室のモニターもオンになる。顔は全くメークしておらず、黒のTシャツとショート・パンツに素足だ。ヘアもセットしてない。全員が同じ〈素〉の姿を見せるのが美生堂オーディションのルールだそうだ。

まず名前と所属を書いたカードを胸の前に持って笑顔で挨拶。

初めは自由な質疑応答から入る。志望動機、将来の目標、趣味やスポーツ、家族や友達などを話題に反応の良さ、表情の豊かさと変化、頭の回転の速さなどを見る。

次に規定課題。今回はちょっと変わっている。五人の審査員一人ひとりの目の前に立ち、じっと見つめてもらうのだ。ありのままの感情を目にこめて、オレたちの心をどれだけ動かせるか？　これは審査員にもなかなかの度胸が要求される。オレは楽しめたな。

最後に自由演技。歌っても踊っても、芝居のセリフを言っても良い。合計三十分以内。

午前中の四人はまずまずという感じだった。

さすがに最終に残っているだけあって、それぞれ美しく頭も良さそうな子ばかりだったが、いまひとつ決め手に欠ける。目だ。目力が不十分なんだ。センゴクさんも同意見。

十二時に休憩に入り別室で昼食をとる。銀座の美生堂カフェから洋食弁当が届いた。

一時にオーディション再開。

先日の澄川レイが登場した。規定通りのノー・メイク、黒のTシャツ短パンだが、何か華やかな雰囲気が漂っている。有賀と大崎が「おお！」と小さく声を上げた。

「澄川レイです。よろしくお願いいたします」大きな笑顔を見せる。

「澄川さん」有賀がちょっと身を乗り出して、「オレゴン州ポートランド在住、とありますがアメリカ国籍ですか？」

「父は日本人です。母がアメリカ人で私は向こうで生まれてますから、今は両方の国籍を持ってます。二十歳になったらどちらか選べるので、私は日本人になりたいです」

皆、満足気にうなずく。

大崎がエントリー・シートを見ながら、「事務所はオム・エ・ファムですね。小田原さんにスカウトされたんですか？」

「はい。オダワラさんは父の友人です」

有賀が微笑んで、「ラクにしてください、レイさん。えーと、オレゴン州立大学ですね。専攻は何ですか？」

「フランス文学です。〈レ・ミゼラブル〉が大好きなので」レイも微笑み返した。

オレとセンゴクは質問せずに、レイの目の表情をじっと観察する……力がある！　思い描いていたような切れ長のタイプとは違うのだが、『なにかを語る』力のあるまなざしだ。質疑応答ではレイの趣味、乗馬、スキー、フェンシングなど、そのスポーツ万能ぶりにみな驚いた。
次の課題、審査員一人ひとりとの見つめ合いでは、レイはえらく落ち着いており、むしろこちらの方が彼女のまなざしにどぎまぎする有様だった。
オレも目の前に立ってじっと見つめられると、何かただならぬ気持ちになる。凄い目だ。
そして最後は自由演技。
「歌をうたいます」レイは背筋をすっと伸ばして目を閉じ、語りかけるように歌いだす。
♪名も知らぬ　遠き島より
　流れ寄る　やしの実ひとつ
　ふるさとの　岸をはなれて
　なれはそも　波に幾月
ゆったりと一番だけで歌を終え、レイはそのまま静かに目を開いた。
一瞬の間を置いて、大きな拍手が湧いた。オレも感動している。
レイは自分のことを歌ってるんだ。はるか太平洋を渡って流れついたやしの実……。
他の四人も嘆息したり、深くうなずいたり、魅せられた表情だ。

「ありがとうございました」レイは深くお辞儀して、足早に退出した。

その時、テーブルの上の内線電話が鳴り、オレの隣の清水が取る。「はいスタジオ。清水が取りました……は、はい。今終わったところです……はい、ご覧になった通り、おそらく全員高得点つけてると……あ、大丈夫です。はい、あと七人、ささっとやります……。はい、はい、もちろんです。ではもうしばらく」清水は受話器を置いた。

「部長室の樺山です」と清水。「今の澄川レイさん、河野部長も大変気に入っておられたそうです」オレも他の三人も、苦笑しながらうなずいた。


残りの七人は、さすがにレイを見た後ではこれと言った取り柄も感じられず、清水の言った通り『ささっと』進み、予定より早く十二人目まで終わった。

「センゴクさん」と有賀。「ご推薦の子、見ますよ。最後に時間取りましょう」

センゴクはちらっと時計に目をやって、「うーん、もうとっくに来て、着替えとかやってることになってんだけど、ちょっと受付に訊いてみてくれます?」

スタジオの外から宮下が呼ばれ、有賀から指示を受ける。「センゴクさんが呼んだモデルが上に来ていたら準備させてくれ。えーと、お名前は何と?」

「遠野《とおの》みさとっていったかな」

「遠野さんですね」宮下がダッシュで出て行く。

オレたちはコーヒーのお替わりをもらって一服つけた。

一本吸い切らない内に、宮下がバタバタと戻る。荒い息をつきながら、「……まだ来ないようです。スタジオの受付、メーク室、一階の総合受付までチェックしたんですが、特に何も……」

「わかった」センゴクが煙草をもみ消して、「お騒がせしました。来ないようです。諦めます。ま、横須賀のドブ板通りでナンパみたいに声かけたら興味示したんだけど、気が変わったんだね。ごめんなさい、忘れてください」


カメラが撤去され、部長室のモニターへ繋がっていたケーブルも外された。

オレたちはそのまま小型モニターを囲んで選考に入る。

有賀がリードした。「みなさん、お疲れ様でした。いいオーディションが出来ました」

「決まりだね」とセンゴク。「澄川レイで行こう。九十五点！」

「目が強いし、顔立ちもスタイルも他の子とは差があります」と大崎。

「テレビの方はどうですか？」有賀がオレを促す。

オレもレイは素晴らしいと感じていた。「いいと思います。見つめられてドキッとした。

〈やしの実〉の歌にも感動しました」

「あの歌は良かったな」清水も同調する。

「では澄川レイさんということで。部長も喜ぶでしょう。キャスティング室へは僕がこれから連絡」と言いかけたところで電話が鳴った。

「はい、スタジオ」と清水。「……ええっ、女子高生ですか……ほんとに？　千谷地さんに呼ばれたと……ちょ、ちょっと待ってください」

「来たのか？　あいつ」センゴクが清水を睨む。

「でも、女子高生なんですけど？」と、受話器を手でふさいだ清水。

「入れてやって。ね、有賀さん、いいよね？」


オレたちの前にその子・遠野みさとはニコリともせずに突っ立っている。

着くずした紺の制服はスカートがやたらに長い。ぺしゃんこに潰れたカバンを下げ、足もとは運動靴だ。身長は百五十センチほどだろう。しかも痩せていて本当に小さく見える。

だが、まなざしが強烈だった。無雑作に垂らした前髪の下から、今まで見たこともない不思議な輝きを放つ二つの目がオレを捉えた。

形の良い唇が動いて、思いの他に甲高い声がひびく。「すいません、教室から逃げ出すのに時間かかっちゃって」そしてセンゴクに目をやると、「ホントに美生堂のカメラマンだったんだ。ウッソみたい！　でもどうせあたしなんかさ、落ちるよね」

オレたち全員、みさとの開き直ったような態度に多少押されつつ、その目力に驚きつつ、ともかくオーディションの気構えを取り戻す。

「遠野みさとさん」と大崎が口を切った。「高校何年生ですか？」

「高二。あんまり行ってないけどね」

大崎がみさとの口元を見咎めて、「みさとさん、口紅塗ってるね？」

「うん、ダメ？」

「このオーディションはノーメイクがルールなんだ」

「わかった」と、みさとは鞄からハンケチを引っ張り出し、乱暴に口元を拭った。「これでいいかな？」紅をちょっと拭き残した顔で、みさとはオレたちを一人ずつ見つめた。

誰も一言も発しない。みさとのすーっと切れ上がった目尻は、素顔なのにあのメイクのあやしい表情を漂わせている。まさに『まなざしが、なにかを語って』いるんだ！

わずか数十分前に最高点がついた澄川レイの颯爽たる姿の記憶は、どこかへ吹っ飛んで消えてしまった。みさとが表現しているものは採点など出来ない。

オレも、おそらく他の四人の審査員も一瞬で説得されてしまった。

遠野みさと。この子しかない。

3

六月十五日火曜日。まだ梅雨入りしておらず、真夏のような快晴だ。

午後一時。オレたちは羽田空港出発ロビーの外で全員集合を待っていた。CP6便の定刻は四時過ぎだが、撮影、照明機材の出関手続きに時間がかかる（当時の海外ロケはカメラ等の現地レンタルにまだ不慣れだったため、重い機材一式を高いオーバーエクセス料金まで払ってわざわざチェック・インして運んで持ち帰る、という非効率に甘んじていた）。

筒井カメラマン以下、撮影部三人、照明部二人が機材を担いで税関へ向かった。

オレは風早、宮下と自販機の前で一服しながら雑談で時間つぶし。

「いやあ吉野カントク、あれからみんなテンテコ舞いでした！」宮下がぐしゃっと笑う。

「すいませんね」と頭を下げるオレ。「いったんは澄川さんに決まったんだけど、飛び入りの遠野さんがモンスターだったんです！　異常な目力があってさ、全員一目惚れ」

「そういうの、いいね！」と風早。「横須賀の不良女子高生がエリート・モデルに勝つ。

みんなそういうドラマ見たいんですよ！」

宮下が目をむいて、「河野部長は激怒するわ。それをみんなで説得して、センゴクさんに頼んで彼女に次の日また来てもらうわ。ビデオは僕が撮り直してキャスティング室へ送るわ。でもさすがは河野部長。遠野さんに会った瞬間にオーケーくれました。『こういう顔が欲しかったんだ！』ってね。そうなったら今度はパスポートの緊急申請を五日で無理やり。彼女、戸籍が複雑でしてね。いやあ結果オーライだったけど、僕もう胃痙攣起こしかけてました。ははは」

その時、ゆうこが駆けて来て、「遠野みさとさん入ります」とバス停の方を指す。

主演モデルの登場だ。

米軍払い下げの穴だらけの野戦服上下に黒い野球帽を目深にかぶったみさとは、布製の背嚢を背負ってビーチ・サンダルでぺたぺたと歩いて来る。

オレたちの前でくわえ煙草を路上に捨てて踏み消し、「こんちは」と頭を下げた。

面白い仕事になりそうだ。


日付変更線を越え、飛行機とクルマを乗り継いで同日夜八時。

美生堂のスタッフを加え総勢二十三人のロケ隊は、三台のバンに分乗してバンフに到着した。町の様子は先月と変わらず、ホテルも同じマウント・ロイヤルだ。

コーディネーターであるアイコ・ネリガンとショーンの親子コンビは、準備万端整えていた。ロケハンの経験から、今夜は皆疲れ切っているので『ともかくチェック・インしてぐっすり寝てください』というありがたい配慮だ。

オレは風早と同室になった。「ディレクターズ・ルームということで、大き目のスイートにしました」とゆうこ。今回CMは全部オレが演出するが、同時に撮る〈セミナー映画〉と呼ばれる販促映像は風早がやるんだ。これはチェーン店を集めて商品説明やメイク技術の指導に使われる。内容の八割以上は日本でスタジオ撮りする化粧シーンで、遠野みさとは出演しない。だがバンフの風景や野生馬のカットなどはイメージ表現として使えるので、風早はBチームを率いて同時並行で撮影する予定だ。

二人とも一杯やってすぐに寝た。

翌日も晴天だ。美生堂グラフィック組はロケ場所確定のために早朝に出て行った。撮影スケジュールはグラフィックが先行することになっているからだ。

オレたちCM組は九時ごろ起きて朝食を食べ、十時半からミーティングを始めた。

「さてと」清水が皆の顔を点検するように見回して、「睡眠充分なようで、ゆるゆると始めましょう。ではカントクからコンテの説明をお願いするかな」

分厚い木のテーブルを囲んで風早、ゆうこ、宅間、カメラマン筒井と助手二名、照明部の中田と助手、スタイリストとメイクヘア、オレと清水を加えて十二人のチームだ。ショーンともう一人のドライバーも控えている。

コンテのコピーが配られた。オレは立ち上がって説明を始める。

今回のコンテは多少変形で、カット順にコマが並んでいるのではなく、要素ごとに分けて撮るべき映像を説明している。秒数ごとの構成も決まっておらず、後の編集で神楽ゆうの歌に合わせてどのようにでも変えられる。つまりドキュメンタリーの撮影プランのようなものだな。A、B、C、D四種類の画に分けられる。

A　遠野みさとの姿と不思議なまなざし

静かな画　①草原に立ってこちらを見つめるみさとの全身像

②おなじくバスト・サイズ（胸像）

③おなじく顔のアップ

動く画　④カメラに向かってゆっくりと歩いて来るみさと。カメラは押されるように後退しながらバスト・サイズで撮る

⑤カメラを引き寄せるように、後ろへ下がって行くみさと。カメラは彼

女を追うように前進してゆく。バスト・サイズ

⑥カメラをぐるぐると振り回すように、その場で回転するみさと。これもバスト・サイズ

B　野生馬たちとみさと

⑦馬たちの中に佇むみさと

⑧一頭の馬と見つめ合うみさと

⑨みさとを囲んだ馬たちが一斉に駆け出して散って行く

⑩みさとを追って来る馬たち

C　馬だけの画

⑪前のBに準じて、馬たちの個性、さまざまな感情を描く

D　カナディアン・ロッキーの広大な風景

つまり『みさとの不思議なまなざしに魅せられ、心乱され、引き寄せられる馬たち』というイメージだ。馬たちは『男たち』でもある。神楽ゆうの『まなざし、なにを語る』の歌詞やメロディと併せて、不思議でドラマチックな世界を作りたい。

二十分ほどでオレは撮影プランの説明を終えた。

スタッフ一同、やや戸惑いながらも〈新しい試み〉として受け入れてくれた。

「カントクよ」筒井カメラマンがギョロ目を向けて、「つまりこういうことだな。みさとを撮る時にはカメラは馬の気持ちになる。逆に馬を撮る時はみさとの気持ち。おれは馬になったり女になったり、こりゃたいへんだ！」

皆が笑った。

オレも笑いながらうなずいて、「研さん（筒井）の言う通りです」

「ここは、山並みの風景も素晴らしい。それを撮る時は何になればいい？」

「筒井研二のままで」


打ち合わせは昼前に終わり、午後は二手に分かれての行動と決まった。

オレと清水はショーンのクルマでグラフィック組の撮影に立ち会う。

風早はゆうこ、宅間、Bカメラのカナダ人スタッフを連れて、アイコさんのアテンドで〈セミナー映画〉の撮影準備だ。

バンフは緯度が高く、この季節は昼が長い。三時前の太陽はまだ頭上に輝いている。

カナナスキス・カントリーのバウンディー牧場付近。この前馬で巡った、カナディアン・ロッキーを望む小高い草原だ。

今日はグラフィック撮影の一日目。後でバックに合成する風景写真から始めるそうだ。

センゴクさんは4×5インチの大型カメラをがっちりした三脚に据え、だがキャンバス・チェアに座ったまま山並みを見つめて動かない。

有賀CDと大崎ADは草の上に敷いたシートの上で、魔法瓶の紅茶を飲んでいる。

ピクニックのようなのんびりした雰囲気。

オレは勧められた紅茶のマグを受け取って、「大崎さん、いま何待ちなんですか？」

「雲待ち。あそこのスリー・シスターズ（三つの峰）にかかってる雲がイイ感じになるのを待ってる。陽ももう少し傾いた方が色彩が良くなるね」

「なるほど……」オレは改めてこの仕事の贅沢さに感心しながら、「遠野みさとさんは、今日は撮らないんですか？」

「今朝起きた時に見たんだが、まだちょっと目が疲れてるね。かすかだが赤味があった。まあ昨日着いたばかりだから仕方ない。もう一日休ませて、まず風景撮りからね」

「センゴクさん！」カメラ助手がフィルターごしに山を見ながら声をかけた。「右側の頂上が見えて来ました。スタンバりますか？」

「イマイチ」と首を横に振るセンゴク。今日はピクニックで終わりそうだな……。

翌十七日も晴天が続いた。

遠野みさとの体調もどうやら整って、グラフィック組はモデル撮影本番に入る。

CM組は〈Cブロック・馬オンリーの画〉から入ることになった。

十時過ぎ。オレたちはバウンディー牧場で、前回世話になったテリー・コーツと再会した。テリーは元ロデオ競技のチャンピオンで、馬の調教の名人でもあるそうだ。「ガキの頃からな、おれは馬と話が出来たんだ。人間と話すのは苦手なんだが、こりゃどうもそういうものらしいぞ」とテリーは笑った。

撮影機材と共に二台のピック・アップに分乗したオレたちは、野生馬の集まる疎林の丘付近へ移動する。テリーは一人乗馬で駆ける。トラックよりも速い！

今日はショーンもアイコさんもグラフィック組をアテンドしており、オレたちにはショーンのアシスタントのエイブともう一人の若いドライバーがついている。

ぶっつけで撮影が始まった。

野生馬の群れは約三十頭ほど。のんびりと移動しながら草を食んでいる。

オレとカメラを構えた筒井、助手二人のチームはがっちりと固まって、テリーの先導で馬たちを刺激しないように静々と馬群の中へ分け入る。馬たちの視線を感じながら……。

オレは面白い表情や動きをする馬を見つけると指を鳴らす。助手が素早くそこに三脚を据えてカメラを載せる。チーフ助手はすかさず露出と距離を合わせ、筒井の合図でカメラが回る。「おーっ、見てるぞ！」カメラに顔をつけたまま筒井がつぶやく。「じーっとおれを見つめてる。色っぽい目線だなあ！　競馬場じゃ見られねえぞ、こんなの」

何カットか〈馬と静かなまなざしのやりとり〉が撮れた。

「テリー、馬たちを動かしてみたい」とオレが指示する。

「オーケー。少し下がって馬と距離を取ってくれ」と言うとテリーは腰にまとめて下げていたロープを取り、頭上でぐるぐると回し始めた。

それを見た一頭の白い大きな馬が、テリーとオレたちを中心に円を描くように駆け出す。

「カメラ回せ」とオレ。

テリーが指笛のような音を立てると、馬たちは一頭また一頭と白馬について行く。見る間にオレたちは、三十頭の馬群の大きな渦巻に取り囲まれた。筒井がカメラを三脚から外し、得意の手持ちで馬を追い始める。

その午後陽が傾くまで、オレたちはテリーの巧みな〈馬さばき〉に助けられて、馬たちの様々な表情や動きをカメラに納めた。カメラを見つめる深い眼差し。何頭かがそーっと寄って来る。逆にじりじりと後ずさりする。ぷいと顔を背ける。突然飛び跳ねて駆け出す。

ふと止まってためらいながらカメラを覗き込む。

馬の感情が伝わってくる、面白い画が充分に撮れた。


二日間の悪天候待ちがあったが、六月二十一日一杯でみさとのスチール撮影は終わった。その夕方ホテルで、翌日からのCM撮影に備えるみさとのメイクヘアと衣装合わせが行われた。オレ、清水、ゆうこ、筒井、それに宮下が立ち会う。アテンドはショーンだ。

ロビーで、ふらりと入って来たセンゴクさんと顔を合わせた。

「お疲れさんです」とオレ。

「ああ疲れたよ。あいつ、みさと、かなりクセある。だがまなざしは怖いほどイケてる。性格は非常にヤバい。ま、頑張ってや。いい顔が撮れるぞ」


一部屋借りて簡易ライティングも施し、そこでオレは〈本番状態〉のみさとに対面した。眼差しを強調するために髪はひっつめてシルクのスカーフで束ね、広い額を出している。アイ・メイクは見事に似合う。素顔の時の印象がより鮮やかに生かされてるな。

コスチュームは深いワイン・レッドのニット・ワンピースだ。シンプルなデザインで、丈は膝下くらい。小柄で痩せたみさとがちょっと大きく派手に見える。

「いかがですか?」とメイクヘアの杉本さんがオレの顔を覗き込む。隣にスタイリストの加賀さんも控えている。

「いいですね」とオレ。「まなざしにピタッと目が行く……どうだい、みさと?」

「かったるい!」意外にも、みさとはひどく不機嫌だった。「こんな格好したことないよ。お子様のよそ行きみたいでガッチガチ。あたしなんか、七・五・三だって破れたジーパンで行ったのに」

「テレビCMだからね。何千万人がみさとを見るんだ。お洒落しないと」

「あたしテレビ見ないから」

「みさとの家族や友達だって見るじゃん」

一瞬沈黙したみさとは、「……そんなもん、いないよ」と目を伏せた。

オレが思わぬ反応に戸惑っていると、みさとは顔を上げて誰かを目で探すような素振り。その視線の先にショーンがいた。壁に寄りかかって煙草を吹かしている。

二人の目がしっかりとコンタクトしたのがわかった。

みさとは唇の端をゆがめて、「この恰好さぁ、サマになってるかなぁ?」

ショーンが笑顔で答え、親指でグーッドのサイン「ユー・ルック・ソー・プリティ!」

みさとが微笑んだ! 今日初めてうれしそうな表情を見せてくれた。そしてショーンに向かって煙草を吸う手つきを示す。

ショーンはちょっと周囲に気を配りながらも、みさとの前まで行って自分が吸っていた煙草をみさとの口に咥えさせた。みさとは美味しそうに一服。

清水と筒井があきれ顔を見合わせている。ゆうこも苦い表情。宮下は泣きそうだ……。

「カントク、悪いね」背後からセンゴクの声がかかった。「あれさ、スチール撮影でクセになっちまってね。あれやると調子が出て来るんだ。みさと、ショーンがお気に入りでね。申し訳ない、おれがすっかり甘やかしちまった。でもいい顔撮れたぞ。後はよろしく」

翌日からCMのメイン・カットの撮影が始まる。

馬にからまない、みさと単独のカットから入るのが元々の予定だったが、オレは筒井と相談して順番を変えた。撮影のアタマから、みさとを野生馬たちの群れに投げ込んでやる。みさとだけが中心では動かない状況を、敢えてぶつけるんだ！　リスクはあるが面白い！

その朝八時半、オレたちはバウンディー牧場に到着。機材車を含めてクルマ四台。それにみさとのメイクや着替えのための小型キャンピング・カーが並んだ。

ロケ場所の丘では、テリー親方のボーイズ（助手）たちが騎乗して野生馬の群れの周囲をゆっくりと回り、長い鞭を柔らかく使いながら群れを整えていた。

オレたちもすぐに撮影の定位置へ展開する。

オレ、筒井、助手二名はテリーと共に群れのすぐ近くで待機。ゆうこと宅間はモトローラを持って付近の状況を監視・報告する。撮影助手とも連絡を絶やさない。そして清水と宮下はちょっと離れた林の中に折り畳みのデスクを置き、管制塔のような役割りを果たす。

やがてメイクを整え、衣装を着けたみさとが杉本、加賀、そしてショーンに付き添われてカメラの前に現れる。口紅もこの秋の新色を丁寧につけているから、咥え煙草というわけには行かない。みさとは相変わらず不機嫌な態度だ。ショーンがジョークを言ったりするがニコリともしない。しかし、目元の表情はメイクが映えて悪くない。

みさとの機嫌にはかまわず、オレはスタンバイをかけた。みさとと共に馬群の中へ入る。馬たちに直面して立つみさと。中央の栗毛の一頭がふっとみさとを見た。

その時、みさとの表情に急激な変化が起きた。「かわいい……」とつぶやいて、今日初めての微笑みを見せた。そして栗毛に近づいて行く。怖がる様子は全くない。

「研さん、手持ちで回して」とオレは筒井の肩を叩く。アリフレックスの軽い回転音が響いた。「みさと、群れの中へ歩いて行っていいよ。でもテリーが止めたら従ってね」

みさとは馬たちの中を自由に、気持ち良さそうに歩き回る。一頭ずつ声をかけながら。

馬の方もみさとに寄り添い、うなじを撫でてもらって喜んで連いて来る。

「こりゃ驚いた」テリーがオレを振り返って、「この子は馬と話してる。こんなの、ウチの客で初めてだぜ！　この子、うちで雇いたい。給料が払えればな、ははは」

テリーの言う通り、すっかりリラックスしたみさとは馬たちと遊び始めた……。

4

六月二十二日。みさとの撮影もどんどん進み、あと二日となった。

オレたちはバウンディー牧場から五キロほどの、背景に森と山並みを望む草地にいる。

今日は馬は使わない。みさと単独でカメラにまなざしを向けるメイン・カットだ。

もしこれが初日の設定だったら、彼女もオレもひどく緊張しただろう。

だが今、オレは楽観に包まれている。

みさとは一日目の〈馬との対話〉ですっかりこの作品の世界に入ってくれ、撮られることを楽しむようになった。ショーンとベタベタは相変わらずだが、カメラに向かうみさとの表情は妖しい魅力を増している。ディレクターとして文句はない。

第一カットはニー・ショット（膝から上のほぼ全身）。足元は丈の高い褐色の草地だ。カメラの背後では小型ジェネレーターが軽い唸りを上げている。

「スタンバイ！」オレの合図で大きな電動ファンが回り始め、みさとの足元に草の小波を送る。「レイディ！」カメラが回る。「スピード！」助手の声。「アクション！」とオレ。

みさとの視線がカメラに向けられた。全身サイズでも、そのまなざしはくっきりと浮き立って見える。そして何か言葉にならないメッセージが感じられる。

ズーム・レンズがゆっくりと動き、みさとの上半身へそして顔へと寄ってゆく。


午前中の撮影が終わり昼食となった。いつもなら弁当が出るところだ。

「みなさーん！」ショーンが大声で呼びかけた。「今日はスペシャル・ランチです。あちらの林の中に用意しました。さ、どうぞ！」

行ってみて驚いた。木漏れ陽の揺れる樹々の間にキャンバスの天幕が張られ、その下に真白いクロスをかけたレストランの長いテーブル。銀の皿に盛られた豪華な料理とワインやシャンパンのボトルと輝くグラス。あれ……この景色、前にどこかで見たことがあるような気がする……だが、ともかく腹が減った。オレは席につく。

「やってくれるねえ！」グルメの筒井が相好を崩す。みさとはショーンに抱きついて喜ぶ。スタッフ一同歓声を上げながらワインを注いで早速乾杯！　すぐに食べ始めた。フランス料理だ！　オレもしばらくは無言で食べ続けたが、その内に背後から聞こえてくるケンカのような大声が気になって聞き耳を立てる。声はゆうことショーンだろう。

「だからぁ、ショウタ、このメシにいくら払うのかって訊いてるのよ！」とゆうこ。

「何度も言ってるでしょ。これはウチの、ネリガンのおごりだって」ショーンが言い返す。

「ショウタ、あんたわかってないよ！『おごり』なんてないの。どうせ後で、別の項目に乗っけて出してくるんだよ！　そんなことわかってる。こっちもプロなんだよ」

「ゆうこさん、何でそんな風にとるのかな？　こっちの気持ちも受け取ってよ！」

この言い合い、カントクは関わりたくありません……耳を塞いで食事に集中しよう。

ゆうこは贅沢なメシに予算をかけるのを嫌うんだ。『画に写らないものには金を使うな』それがログセだった。それにみさととショーンのベタベタにもかなり気分を害していた。

あれっ？　ゆうこはショーンのことをなぜ『ショウタ』なんて呼ぶのだろう？

オレは再び聞き耳を立てる。「もういい、ショウタ、あんたのママと話すから」とゆうこの声。間違いなく『ショウタ』と言ってる。なぜだ？　それオレにとって初めて聞く名前じゃない……。

食事が済んでから、オレは林の奥へゆうこを連れ出して『ショウタ』のことを訊いた。

「みさとがそう呼んでたの。ショーンっていうのはコール・ネームで、本名はショウタ・ネリガンなんだって。みさとは彼のことずいぶんよく知ってるみたい」

「ふうん、他には？」

「それだけです。あたしあの子とあまり口利きたくないし」ゆうこはぷいと歩き去った。


午後七時はまだ明るい。

ホテルのダイニング・ルームは、撮影が完了した訳でもないのに、〈お疲れ会〉のようなくつろいだ雰囲気に包まれていた。

カナディアン・ビールを飲みながら、オレは隣に座ったみさとに声をかける。「みさと、かなり飲めるんだね」

みさとは横顔を向けたまま、「ほんとはビールよりテキーラが好き」

「横須賀ネイビー娘だなあ！」オレは苦笑して、「いくつから酒飲んでるんだい？」

「小学校の、何年だか忘れた」

「タバコは？」

「忘れた」珍しくポンポンと会話が進む。みさとも今日のカットが終わって、ずいぶんと気が楽になったんだろう。

あのことを訊いてみるか、とオレは思った。煙草をつけ、みさとにも一本勧める。

「マルボロ、好きだよ」と受け取ってオレから火をもらう。

オレはゆっくりと煙を吐きながら、「みさと、ショウタと仲いいね」敢えてショーンとは呼ばなかった。

「それがどうしたの？」と、みさとは初めてオレを見た。

「ショウタはいい男だ。優しいし」

「そんなんじゃないよ」みさとは煙をふっと吹き飛ばして、「あいつね……あたしと似たような思いして育ってるんだ……だから話が通じた」

「似たような思いって、どんな？」

「そんなのさ」みさとはオレを睨むと、「あんたの知ったこっちゃないよ」

「みさと」オレはちょっと声を低くして、「彼が本当はショウタっていう名前だって、オレは知らなかったんだ。でもショウタのお父さんはカナダ人なんだろ？」

「そーだよ。ネリガンさんだよ。だけどさ、もうこんな話いいじゃん」

「もうちょい教えてくれよ」

「あのさ」みさとはオレから視線を外すと、「……カントクみたいなエリートには絶対にわかんないことなんだ……もうやめて」

「オレはエリートなんかじゃない。田舎の商店街のCM作ってた、マチ場の広告屋だよ。四回も転職して、やっとニッセンに入れてもらった」

「ふうん」みさとはちょっと意外そうな顔を見せたが、「あたし寝るから」と席を立った。


夜更け。オレは裏庭にある石積みの屋外暖炉にショウタ・ネリガンを誘った。

標高の高いバンフは陽が落ちると急激に気温が下がる。二人ともジャケットを羽織って並んで座り、カナディアン・バーボンをアルミの小型マグに注いで飲んだ。

見上げると、北斗七星の柄杓が今夜も快晴の空に浮かんでいる。

「ショウタ」オレはマグを石の上に置いて、「晩飯の時にみさとからきみの話を聞いたよ」

「監督、ミス・アンダスタンドしないでください」ショウタはオレに顔を向けて、「みさとさんはとても難しい子です。僕は撮影がうまく進むように手伝ってるだけです」

「みさとのボーイ・フレンドのように振る舞ってること？」

「はい……そうです」

「みさとは、ショウタが好きなのかも知れないよ。なんとなく感じたんだ。子供の頃に、きみと似たような思いをしたって言ってた。でもどんな思いなのか、オレは知らない」

ショウタはマグをぐっと煽り二杯目を注ぐ。再びオレを見て、「みさとがまだ小さい頃、お父さんもお母さんも死んでしまって、彼女は親戚の家で育ったって、この暖炉でこんな風に飲みながら聞きました」

「それって……」おれは言い澱んで煙草をつけた。深く一服してから、「きみも子供の頃に、その、ご両親が……」

ショウタは二杯目も飲み干すとオレに目を据えて、「僕はネリガン・ファミリーの本当の子供じゃありません。何て言いましたっけ……そう、ヨウシです」

啞然とするオレに、ショウタは静かに語りはじめた。

三年前、十六歳でこの会社のアルバイトだったショウタを、子供がいないジムとアイコの夫婦はとても愛して、正式に養子にしてくれた。ショーンというのはコール・ネーム。

「今の僕の名はショウタ・ネリガンです。でも本当はちゃんとした日本人の名前を持ってました」

「日本人の？」

「僕はムトウ・ショウタです」

今オレの目の前で語るハンサムなハーフの青年は、パリのムトウの部屋に飾ってあった写真の中にいたあの可愛い幼子・ショウタだった。今でも面影は残っている。

その写真が撮られた一九六〇年頃、父・ムトウ・アキラも母・エリザもパリの映画業界で働いていた。ムトウは助監督、エリザは女優。一家はカルチェ・ラタンにアパルトマンを借りていた、とオレもムトウから聞いた憶えがある。当時のムトウにはあまり助監督の仕事がなかった、とも。生活費のほとんどはエリザの稼ぎだったのだろう。

「母は心から父を愛していた、と僕に何度も言ってました」ショウタは三杯目のバーボンを舐めながら、折に触れてエリザから聞かされた父・ムトウの記憶をぼつぼつと語る。

ムトウはエリザの愛情にこたえられなかった。自分がエリザの人生の邪魔になっている、と思い込んだ。その上自分の親友だったジル・シュバリィという若手俳優とエリザの関係すらも疑ってみたり、思い直して謝ったりする醜態だった。ムトウは酒浸りになって毎晩エリザをののしり、耐え難くなったエリザは息子を連れて出て行く。

母子はスペイン国境を越えて、いったんバルセロナに落ち着いた。

エリザはそこに何人かの友人がいたようだ。時折テレビや舞台の仕事をしていたという。何年か後に、田舎の雑貨屋を手に入れ、そこへ引っ越した。ポルトガル国境に近いナビオという小さな村だ。

パリに残ったムトウは助監督を諦めて、ヨーロッパ各国から来る撮影隊のために働く〈ロケーション・コーディネーター〉を始める。

「それから十年近く、父からは手紙ひとつ来ませんでした」とショウタ。

ああ、やっぱり消息不明か。カルチェ・ラタンの北澤マスターからも聞いたことだ。

「だから一九六九年の六月、あの日とつぜん父が家に現れた時、ほんとうに驚きました」

「ええっ！　会えたのか！」オレは大声を出した。「ああ、良かったぁ……ムトウさん、エリザやショウタの村に辿り着いたんだ……うれしかったろうなぁ！」

「父は母や僕の顔を見たとたん、バッタリと倒れてそれからまる一日眠り続けました。そのまま死んでしまうかと思った。父はやせ衰えて髪もヒゲも伸び放題。左の眼をなくしていて、脇腹にも大きく切った跡がありました。僕も母も寝ないで看病し、村のお医者さんも良くしてくれたので、一週間ほどで父は立ち上がって散歩も出来るほどになりました」

「じゃ、じゃあムトウさんは元気なんだ！　今カナダに？」

「父は……」ショウタは二杯目のバーボンも飲み干すと、「それから半年、生きました」

「……」

「半年だけど、母や僕と最後まで一緒に楽しく暮らすことが出来たんです。夕食後などに、父はよくパリでの仕事の話をしてくれました。パリで一番のロケーション・コーディネーターだったって。日本の大きな化粧品会社やあのNALのCMも作ったって。コーディネーターは人を喜ばせる仕事だといつも言っていました。そして毎晩寝る前に僕に日本語を教えてくれました」

それを聞いた時、オレは今日の昼食で『スペシャル・ランチ』を披露するショウタの嬉しそうな顔を見て感じた強い既視感の訳を理解した。あれは七年前のNALの撮影現場でムトウ・アキラがやったことだった！　息子が同じことをやるのを見せたかったな……。

「父が亡くなって、僕たちはナビオの村を出ました」とショウタ。

エリザとショウタはカナダのフランス語圏、ケベック州に移住した。

そこでエリザは芝居の端役や司会などで稼ぎ、ショウタを育てた。だが四年後に病死。ショウタは天涯孤独となり、ロケーション・コーディネーターのアルバイトで暮らす。そこでネリガン夫妻と知り合った。やがてショウタはネリガンの養子になる。

ショウタ・ネリガン。通称ショーン。

ショウタは話を終えた。

オレは一服つけて深く吸い込み、星空に向かってゆっくりと煙を吐いてゆく。

ショウタは旅して来たんだ。パリから西へ。スペイン、そして大西洋を渡ってカナダへ。

オレは反対回りに、スウェーデンから日本へ。今ここでショウタと出会った。

「監督」ショウタは立ち上がってオレを振り返ると、「ひとつ相談していいですか？」

「何でも言えよ」オレは微笑む。

「僕、日本へ行ってこの仕事したいんです。どうしたらいいでしょうか？」

「おお、そんなこと考えてたのかぁ！」

「セイサク部へ入れませんか？　僕、日本語、英語、フランス語話せます。撮影のこともわかってます。監督の会社、ニッセンって日本でナンバー・ワンですね？」

オレはちょっと考えた後、「ショウタ、座れよ」

ショウタは言われた通りに腰かけてオレと向き合う。

オレは煙草をもみ消して、「七年前パリで、きみのお父さんはまだ若僧のオレを初めて雇ってくれた。今度はオレがそうする番だ」

ショウタは目を見開いてオレの次の言葉を待つ。

「ショウタ、オレたちと一緒に日本へ帰ろう。必ずニッセンに入れてやる。約束する！」

5

六月二十七日日曜日、ロケ隊は五千フィートもの撮影済みフィルムを抱えて帰国した。翌々火曜日にキャッツ・レコードで、神楽ゆうの新曲〈まなざし、なにを語る〉の録音が予定されており、今回もCMの編集・仕上げは後から音に合わせるスケジュールだ。

月曜の朝一番で、オレはスーツに身を固めたムトウ・ショウタを連れて出社した。

そういうことになったのだ。

吉野チーム全員も清水や筒井も『そんなムチャな！』という反応だった。

だが義理の両親アイコとジム・ネリガンは『ショウタの将来のために』賛成してくれた。

結局、オレはロケ隊を説得してショウタを飛行機に押し込んでしまった。

ニッセン九階の樺山副社長室で、オレは樺山、亀山両氏と向き合う。ショウタは企画演出部のオレの席で待たせてある。採用が決まるかどうかは今からの話だ。

帰国の挨拶もそこそこに、オレは早速本題に入る。ショウタ・ネリガンを中途採用して欲しい、という主旨はすでにバンフからテレックスで送ってあった。

オレはショウタに飛行機の中で書かせた〈経歴書〉のコピーを二人に見せながら、「どうでしょうか？　まだ十九歳で若いんだけど、コーディネーター経験三年。日本語、英語、フランス語が出来ます。撮影の知識もうちでPMが務まるレベルです」

「うーん、そうだな」と樺山。「能力的には買えるねぇ。カナダ国籍だけど」

「チームの海外制作力が高まります」とオレ。

「サガチョウ、何ちゅうかねぇ？」と亀山が腕を組む。「うちは学卒採用が原則やで」

「オレ大学中退してるけど、入れました」

「いや、吉野カントクは、そりゃあスポンサー推薦やから」

「じゃあオレが、美生堂の河野宣伝部長から推薦状もらいます」

「吉野！」樺山がオレを睨んで、「デタラメ言うな」

亀山は煙草に火をつけると、「ちょい嫌なことゆうけどな、この子、パリのムトウの息子なんやて？　ロケすっぽかして出入り禁止になったムトウのなぁ」

「亀山さん、それ誤解です」オレは声を張って、「ムトウさんはヤクザの借金取りに監禁されてしまって、それでも体張ってNALの仕事を守った誇り高い人なんです！」

「そーんな話、聞いたこともあらへんで！」

「あ、そうだ、証人もいる！　亀山さん、ゴールデン街のカルチェ・ラタン知ってますね」

「ああ、あのちっこい店な。一度行ったことはあったかな。それがどーした？」

「あそこの北澤マスターがムトウさんの友達で、事情全部知ってます。聞いてください」

「北澤が……」亀山は顔をしかめて何事かしばらく考え込む。

　オレは立ち上がって、「ムトウ・ショウタは七階で待ってます。今、呼んできましょうか？」

「ちょ、ちょい待てや」亀山は樺山に目を向けると、「副社長、この中途採用の件は社内規則では制作部マターやね？　ＰＭ職やから」

「ま、まあ、そうだな」と樺山。「あんたのところだ」

「わかった。いずれにしても、結論はしばらく預からせてもらう」

「え、預かるって？」オレは亀山に詰め寄る。

「これは企画演出部の問題やない」亀山はオレを睨んで、「制作部マターと言うとるやろ」

「オレは引っ込んでろ、と？」

「せや。面接くらいはわしがそのうちキッチリやったるで」

「亀山さん」オレは腹を決めた。M大ボクシング部と勝負する！　亀山を睨みつけ、逆に静かな口調で言葉を出した。「オレは一九六八年からずっと、亀山さんの言うことに従って来ました。ニッセンから出て行けと言われて出て行きました。パリへ行けと言われて行きました。そこでクビになりました。今度はニッセンに入れ、トーヨーのクルマをやれ、と言われてやりました。八年間ありがとうございました」

亀山はうっと唸って沈黙した。

「今、オレはムトウ・ショウタを入れてくれと言ってます。本気で言ってます。こんなことは初めてです」オレは睨みつける目線にさらに力を込めて、「亀山さん、答えてください。これ、通りますか？　それとも通りませんか？」

「……」

「通るか？　通らないか？　どちらですか？」

樺山が亀山の袖を引いて、ちょっと顔を見合わせた。

翌火曜日の朝、オレはショウタに留守番を頼んで部屋を出る。「東京見物でもしてくれ」とビートルのキーを渡して、「遅くとも九時には戻るから」と言い残した。

ニッセンまで徒歩十分だ。会社へ着くと清水と風早がロビー脇の駐車場にいた。ゆうこがクルマに給油して戻るのを待っているという。オレたちはこれから山中湖まで行くのだ。

「ショウタの件、どうだった？　カントク」と清水は心配そうだ。

「たぶん……」オレはちょっと間を置いて、ベーっと舌を出す。「入れると思います」

「へーっ、亀山さんよく納得したなあ！」

「ヒロさん」と風早。「ムチャクチャだけどさ、おれはショウタくん、イイと思う。一緒に仕事したいね」

「絶対に採用させる！　吉野チームに入れる」とオレ。

「カントク、あまり無理するなよ」清水が諭すような口調で、「ニッセンも会社だ。社長がいる。あのサガチョウっていう人はさ、自分以外の人間がボスのような態度をとることを絶対に許さない。トモさんでもダメだった。これ、いちおう頭に入れといてな」

「……入れました」

「何かあったら樺山さんが相談に乗る、って言ってる。まあ大丈夫、やっちまおうぜ」

「ありがとう」オレは素直に頭を下げた。


梅雨どきの東名高速下り線は空いている。

テレビ画面にサガチョウの漫画キャラ。ニッセンのマークが入ったバンで、オレたちは山中湖にあるキャッツ・レコードの〈リゾート・スタジオ〉へ向かう。

ハンドルを握るゆうこは、時おり仁丹を噛みながら終始無言だった。たぶん、ショウタをあまり歓迎してないのだろう。時間を取って、ちゃんと話さなければいけないな。

〈リゾート・スタジオ〉の名のごとく、それは今まで見たこともない贅沢なものだった。外観は巨大なログ・ハウスだ。小雨に煙る湖面に臨んで広いデッキが張り出しており、その先端には小型のモーターボートが繋いである。

オレたちはベンツやBMWが並ぶ駐車場にサガチョウ・マークのバンを停め、玄関へ。分厚いチーク材の自動ドアが大きく左右に開き、中へ入るとまたビックリだ。

外観からは想像もつかないモダーンなインテリアのロビー。さらに完全防音のスタジオには最新ピカピカのレコーディング設備・機材がぎっしりと並ぶ。

「やあ、いらっしゃい!」満面の笑顔で川浪社長が現れた。「こんな田舎までわざわざ来て頂いて恐縮です」

「とんでもない」と清水。「驚きました。こんなスタジオが日本にもあったんですね」

「ははは、たぶんうちだけでしょう。東京本社の近くにも普通のスタジオがあるんだが、アーティストたちはアルバム一枚作るのに何か月も籠りますからね。こういうところの方が、リラックスしていいものが作れるんじゃないかと思ってね。気分転換もし易いし」

オレたちは二階にある〈ティー・ルーム〉に案内されて、ハーブ・ティーをいただく。

録音開始まであと三十分ほどあると知らされた。

マガジン・ラックにあった〈オリジナル・コンフィデンス〉誌・通称オリコンを清水が取り上げて、邦楽ヒット・チャートをチェックする。

「おお、きてるね！　バスロンの歌、まだ二十位以内をキープだ。スカイ・レーンの新曲もコトブキ・ビールも売れてるぞ」とオレたちにランキング表を見せた。

音楽業界ではCMとのタイアップが流行のスタイルになりつつある。

ヒット曲の多くは、大手スポンサーの〈イメージ・ソング〉として潤沢な広告予算を使って制作され、CMの大量オンエアに支えられてミリオン・セラーとなる。

『タイアップが取れて初めて、一人前の音楽プロデューサーと呼ぶ』と言われたほどだ。

オレたちがオリコンを回し読みしていると、どしんと足音がした。

見ると中年の男性が一人入って来て、オレたちから少し離れたソファーに腰を下ろす。

背が高く、腹が突き出ている。髪はかなり後退しており、下膨れの顔に分厚い丸眼鏡。

「あの人、神楽ゆうさんのマネージャーじゃないかな？」と風早。

たぶんそうだろう、とオレも思った。神楽さんには会ったことがないが、その曲の繊細な感じから、痩せて蒼白い顔に長髪を垂らした文学青年のような姿を想像していた。

「ゆうさん！」大声と共に川浪がティー・ルームに現れた。

「遅れてごめん」男が手を上げて、どしんと立ち上がる。
「ああ、ちょうど良かった」川浪がオレたちを見て、「神楽ゆうを紹介しますよ。ゆうさん、CMクリエイターの方々です。まず吉野ディレクター。それから……」
こんなつまらないこと、意外に良く憶えているものだ。記憶の抽斗は不思議な構造だな。
だが録音が始まると、やはり神楽ゆうの歌は心惹かれる不思議な魅力を持つ文学だった。
♪まなざし　なにを語るのだろう
　僕をさそい　僕をときめかせ　とまどわせ
　やがて秋の夕陽のように　僕を残して去るのか
　ああ、まなざし　なにを語る
　オレは目を閉じて神楽ゆうの優しい歌声を聴きながら、頭の中で遠野みさとの眼差し、野性馬たち、そしてバンフの草原や山並みの映像を想像して繋いでゆく。録音はテイク2、テイク3と繰り返されるから、繋ぎもいろいろ変えることが出来る。制作プロセスの中で、この音楽録音を聴きながらの〈想像編集〉ほどラクで楽しいものはないな。
　一時間ほどで川浪社長・ディレクターのオーケーが出た。「ヒット・チャート一位を取りますよ！」とオレに右手を差し出す。

「CMにもバッチリ！　ありがとうございます」とオレはかたく握手した。

思ったよりも早く、八時前には帰宅した。

「お帰りなさい」ショウタがキッチンから振り向いた。いい匂いが漂っている。

「あれ？　メシ作ってくれてるの？」

「もちろん。得意のオムレツとトマト・サラダ。ワインと合いますよ！」

小ぶりのダイニング・テーブルにショウタと向き合って座る。

なぜだか、ロンドンで見たゲイのカップルを思い出して、オレはくすっと笑った。

「何かおかしいですか？」とショウタ。

「い、いや、ショウタはいい夫になるだろうなあ、と」

「食事は大切なものですから」

オレはうなずいた……だがショウタにとってもっと大切なことを、まだ話せてない。オレはワインを一口飲んでから、「ショウタ、例の件だけど、あと二日だけ待って。絶対に決めるから。なっ」

「……カントクを信じてます」ショウタは真っ直ぐにオレを見た。

翌々七月一日、午後遅く。

オレは大船部長から指示された通りに、サガチョウ社長のリンカーン・コンチネンタルの広大なリア・シートにたった一人で乗り込んだ。運転手がそろりと発車する。江の島の近くにあるサガチョウの屋敷へ、夕食に呼ばれたんだ。この一年間の、美生堂を始めとするオレの『会社業績への大貢献』についてお褒めにあずかるのだそうだ！

リンカーンは第三京浜から横浜新道を、百六十キロ近い猛スピードで走り抜け（社長が乗ってないからか？）、まだ明るい内に高級住宅街にある嵯峨長次郎邸に到着した。

見上げるような歌舞伎門から高い生垣が続く、老舗の大旅館のような構えだ。

玄関の前で女中さんが待っており、オレを木戸から庭園へと案内する。「旦那様はお池にいらっしゃいます。どうぞ、こちらへ」

松の茂る築山のある、良く手入れされた広い庭だった。ちいさな橋の架かった池があり、浴衣姿のサガチョウがいた。池の鯉たちにエサをやっている。「ホラ亀山、大船おいで」などと、どうも鯉に社員の名前をつけているようだ。オレの名前はあるのかなぁ？

「おお、吉野じゃないの！」サガチョウは突然振り向いて、「良く来たわね。入んなさい」

庭に面した座敷でオレはサガチョウ、ヤエ夫人と向き合う。

それから二時間ほど、何を食べて何を話したのかあまり思い出せない。

二人から思いっきりホメられたのは確かだけど。

だが、ひとつだけハッキリ憶えているやりとりがある。

結構に酔っぱらったヤエ夫人が言ったのだ。「吉野、クルマ何乗ってるの？」

「ビートルです。かなり古いけど」

「そんなのもう捨てなさい。ご褒美にね、ポルシェ買ってあげる。新車のポルシェ911。何色がいい？」

オレは驚きつつも、チャンスだと気が付いた。「専務、ほんとに光栄です。でもビートルには、何て言うか、愛着があるのでポルシェは遠慮したいと。でも、その代わりに」

「ん？」ヤエ夫人がお猪口を置いて、「その代わりに何？」

「ひとり採用して頂きたい若者がいます。ムトウ・ショウタというカナダ人です」そしてオレはショウタの人物や能力を出来るだけ良く説明して、「ぜひPMとしてオレのチームにください。外国語もでき、大きな戦力アップになります」

「ふーん、ポルシェよりPMか。きみは仕事熱心なのねぇ」ヤエ夫人がうなずく。

「その話、樺山と亀山から聞いてる」とサガチョウ。「ただ制作部はね、今ちょっとばかり人員過剰気味でね……」

「ボクちゃん！」ヤエ夫人が大声で、「この吉野はもっと仕事を増やしたいと言ってるのよ。会社がうんと儲かる話じゃないの！　だいいちその話の子若いPMでしょ。給料なんか、それこそポルシェのガソリン代にもならない。そんな計算、ボクちゃんに出来ないの？」

「ははは……」サガチョウはハゲ頭をかきながら、「そうか、ガソリン代だ……」

夕闇が降りた庭園で筧《かけひ》がカン！と鳴った。

6

梅雨が明け、そしてたちまちお盆も過ぎた。オレにとって今年もまた、夏はなかったな。

一日十九時間週七日。八種類のCMの仕上げと風早の販促映像のチェックで、編集室とアカイ・スタジオと美生堂宣伝部を行ったり来たり。バスロンの時と違って、モデルのちょっとした肌の調子やメイクの色味でダメを出され、別のカットに入れ替えて再度の試写となる。たまに深夜のゴールデン街でひと休み、という生活だった。啓介や上城《うえき》に会う時間もなく、世田谷の実家にもずっとご無沙汰。

だがいい作品が出来た。オレ自身にとっても今までに作ったことのない、不思議な魅力を持ったCMになった。ここは自画自賛してもいいだろう。

遠野みさとの謎めいたまなざしと、馬たちのざわめきが『僕をときめかせ、とまどわせ』という歌詞と溶け合って、短い秒数を越えて広がるドラマが出来たと思う。

美生堂の試写室で河野部長が『ああ……こうなるのか！』と驚いてくれたのが嬉しかった。宣伝部内も今回は全く文句ナシでまとまる。


八月十六日はチョッコの命日だった。だが一日中、オレは美生堂各部門への宣伝説明会に立ち会わされた。結局、青山墓地へもトークリへも行けず堺さんに電話で挨拶しただけ。

チョッコの幽霊は出て来てくれなかった。

その三日後はオレの二十八歳の誕生日だったが、もちろん自分では忘れていた。

夕方。清水、風早、ゆうこ、宅間、そして新入りのショウタも加わって、サプライズでバースディ・ケーキをくれた。筒井カメラマンからはシーバス・リーガルが一本届く。

ショウタは希望通り、八月一日から入社してオレのチームに配属。

だが、まずは風早とコンビを組むことになった。これは風早の提案で、オレとのコンビはゆうこをあくまで尊重すべきだ、という配慮。風早はいいことに気付いてくれるな。

ゆうこはやっと納得して、ショウタとも改めて握手した。

八月二十三日月曜日。

美生堂・秋のキャンペーンは、広告業界全体を席捲する勢いでスタートを切った。

みさとの不思議なまなざしは、テレビCM、新聞全十五段、雑誌巻頭カラー、そして駅や店頭貼りのポスターから日本中に妖しい揺らめきを送る。

神楽ゆうの〈まなざし、なにを語る〉の歌声も、CMやテレビ・ラジオ番組のみならずあらゆるメディアから語りかけて来る。

そして河野部長の言う『新しい交通広告』がすさまじかった。

山手線で十二両編成全車両の中吊り広告を〈まなざし、なにを語る〉で独占したのだ！

この〈まなざし列車〉は五本用意され、約一週間サラリーマンやOLを仰天させながら走り続ける。


九月の第一週には早くも結果が出た。大ブレークだ！

アイ・シャドウとアイ・ライナーを組み合わせた新商品は、たちまち目標販売数を飛び越え、全国の販社からバック・オーダーが殺到している。新しいアイ・メイクも大流行の気配で、街中に謎めいたまなざしの女性が目立ってきたな。

『ナゾの新人』遠野みさとには、当然あらゆるメディアの関心が集まる。だが所属事務所がまだ決まっていないので、当面美生堂宣伝部のキャスティング室がスケジュールなどの面倒を見ているそうだ。個性が強すぎるみさとに、何か適役があるといいがな。

そして神楽ゆうの新曲は？　オリコンのヒット・チャートで『赤丸急上昇』がついた。もうしばらく時間はかかりそうだが、首位に立ち、ミリオン・セラーとなるのは確実、と川浪社長は豪語している。


美生堂の勝利だ。

ベル化粧品は例によって電広が仕掛けたタレントもので、今回はなぜかあのエアコンの藤木かおるを使ってきた。だが『純愛路線』を守るかおるでは、あまりファッショナブルな表現にもならず、美生堂の全力を挙げた攻勢の前になすことなく敗退。

唐津プロデューサーは先週から、自慢の藤木かおるサイン入りTシャツを着なくなった。

美生堂はベルを『ブッ潰す』ことは出来なかったが、総売り上げで再び大差をつけた。

河野宣伝部長も留飲を下げたことだろう。


九月中旬。まだ夏の陽射しが残る週末。

三浦半島の先端、三崎に近い小網代湾の奥にあるニッセンの別荘にオレたちは集まった。白い板張りでアーリー・アメリカン様式二階建ての別荘は、湾の水面に直接出られる木の桟橋を備えており、船外機付きの小型ボートが二隻繋いである。そこから対岸を見ると、防波堤やクレーンの向こうに、南フランス風白壁のリゾート・マンション群が並ぶ。有名な〈シーボニア・マリーナ〉だ。〈葉山マリーナ〉と並んで当時の日本で最も豪華なシーサイド・リゾートだった。サガチョウ所有のモーター・クルーザー〈ドン・サガチョ〉もシーボニア・ハーバーのポンツーン（浮桟橋）に繋がれている。

秋のキャンペーンの〈お疲れ会〉だ。これは毎年恒例のニッセンと美生堂宣伝部の親睦行事だそうだが、今年は大勝利の後だけに盛り上がるのだろうな。

こちらのメンバーは樺山、清水、ゆうこ、ショウタ、宅間、筒井と助手が二人、それに風早とオレ。

美生堂は有賀、大崎、小森、宮下に加えてオレは名前を知らない若い女性が五人ほど。販促やチェーン部の人たちだ。河野部長は『遠慮する』とのことで、代わりに十万円入りの封筒を有賀が披露した。なるほど、さすがに河野さんのやることはイキだな。

ちょっと陽が短くなって来たとはいえ、六時はまだ明るい。裏の雑木林からカナカナの声が夕風の中に聞こえて来ていい気持ちだ。

四十畳ほどもあるリビングのガラス戸を大きく開け放ち、デッキ、桟橋とひとつながりの部屋のように使う。イタリアン・レストラン式の長いテーブルに皆が揃って、ワインやビールが回された。皆さっそくピッチを上げて飲み始める。

清水が〈お疲れ会〉の開始を告げ、最初にオレを立たせると、「大切な秋のキャンペーンにこの吉野を抜擢していただいて有難うございました。何とか重責を果たすことが出来た、でしょうか？」美生堂の人たちから盛大な拍手。オレは深く頭を下げた。

「これにて」清水は腰を下ろしながら隣の樺山と目を合わせ、「やっぱり言いますか？」

黙ってうなずく樺山。清水は「わかりました」と座って煙草をくわえる。

立ち上がった樺山がスピーチを始めた。「秋キャンの大成功おめでとうございます。私共も満足です。で、こんな時に申し訳ないんですが、これどうしても美生堂の皆さまと共有したくて、どうか聞いてください……実は、今晩がこの別荘で過ごす最後の夜になってしまいました。ここは売却されることが決まり、来週には不動産業者へ引き渡されます。僕は反対したんですが、昨今流行りの福利厚生費の圧縮、経営合理化ということで止めることは出来ませんでした。毎年楽しみにされて来た皆さまには、お詫びいたします」

あまり大きな反応はない。皆、薄々知っていたようだ。

樺山は続ける。「この美しい別荘が建ったのは一九六四年。東京オリンピックの年でした。美生堂さんの季節のキャンペーンが大々的に始まった年でもあります。それから九年、僕はトモさんや皆さまと一緒に毎年のようにここで『遅い夏休み』のパーティーを楽しんできました。三年前が最後になって……」樺山はビールを一口飲んで、外のデッキに目を向けると、「たくさんの思い出があります……トモさんはこの別荘がとても好きでした。ちょうどあそこの」と、樺山は桟橋の突端を指差す。そこには夕闇が降りる水面に向かってキャンバスのディレクターズ・チェアが、誰ひとり座ることなくぽつんと置いてあった。「トモさんはあのチェアに座って、暗くなるまで動きませんでした。何を見てるんですか、と訊いたらこんな答えが返ってきた。『ここはいいなあ。岸辺の洒落た別荘の明かり。静かな湾内に錨を下ろして、ランタンの光で夕食を作るクルーザーの家族たち。対岸に見えるシーボニアのクラブ・ハウスやマンションの煌びやかな照明。そして林から虫たちの声。ここに座っているとな、この国にもこんなリッチな空間がほんとうにあるんだってわかる。安心するんだよ。新宿や池袋で飲んでるとなあ、おれのCMなんて世の中にありもしないウソばかり見せているような、嫌な気にとらわれてな……ここはほんとにいい』って。トモさんのそんな姿、この中には見た方もいらっしゃるでしょう」

何人かが微笑んでうなずく。

「今夜が最後なんて僕は悲しい。皆さんとこれからもここで飲みたい。でも当社経営者はご承知のような方でありまして」と樺山。

一座は苦笑に包まれる。

「まあ。明るく終わろうぜ！　乾杯いたしましょう！」と樺山はグラスを上げる。

皆立ち上がった。

「キレイな夢のために！　乾杯！」と叫ぶなり、樺山はグラスをかかげたまま駆け出す。桟橋突端のチェアの前から思い切りジャンプ！　空中で両腕と両脚を伸ばして水の中へ。

泳ぎ回る樺山をオレ、風早、ショウタの三人がかりで捕まえて部屋に戻すのはひと仕事だった。この人がこんな酔い方をするのは初めて見たな。

夜更け。

オレは清水に誘われて、小型ボートで、『水上散歩』へ出掛ける。

小網代湾は幅が狭くて細長い。別荘のある一番奥から湾口のシーボニア赤灯台まで、約三百メートルほどだろう。暑熱の残る夜気。だが両側の森では秋の虫たちの声が盛りだ。無風で滑らかな水面を小型船外機のかすかな音を響かせて、オレたちはのんびり周遊する。

トモさんの言葉通りの光景が黒い水面にも映っている。別荘の明かり。船の灯。そしてシーボニアの煌めき。まだ飲み続け語り続けている幸せな人たちの気配に囲まれ、オレはトモさんの言葉の意味が少しだけわかったような気がした。

清水はこのあたりに詳しいらしく、『あの新しい別荘はどこの企業の施設』とか『この大型クルーザーは作曲家の誰の船』とか教えてくれる。その作曲家先生のクルーザーから、若い女の子が二人並んでこちらへ手を振った。清水も笑顔でこたえる。

「知り合いですか？」とオレ。

「ぜんぜん」清水が首を振ってボートの向きを変える。

オレは煙草に火をつける。おいしい一服だ。

オレが今ぽっかり浮かんでいる美しい世界は、何年か前までのオレにとっては『ありもしないウソ』でしかなかった。今は目の前の現実に変わった。でも本当はあのクルーザーはオレのもんじゃない。そこの別荘もオレの所有じゃない。ただ映画のように見てるだけ。

「清水さん」

「なに？」

「ニッセンって、今お金が苦しいんですか？」

「ああ、別荘売却のことね？」

「そうです」

清水もジタンを一本つけ、「このところ売り上げはまあまあなんだが、利益が落ちてる。電広や博承堂の仕事が増えた影響かな？　まあ、この美生堂の直扱いが健在な限り心配はない。今までの貯えもハンパじゃないしね。別荘売却になったキッカケは経営合理化ってこともあるけど、実は、サガチョウがアタマに来たことが最近あった」

「どうしたの？」

「企画演出の大船部長が辞表を出しちまったんだ」

「ええーっ、部長自らが辞めちゃうの？」

「新しい会社を作るんだって、何人か連れて。〈CMハリウッド〉って社名は笑うよね！　大船さんにニッセンはもう終わったって言われて、サガチョウ激怒して『どいつもこいつも今までの恩を忘れて勝手なことばかり』たまたまその直後に、別荘管理費の件で総務が書類の捺印を貰いに来たんだって。突然サガチョウ、『もう社員に別荘なんかいらない！』って言い出したそうだ」

「それカンケイないじゃないですか」

「別荘が建った時もサガチョウの気分だったそうだ。すべてボスの気分次第。最近はあまり良くない。NACグランプリもサガチョウの主張が通らず、〈CMキングダム〉に取られちゃったし」清水はふっと煙を吐くと、吸い殻をキラキラ光る水面へ弾き飛ばした。

しばらくして少し風が出て冷えて来たので、オレたちは別荘の桟橋へボートを戻した。

一階も二階も皆すっかり寝静まっており、そーっと寝室へ滑り込む。

裏の林の虫の声が、網戸を通して部屋の中に満ちていた。

7

〈まなざし、なにを語る〉大ヒットのあとの三年間は、瞬く間に過ぎてしまった。

人間が感じる時間の長さは、時計の針やカレンダーの日付けでは測れないものだろう。

思い出せば小学校の六年間はとても長かった。十二歳の少年にとって、六年は人生の半分にも当たるのだからな。ならば六十歳になったら、それは十分の一に短縮されるのか？

実際に生きてみて、オレはその通りだと感じている。時の流れは年々加速するんだ。

一九七九年の夏も去り、もう九月だ。

三十一歳のオレはニッセンのエースになっていた。

美生堂のキャンペーンは春と秋。それにバスロン二種類。ただここ数年感じたことだが、化粧品のマーケットは変わり始めた。デパートではヨーロッパやアメリカの世界的ブランド化粧品売り場が目立ち、高級品から安価なものまでともかく選択肢が増えた。美生堂とベル化粧品が火花を散らして闘う時代はもうじき終わるのかも知れない。

とはいえ、季節ごとにキャンペーンは続く。ショウ・マスト・ゴー・オンだな。

亀山プロデューサーの東洋自動車はオレと風早で各々一車種ずつ。

大正製菓や三つ葉サイダーも二人で企画と演出を交互にこなす。

どれも直扱いの四大クライアントの隙間を埋めるようにして、電広や博承堂からの飛び込み仕事が入る。スケジュール管理のセンターにはプロデューサーに昇格のゆうこがいる。その下で二人のPM、ショウタと宅間（PAから昇格）が動くが、忙しい時は他のチームから空いているPMを引っ張って来る。社内で誰ひとり文句を言う者はいない。

これだけの量をこなしながら、しかし広告賞は取りまくった。NAC賞は毎年常連だ。グラフィック系のADS賞、ヤマト・テレビ広告賞、さらにバスロンで〈消費者の利益賞〉まで貰った。あのCMのどこが〈消費者の利益〉になるのか不明だが、ともかく受賞するのはいいことだ。さらに仕事が増えて売り上げも伸びる。そして給料が上がる。オレだけじゃなく、吉野チーム全員の待遇が良くなるのはとても嬉しい。

一方、私生活はほぼ消滅した。せめて家族と友達の話でもしよう。

たまには世田谷の実家へ行く。母は教会の仕事が忙しそうだ。また神父さまが代わり、今度のフランス系の人は『感じが良くて、ママに気があるかもね』と。母はまだ五十代だ。ああ、そういえばパリのマリー・ラポールはいくつになったろう？　数えてみるとなんと八十四歳だ！　まだユリウスを待ち続けているんだろうか……。

父・百男さんは六十歳で定年を迎え、子会社に再就職した。だがマージャンと競馬には定年はない。相変わらず夜中まで不在（これでもリストラされずに済む時代だったな）。

弟・久邦はニチドーの栃木工場・労務管理へ転勤した。二十代で一度地方の現場へ配転、というのが人事畑の出世コース。『ひとまず第一関門はクリアした』とは本人の弁だ。

〈ユー・ユア・ユー〉に寄ることもある。店の小さな三階建てのビルは相変わらずだが、その周囲には増々新しい大型マンションが建ち並び、子供の絵本にある〈小さなお家〉のように見えてきたな。

啓介はハイボールを作り、ナポリを炒め、ギターを抱いて歌う。『何も変えたくない』が口癖だ。ただ最近、友子にどうも彼氏ができそうで、啓介はかなり気をもんでるな。

上城は大塚律と目出たく御結婚。インドの十五ドルの予言は成就した！

NALの広報宣伝部で主任に昇格し、結婚披露宴の媒酌人はあの中澤宣伝部長だった。

オレはと言えば、起きてるうちの九十五パーセント以上に当たる仕事の時間を除いては、アタマをカラにしてかなり乱暴に遊んでいたな。チョッコの幽霊が現れて、何か文句でも言ってくれないかとも期待したが、何も起こらず。

当時、バツイチのクリエイターは結構モテた。モデルの子とSF映画〈未知との遭遇〉を見に行ったのを憶えている。UFOの着陸と宇宙人の登場が、あたかも現実のニュースのように社会全体を動かした。『見たか？』『おお、見たぞ！』と皆が目撃体験を語り合う。一本の映画がこれほどのインパクトを持つことは、このあと二度となかった。

ともかくオレの周囲のごく狭い世界は、UFOの着陸にもかかわらず大した変化もなく、相変わらずガチャガチャと忙しく動いて行く。

だがボブ・ディランが歌ったように、時代は大きく変わり始めていた。

オレがその見知らぬ波を感じた日のことは、今でもよく憶えている。


九月十一日火曜日。

朝十時ピッタリにオレの席の電話が鳴った。

交換台オペレーターの声。「吉野監督、美生堂の河野宣伝部長さまからですが」

「繋いでください」大きな仕事だな、と思った。だが来年の春キャンにはまだ早い。

「部長、お早うございます。吉野です」

「ああ、元気そうだな……」河野の声はどこか張りがない。

「元気です。あの、もう来年のお話ですか？」

「いや……そのことじゃない。それは別のラインから連絡が行くと思うが」

「え、ど、どんなお話で？」

「おれのことだよ」

「部長のこと？」

「……実はおれは異動になった。美生堂・福岡販社の社長だ。来週から行く」

「え……そ、それって、やっぱり……お、おめでとうございますでしょうか？」

河野の苦笑が聞こえた。「きみは正直でいいなあ！　そういうことだよ。まあ、子会社とはいえ、福岡とはいえ社長だからな、ははは。宮下も連れて行く。もう先に赴任させた。で、後任の宣伝部長なんだがぁ、坂田さんだ。今まで海外営業本部長やってた」

「宣伝畑じゃないんですか？」

「ないんです」今度は嘲笑に近かった。「わが社ではおそらく前例がない人事だね」

「……」

「吉野、この四年間きみが暴れてくれて面白かった。ありがとう。もう時間が取れなくて顔も出せないけど、元気でやってくれ。いつもテレビで見てるからな、気ィ抜くなよ！」

オレは胸が詰まって何も言えず、そのうちに電話は切られた。

しばらくぼーっとしていたが、「カントク」と呼ばれて振り向くと、ブースの仕切りの上から清水が顔を出した。「これからちょっと付き合ってくれないかな。六本木まで」

「はい、何するの？」

「三年前、〈まなざし〉で付き合ったキャッツ・レコードの川浪社長、憶えてるよな？」

「もちろん」

「最近〈キャッツ・エンタテインメント〉っていう会社を設立した。そこで打合せだ。カントクと僕の二人で来てくれと。美生堂の春キャンの件だそうだ」

「清水さん」オレは立ち上がって、「つい今しがた、河野部長から電話をいただいて」と、オレはまだ驚きがおさまらない部長異動・交代のことを話す。

「ちょっと」と清水はオレの腕を取って企画の三番の部屋へ。ドアを閉めると「その話、僕も昨夜聞いた。ビックリだけど驚いてばかりはいられない。来年の春キャンは川浪さんのキャッツ・エンタメが中心になる、と決まった。だからこれからその会社へ行く」

ハンバーガー・インの前あたりでオレたちはタクシーを降りた。

何軒か飯倉寄り、ガラス張りの新しいビルの五階にその会社はある。

エレベーターのドアが開くと、広いロビーはあでやかな胡蝶蘭の花束で埋まっていた。レコード会社、芸能事務所、テレビ局、広告代理店、映画会社、その他あらゆるマスコミ企業の名前、そしてタレント、ミュージシャンやスポーツ選手の名も見られた。

キャッツ・エンタメは、スタートから凄い会社のようだ。


コンクリート打ち放しのモダーンな会議室にオレたちは通された。

お茶など出る前に豪放な笑い声が響き、川浪社長が秘書らしき女性をつれて現れた。三年前よりも体が引き締まって陽焼けし、迫力が増したように感じるな。

「吉野さん、ご活躍で！　CMよく見てるよ。清水さんもしばらく」

オレは何が起きるのかわからないまま、「川浪さんもお元気そうで」と一礼。

川浪の後からスーツの男がもう一人。猫背気味で骨ばった顔に金縁眼鏡が光る。「吉野くん、久し振り！　もう八年にもなるかねえ。いまやニッセンのエースだ！　私もそうなると思ってましたけど」

「ああ、ど、どうも……」オレは言葉に迷った。これ電広三クリの佐久間CDだ。あのマルワのボツになったプレゼンで、西舘さんやチョッコを悔し泣きさせた〈仕掛け人〉。何でここに出て来るんだ。ともかく名刺を交換。彼は三クリの〈局長〉に出世していた。

「さて」と川浪は『美生堂の新しいキャンペーンのカタチ』について滔々と語り始める。

「吉野さん、今回は前代未聞の仕事になる。電広さんにもいろいろ手を貸してもらってね。まずは少女漫画の話から入るんだが、きみ〈バラの近衛兵〉って知ってるかい？」

「題名だけは」とオレ。「フランス革命の話ですよね。マリー・アントワネットとか」

「とにかく読みなさい」川浪の目くばせで、秘書が分厚いコミックス単行本の山をオレの前に積み上げた。「おれは二晩寝ないで読んだ。三回泣いた。きみも絶対に泣く！」

「……」

「あらすじ書きだけここに」川浪はペラ一枚を取り、「主人公はオスカル・フランソワ・ド・ジャルジェという実在した人物だ。王宮の近衛兵部隊長を務めるジャルジェ家に生まれたオスカルは、女性なのに男性のように育てられ、若くして隊長の任に着く。初めは上官からも部下の兵士たちからも『女ごときに』とバカにされて苦しむが、やがて勇気と情熱でハンデを乗り越えて皆の信頼を勝ち得て行く。女性であることを捨てようとするオスカルは、幼なじみだが平民の馬丁アンドレから深く愛され、自分の生き方に悩む。やがて革命が火を噴き、オスカルが忠実に仕えるマリー・アントワネットはルイ十六世と共に幽閉される。オスカルはブルボン王朝の悲劇をいかに乗り越えて行くのか？」

うん、オレも好きそうな話だな。

川浪は続ける。「おれはもう一人のパートナーと共同で、この〈バラの近衛兵〉の全世界映画化権を買い取った。これを超大作のフランス映画として制作し世界同時に公開する。制作費は二十五億円。出資はキャッツ・エンタメを筆頭に電広、ヤマト新日本グループ、帝都映画、それに加えてなんと美生堂も宣伝費から五億を出資して制作委員会が出来た。いまそのパートナーの男、痛快なやつだぞ、こいつがパリにいてフランス政府と交渉中だ。ベルサイユ宮殿とかプチ・トリアノンとかいろいろ使いたいからな。監督もフランス人になるだろう。で、美生堂キャンペーンはこの映画とタイ・アップして」そこで内線電話がけたたましく鳴り、川浪が舌打ちしながら取る。「打ち合わせ中に鳴らすなよ！　え、なに、第一東亜銀行……しゃあない……もしもし川浪です。例の件でしょ……だからぁ、送金手続きなんかノンビリやってるヒマないんですって！　急ぐんだから、キャッシュで持って来てよ。たかが一億やそこら……何だって？　使途を支店長が訊けと……何ふざけてんだよ！　おれの金だ。どう使おうとおれの勝手だろ。いいから夕方までに持って来いよ」川浪は受話器をバーンと叩きつけた。

啞然とするオレたちに、何事もなかったかのような微笑みを見せ、「失礼しました。ええと、美生堂キャンペーンの話ね。この映画に出資を決めた先月末の段階で、美生堂さんの経営陣には一九八〇年春の大きなテーマが見えていたようだね。つまり〈働く女性〉だ」

「そのあたりは私から」と電広の佐久間が引き取る。「女性が仕事を持ち、男性と対等に世の中を動かす時代が目前にある。オスカルの喜びも悩みも、まさに働く女性のものです」

オレは佐久間の顔をしげしげと眺めた。あのマルワのプレゼンの時、奥田宣伝部長から西舘女史をバカにされ『男の仕事場にこんなウーマンなんちゃら連れて来るな！』と怒鳴られ『キモに命じます』と平身低頭した男だ。まさに君子は豹変して局長になるんだな。

「吉野さん」佐久間は金縁眼鏡の奥からオレを見据えて、「川浪さんのご推薦もあり、電広として明年春のキャンペーンCM制作をニッセンさんにお願いしたいと考えております。ただしモデルは映画のオスカル役の女優を共用することになる。その選定はこちらでやりますが、ご意見があれば聞きます。またグラフィックに関しては美生堂さんの高い表現レベルに対応するため、トウキョウ・クリエイターズさん（トークリ）を起用します」

「ひとつよろしいですか？」黙って聞いていた清水が佐久間に、「グラフィックの企画制作は、美生堂さんの伝統的な方針として宣伝部内で全ておやりになって来ましたが、今回はそれを社外に丸投げしてしまう、ということでしょうか？」

佐久間は大きくうなずいて、「清水さん、これからは〈アウト・ソーシング〉の時代です。美生堂さんも、膨れ上がった宣伝部体制の大幅な合理化をすでに始めておられます」

六本木のキャッツ・エンタメを出て、清水とオレはトークリまで歩くことにした。十五分であのなつかしい麻布の屋敷に着くだろう。

歩きながらしばらく二人とも無言で、ジタンとマルボロを立て続けに吹かす。

やがて清水がつぶやいた。「エライことになっちまったなぁ……」

「そうだね」とオレ。

「僕みたいに、ニッセンと美生堂宣伝部の歴史の中で育った人間には、なんちゅーかな、こりゃあフランス革命だなぁ」

オレはちょっと笑って、「そうすると、清水さんは王党派なの?」

「いやあ、僕はサガチョウに忠誠心ないし……カントクはどうよ?」

「オレは、もともとガイチュウでイロモノだもんね、ははは。フランス革命でも二・二六事件でも何でも来い。このところちょっとパターンにはまってた感じもあったから、それをブチ壊しに出来るかも知れない! 喜んでやりますぜ」

8

トークリのあの黒い鉄の門が開くと、堺さんの笑顔がオレを迎えた。

「また会えて嬉しいよ」と、堺はオレをハグしてくれた。四年ぶりだが、やっぱりこの人はつらい時を分かち合った友だちだと、オレは少し温かい気持ちになった。

「吉野くんようこそ」久々の西舘礼子女史だ。もう五十になった筈だが、前より若々しくキレイに見えた。エネルギッシュな厳しい表情は相変わらずだ。

一階の広いリビングはロビーのように改装されていた。ピアノも見当たらない。

シンプルなソファに腰かけてオレは清水を二人に紹介し、改めて名刺を交換する。堺と西舘の肩書きが変わっていた。

堺は『代表取締役』。西舘は『取締役チーフ・クリエイティブ・オフィサー』

「マサミちゃんもね」と堺がオレの耳もとに小声で、「今でも筆頭株主で、おじいちゃんが後見人だ。もう十五歳になって元気だよ。心配ない」ポンとオレの肩を叩いた。

清水が丁寧に一礼して、「お二人のことはいつも吉野から聞いております。やっとお会い出来て光栄です。初対面で恐縮ですが、我々も先ほどまで六本木のキャッツ・エンタメにおりまして、川浪社長から大変なショックを受けたばかりです」

西舘が軽く苦笑して、「あたしもね、あの川浪氏はワイルド過ぎると思う。むしろ下品と言った方がいいかな……でも彼のやってることは正しいよ。これ、きみらには失礼かも知れないけど、美生堂とニッセンの〈古き良き広告宣伝サロン〉はもう過去のもの。これからの〈メディア・ミックス〉の時代には、あんな美術工芸品を作るようなやり方じゃあ追っつきません。電広のごときメガ・エージェンシーは腹が立つけど、あらゆるメディアをコントロール出来る圧倒的な資金力は絶対に必要です」そこで西舘はオレにウインクし、「佐久間、あの要領のいい風見鶏。あたし張り倒してやりたいんだけど、それは仕事終わってからにしましょ」

西舘と堺の案内で、オレたちは二階の制作部へ。チョッコやマサミが住んでいた頃とは、部屋の仕切そのものが変わった。高い窓の並ぶ広いワンルームには、十数人のスタッフの作業デスクや打ち合わせコーナーが並ぶ。もうベッド・ルームも子供部屋もない。

「人が増えてね、他のセクションも入れると三十人ちょっと。近々、青山あたりのもっと広い本格的なビジネス・スペースへ引っ越さないと」と堺。

ああ、トークリも変わって行くんだ……チョッコの幽霊が来る場所がなくなってしまった。でも、変わったのはこの会社だけじゃない。あれから四年経ったけれど、オレの前にもチョッコは再び姿を見せなかった。オレの生き方も変わったし……チョッコはもう来ない、とオレは感じた。朝倉さんと二人でどこか遠いところへ旅に出たんだろう。

庭を見下ろす窓際に大きなL字型の西館さんのデスクがあり、横の壁面にはB倍サイズのポスターが二枚。どちらも今話題になっている西館CD作品だ。

一枚目。金髪の美女が黒のタンクトップとショートパンツで、鍛え上げた腕や太ももの筋肉をムキ出しにして仁王立ち。黒光りする機関銃を腰だめに構え、肩からは長い弾帯を下げてカメラを睨む。コピーは『あなた好みの女に、なりたくない』。

二枚目。シルクのドレスにハイヒールの女性。ただし頭からバケツを被って顔は見えず、右手には掃除用のモップ、左手には買い物カゴ。コピーは『妻は夫の使用人にあらず』。

どちらもファッション・モール〈原宿プラッツ〉の駅貼りだ。テレビCMもやっており、〈CMキングダム〉が制作している。多くのマスコミがこのラジカルな主張を取り上げ、賛否両論が闘わされていたが、これは時代の大波に盛り上がって来そうだ。

七〇年代を通じて、〈ウーマン・リブ〉という一部過激派的な運動があったが、八〇年代を迎える今、それは本格的な女性の社会進出と男女の完全平等への大きな流れになりかけていた。デパートの売り場が女性客重視に変わり始めたのもここ最近のことだ。

西舘はオレにガッツ・ポーズを向けて、「男性社会は、現実にはまだまだ終わってない。でも、あたしが必ず終わらせる！〈バラの近衛兵〉の映画と美生堂広告タイアップはまさに全国区の大キャンペーン。このポスターみたいな東京ローカルじゃない。オスカルは革命の先頭に立って日本中を駆けるのよ！」


二階の隅にある会議室だけは昔のままだった。

窓から庭のプールも見える。だが水は抜いてあり、底は緑色の苔に覆われていた
会議室で西舘は部下のデザイナーをオレたちに引き合わせた。二十代の半ばに見える女性だ。「北原あかねと申します」浅く日焼けした肌に深いグリーンのポロシャツ。今流行の段付きカットの髪がよく似合う。一瞬、タレントの誰かに似てる、とオレは感じたんだがその名前が思い出せない。「吉野監督、作品はいつも拝見してます。美生堂の仕事をご一緒に出来るなんて、ほんとに光栄です！」そしてキッチリ六十度、三秒の礼。

「ら、らくにしてください。吉野です」戸惑うオレ。

「北原は今年うちへ来たんだけど」と西舘。「『画で考える』センスがなかなかいい。今回、

初めての大仕事やらせる。吉野くん、ビシビシ頼むよ」

「そこそこに……」オレは北原あかねに微笑んで、「オレは画がヘタなんで、よろしく」

「わたしもヘタで……ほんとは子供の頃、マンガ家になりたかったんですけど」

「へぇ！　手塚治虫の〈リボンの騎士〉とか読んでたの？」

「え！」とあかねは目を見張って、「そーなんです。〈リボンの騎士〉なの！　なんでわかったんですか？」

「お二人とも」と西舘が割って入る。「コピー・ライターの南雲くん、紹介させて」

「よろしく」いつの間にかそこにいた、同じく二十代の若者が名刺を出した。

一同は西舘に促されて席に着き、一九八〇年春の話が始まった。


五日後の日曜日。オレたちはパリでの第一回ミーティングへ出発する。

キャッツ・エンタメは川浪社長と秘書。電広から二人。トークリは西舘と北原あかね。そして清水とオレ。映画制作の準備段階から合流して、キャンペーンの対応を検討する。

さて、海外への出張も以前とは様変わりしている。

成田国際空港が開港したのだ。手狭になった羽田空港は国内線専用。つまりそれだけ便数が激増したということだ。しかし成田では空港用地の買収をめぐって、左翼に支援された反対派農民たちがいぜん抵抗運動を続けており、滑走路一本だけでの運用になっている。

オレと清水は昼前にニッセンを出て、ショウタの運転するバンで箱崎にある〈東京シティ・エア・ターミナル〉へ。ここでチェックインする。ショウタに手を振って見送られ、大型リムジン・バスで首都高速七号線から京葉道路を経て成田へと向かった。

ここまでは羽田の時に較べて面倒で時間もかかるが、飛行機そのものははるかに快適になった。巨大なB747・ジャンボ機にオレは初めて乗る。しかも今までの狭いDC—8のエコノミー・クラスと違って、今回は映画〈バラの近衛兵〉でタイ・アップが決まったフランス・エアの大サービスでアップ・グレードの席だ！　二階ラウンジには豪華なバーまであった。パリまで十二時間ほどだが、航続距離の長いB747は途中アンカレッジに寄ることなく、シャルル・ド・ゴール空港まで直行出来るのは有難い。


日本時間では日曜日、もう深夜だ。B747は高度三万二千フィートをゆったり飛ぶ。

オレは二階ラウンジのカウンターでパスティスを飲んでいる。窓から見下ろすと、一面の雲海。灰色の雲の中でピンクとイエローの光が、美しい縞模様をなしている。

夜明け前であり、日没後でもあるような不思議な空間。目を上げると成層圏の濃紺の空だ。宇宙の果てまでも見通せそうな気がする。

乗客の多くはもう眠っているんだろう。カウンターにはオレひとりだ。煙草をつける。いつものマルボロではなく、パリの匂いがするゴロワーズを買った。

フランスは十年ぶり。いろいろな記憶が心に浮かんでは消える。

ラウンジにはうすく音楽が流れていた。シャンソンだ。ボレロ風の重いストリングスの響きに、ジルベール・ベコーの渋い声が語りかけて来る。エ・マンテノン〈そして今は〉というこの曲はオレもよく知っていた……そして今、多くのことが終わり、人が去り、オレはどこかへ向かって歩いてゆく。でも心がときめくのはなぜ？　誰のため？　そしてこれから何をしようとしているのか……。

「吉野カントク」声をかけられて振り向くと、北原あかねの笑顔があった。「まだ起きてたんですね。わたしもなんか眠れなくて」

オレは隣りの席をすすめ、あかねは腰を下ろした。

「今まで下の席で〈バラの近衛兵〉読み直してました。これで三回目」

「オレは先週初めて読んだ。四回泣いた」

それからしばらく、オレたちはパスティスを飲みながら、オスカルとアンドレとの恋愛関係について、そして〈リボンの騎士〉のサファイア姫とオスカルの共通点について、熱心に語り合った。

だがその時オレも、おそらくあかねも、これから生涯を夫婦として暮らすことになるとは想像もしていなかっただろう。

一九八〇年代がもうじき始まる。

吉野洋行・三十一歳

北原あかね・二十七歳

オレたちの小さな国の黄金時代が近づいている。

（第4巻へ続く）

この物語はフィクションであり、実在の人物、団体とは一切関係ありません。

著者紹介

吉田 博昭(よしだ　ひろあき)

【プロフィール】

1949年神奈川県生まれ。早稲田大学在学中よりCM制作に携わる。

日本天然色映画株式会社を経て、1982年株式会社ティー・ワイ・オーを設立。CMディレクターとして多くのヒット作、受賞作を生み出す。

また、日本、アメリカ、オーストラリア等で劇場用映画を制作、監督し、ベルリン国際映画祭、東京国際映画祭等でも受賞。

1995年以降は経営に専念。2014年には東証一部へ上場を果たす。

さらに、2017年1月に株式会社ティー・ワイ・オーは他の大手制作会社である株式会社AOI Pro.と資本・経営統合し、AOI TYO Holdings株式会社を設立。現名誉会長。

JASRAC　出　2101887-101

15秒《びょう》の旅《たび》　第《だい》3巻《かん》

2021年4月21日　第1刷発行

著　者　吉田博昭
発行人　久保田貴幸

発行元　株式会社 幻冬舎メディアコンサルティング
〒151-0051　東京都渋谷区千駄ヶ谷4-9-7
電話　03-5411-6440（編集）

発売元　株式会社 幻冬舎
〒151-0051　東京都渋谷区千駄ヶ谷4-9-7
電話　03-5411-6222（営業）

印刷・製本　シナジーコミュニケーションズ株式会社
装　丁　三浦文我

検印廃止

Printed in Japan
ISBN 978-4-344-93342-2 C0093
幻冬舎メディアコンサルティングHP
http://www.gentosha-mc.com/